中国科学院中国孢子植物志编辑委员会　编辑

中 国 真 菌 志

第四十二卷

革菌科(一)

戴玉成　熊红霞　主编

中国科学院知识创新工程重大项目
国家自然科学基金重大项目
(国家自然科学基金委员会　中国科学院　国家科学技术部　资助)

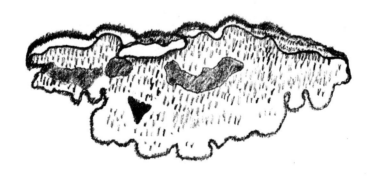

科 学 出 版 社
北 京

内 容 简 介

广义的革菌科是一大类木材腐朽菌，它是一个人为的分类单元，不是一个自然分类系统，是具有相似生活习性的一个真菌类群。该类真菌不但具有重要的生态学功能，同时也具有经济价值。本书阐述了该科真菌的分类地位、生物学特性、国内外研究历史与现状，并简要介绍了它们的生态习性。本书仍然按照广义的革菌科的概念，将目前所知的担孢子无色、薄壁、光滑，在梅试剂和棉蓝试剂中无变色反应的 8 属、109 种作为该科的第一卷。对每一种进行了详细的论述，包括形态特征、生境、分布、研究标本的产地及与相关种类的讨论，同时给出了每一个种的解剖结构图。

本书可供真菌学、林业、医药科研人员及大专院校相关专业的师生参考使用。

图书在版编目(CIP)数据

中国真菌志. 第 42 卷，革菌科. 1 / 戴玉成，熊红霞主编. —北京：科学出版社，2012

（中国孢子植物志）

ISBN 978-7-03-032625-6

I. 中… II. ①戴… ②熊… III. ①真菌志–中国 ②革菌科–真菌志–中国 IV. ①Q949.32 ②Q949.329

中国版本图书馆 CIP 数据核字(2011)第 219457 号

责任编辑：韩学哲/责任校对：刘小梅
责任印制：钱玉芬/责任设计：槐寿明

科学出版社 出版
北京东黄城根北街 16 号
邮政编码：100717
http://www.sciencep.com

双青印刷厂 印刷
科学出版社编务公司排版制作
科学出版社发行　各地新华书店经销
*
2012 年 1 月第 一 版　　开本：787×1092 1/16
2012 年 1 月第一次印刷　　印张：14
字数：323 000

定价：88.00 元

（如有印装质量问题，我社负责调换）

CONSILIO FLORARUM CRYPTOGAMARUM SINICARUM

ACADEMIAE SINICAE EDITA

FLORA FUNGORUM SINICORUM

VOL. 42

CORTICIACEAE S.L. (1)

REDACTORES PRINCIPALES

Dai Yucheng   Xiong Hongxia

**A Major Project of the Knowledge Innovation Program
of the Chinese Academy of Sciences**
A Major Project of the National Natural Science Foundation of China
(Supported by the National Natural Science Foundation of China,
the Chinese Academy of Sciences, and the Ministry of Science and Technology of China)

Science Press

Beijing

革 菌 科 (一)

本 卷 著 者

戴玉成[1]　熊红霞[1]　袁海生[1]　张小青[2]

(1. 中国科学院沈阳应用生态研究所；2. 中国科学院微生物研究所)

CORTICIACEAE S.L. (1)

AUCTORES

Dai Yucheng[1]　Xiong Hongxia[1]　Yuan Haisheng[1]　Zhang Xiaoqing[2]

(1. *Institutum Ecologiae Applicandae (Shenyangium) Academiae Sinicae*; 2. *Institutum Microbiologicum Academiae Sinicae*)

中国孢子植物志第五届编委名单

(2007 年 5 月)

序

　　中国孢子植物志是非维管束孢子植物志，分《中国海藻志》、《中国淡水藻志》、《中国真菌志》、《中国地衣志》及《中国苔藓志》五部分。中国孢子植物志是在系统生物学原理与方法的指导下对中国孢子植物进行考察、收集和分类的研究成果；是生物多样性研究的主要内容；是物种保护的重要依据，对人类活动与环境甚至全球变化都有不可分割的联系。

　　中国孢子植物志是我国孢子植物物种数量、形态特征、生理生化性状、地理分布及其与人类关系等方面的综合信息库；是我国生物资源开发利用、科学研究与教学的重要参考文献。

　　我国气候条件复杂，山河纵横，湖泊星布，海域辽阔，陆生和水生孢子植物资源极其丰富。中国孢子植物分类工作的发展和中国孢子植物志的陆续出版，必将为我国开发利用孢子植物资源和促进学科发展发挥积极作用。

　　随着科学技术的进步，我国孢子植物分类工作在广度和深度方面将有更大的发展，对于这部著作也将不断补充、修订和提高。

中国科学院中国孢子植物志编辑委员会

1984 年 10 月·北京

中国孢子植物志总序

中国孢子植物志是由《中国海藻志》、《中国淡水藻志》、《中国真菌志》、《中国地衣志》及《中国苔藓志》所组成。至于维管束孢子植物蕨类未被包括在中国孢子植物志之内，是因为它早先已被纳入《中国植物志》计划之内。为了将上述未被纳入《中国植物志》计划之内的藻类、真菌、地衣及苔藓植物纳入中国生物志计划之内，出席 1972 年中国科学院计划工作会议的孢子植物学工作者提出筹建"中国孢子植物志编辑委员会"的倡议。该倡议经中国科学院领导批准后，"中国孢子植物志编辑委员会"的筹建工作随之启动，并于 1973 年在广州召开的《中国植物志》、《中国动物志》和中国孢子植物志工作会议上正式成立。自那时起，中国孢子植物志一直在"中国孢子植物志编辑委员会"统一主持下编辑出版。

孢子植物在系统演化上虽然并非单一的自然类群，但是，这并不妨碍在全国统一组织和协调下进行孢子植物志的编写和出版。

随着科学技术的飞速发展，人们关于真菌的知识日益深入的今天，黏菌与卵菌已被从真菌界中分出，分别归隶于原生动物界和管毛生物界。但是，长期以来，由于它们一直被当作真菌由国内外真菌学家进行研究；而且，在"中国孢子植物志编辑委员会"成立时已将黏菌与卵菌纳入中国孢子植物志之一的《中国真菌志》计划之内并陆续出版，因此，沿用包括黏菌与卵菌在内的《中国真菌志》广义名称是必要的。

自"中国孢子植物志编辑委员会"于 1973 年成立以后，作为"三志"的组成部分，中国孢子植物志的编研工作由中国科学院资助；自 1982 年起，国家自然科学基金委员会参与部分资助；自 1993 年以来，作为国家自然科学基金委员会重大项目，在国家基金委资助下，中国科学院及科技部参与部分资助，中国孢子植物志的编辑出版工作不断取得重要进展。

中国孢子植物志是记述我国孢子植物物种的形态、解剖、生态、地理分布及其与人类关系等方面的大型系列著作，是我国孢子植物物种多样性的重要研究成果，是我国孢子植物资源的综合信息库，是我国生物资源开发利用、科学研究与教学的重要参考文献。

我国气候条件复杂，山河纵横，湖泊星布，海域辽阔，陆生与水生孢子植物物种多样性极其丰富。中国孢子植物志的陆续出版，必将为我国孢子植物资源的开发利用，为我国孢子植物科学的发展发挥积极作用。

中国科学院中国孢子植物志编辑委员会

主编　曾呈奎

2000 年 3 月　北京

Foreword of the Cryptogamic Flora of China

Cryptogamic Flora of China is composed of *Flora Algarum Marinarum Sinicarum, Flora Algarum Sinicarum Aquae Dulcis, Flora Fungorum Sinicorum, Flora Lichenum Sinicorum,* and *Flora Bryophytorum Sinicorum*, edited and published under the direction of the Editorial Committee of the Cryptogamic Flora of China, Chinese Academy of Sciences (CAS). It also serves as a comprehensive information bank of Chinese cryptogamic resources.

Cryptogams are not a single natural group from a phylogenetic point of view which, however, does not present an obstacle to the editing and publication of the Cryptogamic Flora of China by a coordinated, nationwide organization.The Cryptogamic Flora of China is restricted to non-vascular cryptogams including the bryophytes, algae, fungi, and lichens.The ferns, a group of vascular cryptogams, were earlier included in the plan of *Flora of China*, and are not taken into consideration here.In order to bring the above groups into the plan of Fauna and Flora of China, some leading scientists on cryptogams, who were attending a working meeting of CAS in Beijing in July 1972, proposed to establish the Editorial Committee of the Cryptogamic Flora of China.The proposal was approved later by the CAS.The committee was formally established in the working conference of Fauna and Flora of China, including cryptogams, held by CAS in Guangzhou in March 1973.

Although myxomycetes and oomycetes do not belong to the Kingdom of Fungi in modern treatments, they have long been studied by mycologists. *Flora Fungorum Sinicorum* volumes including myxomycetes and oomycetes have been published, retaining for *Flora Fungorum Sinicorum* the traditional meaning of the term fungi.

Since the establishment of the editorial committee in 1973, compilation of Cryptogamic Flora of China and related studies have been supported financially by the CAS.The National Natural Science Foundation of China has taken an important part of the financial support since 1982.Under the direction of the committee, progress has been made in compilation and study of Cryptogamic Flora of China by organizing and coordinating the main research institutions and universities all over the country.Since 1993, study and compilation of the Chinese fauna, flora, and cryptogamic flora have become one of the key state projects of the National Natural Science Foundation with the combined support of the CAS and the National Science and Technology Ministry.

Cryptogamic Flora of China derives its results from the investigations, collections, and classification of Chinese cryptogams by using theories and methods of systematic and evolutionary biology as its guide.It is the summary of study on species diversity of cryptogams and provides important data for species protection.It is closely connected with human activities, environmental changes and even global changes.Cryptogamic Flora of China is a comprehensive information bank concerning morqhology, anatomy, physiology, biochemistry, ecology, and phytogeographical distribution.It includes a series of special monographs for using the biological resources in China, for scientific research, and for teaching.

China has complicated weather conditions, with a crisscross network of mountains and rivers, lakes of all sizes, and an extensive sea area.China is rich in terrestrial and aquatic cryptogamic resources.The development of taxonomic studies of cryptogams and the publication of Cryptogamic Flora of China in concert will play an active role in exploration and utilization of the cryptogamic resources of China and in promoting the development of cryptogamic studies in China.

C. K. Tseng
Editor-in-Chief
The Editorial Committee of the Cryptogamic Flora of China
Chinese Academy of Sciences
March, 2000 in Beijing

《中国真菌志》序

  《中国真菌志》是在系统生物学原理和方法指导下，对中国真菌，即真菌界的子囊菌、担子菌、壶菌及接合菌四个门以及不属于真菌界的卵菌等三个门和黏菌及其类似的菌类生物进行搜集、考察和研究的成果。本志所谓"真菌"系广义概念，涵盖上述三大菌类生物（地衣型真菌除外），即当今所称"菌物"。

  中国先民认识并利用真菌作为生活、生产资料，历史悠久，经验丰富，诸如酒、醋、酱、红曲、豆豉、豆腐乳、豆瓣酱等的酿制，蘑菇、木耳、茭白作食用，茯苓、虫草、灵芝等作药用，在制革、纺织、造纸工业中应用真菌进行发酵，以及利用具有抗癌作用和促进碳素循环的真菌，充分显示其经济价值和生态效益。此外，真菌又是多种植物和人畜病害的病原菌，危害甚大。因此，对真菌物种的形态特征、多样性、生理生化、亲缘关系、区系组成、地理分布、生态环境以及经济价值等进行研究和描述，非常必要。这是一项重要的基础科学研究，也是利用益菌、控制害菌、化害为利、变废为宝的应用科学的源泉和先导。

  中国是具有悠久历史的文明古国，从远古到明代的 4500 年间，科学技术一直处于世界前沿，真菌学也不例外。酒是真菌的代谢产物，中国酒文化博大精深、源远流长，有六七千年历史。约在公元 300 年的晋代，江统在其《酒诰》诗中说："酒之所兴，肇自上皇。或云仪狄，又曰杜康。有饭不尽，委之空桑。郁结成味，久蓄气芳。本出于此，不由奇方。"作者精辟地总结了我国酿酒历史和自然发酵方法，比之意大利学者雷蒂（Radi，1860）提出微生物自然发酵法的学说约早 1500 年。在仰韶文化时期（5000~3000 B. C.），我国先民已懂得采食蘑菇。中国历代古籍中均有食用菇蕈的记载，如宋代陈仁玉在其《菌谱》（1245 年）中记述浙江台州产鹅膏菌、松蕈等 11 种，并对其形态、生态、品级和食用方法等作了论述和分类，是中国第一部地方性食用蕈菌志。先民用真菌作药材也是一大创造，中国最早的药典《神农本草经》（成书于 102~200 A. D.）所载 365 种药物中，有茯苓、雷丸、桑耳等 10 余种药用真菌的形态、色泽、性味和疗效的叙述。明代李时珍在《本草纲目》（1578）中，记载"三菌"、"五蕈"、"六芝"、"七耳"以及羊肚菜、桑黄、鸡㙡、雪蚕等 30 多种药用真菌。李氏将菌、蕈、芝、耳集为一类论述，在当时尚无显微镜帮助的情况下，其认识颇为精深。该籍的真菌学知识，足可代表中国古代真菌学水平，堪与同时代欧洲人（如 C. Clusius，1529~1609）的水平比拟而无逊色。

  15 世纪以后，居世界领先地位的中国科学技术，逐渐落后。从 18 世纪中叶到 20 世纪 40 年代，外国传教士、旅行家、科学工作者、外交官、军官、教师以及负有特殊任务者，纷纷来华考察，搜集资料，采集标本，研究鉴定，发表论文或专辑。如法国传教士西博特（P. M. Cibot）1759 年首先来到中国，一住就是 25 年，对中国的植物（含真菌）写过不少文章，1775 年他发表的五棱散尾菌（*Lysurus mokusin*），是用现代科学方法研究发表的第一个中国真菌。继而，俄国的波塔宁（G. N. Potanin，1876）、意大利的吉拉迪（P. Giraldii，1890）、奥地利的汉德尔–马泽蒂（H. Handel Mazzetti，1913）、美国的梅里尔（E. D. Merrill，1916）、瑞典的史密斯（H. Smith，1921）等共 27 人次来我国采集标本。研究发表中国真菌论著 114 篇册，作者多达 60 余人次，报道中国真菌 2040 种，其中含 10 新属、361 新种。东邻日本自 1894 年以来，特别是 1937 年以后，大批人员涌到中国，调查真菌资源及植物病害，采集标本，鉴定发表。据初步统计，发表论著 172 篇册，作者 67 人次以上，共报道中国真菌约 6000 种（有重复），其中含 17 新属、1130 新种。其代表人物在华北有三宅市郎（1908），东北有三浦道哉（1918），台湾有泽田兼吉（1912）；此外，还有斋藤贤道、伊藤诚哉、平冢直秀、山本和太郎、逸见武雄等数十人。

国人用现代科学方法研究中国真菌始于 20 世纪初，最初工作多侧重于植物病害和工业发酵，纯真菌学研究较少。在一二十年代便有不少研究报告和学术论文发表在中外各种刊物上，如胡先骕 1915 年的"菌类鉴别法"，章祖纯 1916 年的"北京附近发生最盛之植物病害调查表"以及钱穟孙（1918）、邹钟琳（1919）、戴芳澜（1920）、李寅恭（1921）、朱凤美（1924）、孙豫寿（1925）、俞大绂（1926）、魏喦寿（1928）等的论文。三四十年代有陈鸿康、邓叔群、魏景超、凌立、周宗璜、欧世璜、方心芳、王云章、裘维蕃等发表的论文，为数甚多。他们中有的人终生或大半生都从事中国真菌学的科教工作，如戴芳澜（1893~1973）著"江苏真菌名录"（1927）、"中国真菌杂记"（1932~1946）、《中国已知真菌名录》（1936，1937）、《中国真菌总汇》（1979）和《真菌的形态和分类》（1987）等，他发表的"三角枫上白粉菌一新种"（1930），是国人用现代科学方法研究、发表的第一个中国真菌新种。邓叔群（1902~1970）著"南京真菌记载"（1932~1933）、"中国真菌续志"（1936~1938）、《中国高等真菌志》（1939）和《中国的真菌》（1963，1996）等，堪称《中国真菌志》的先导。上述学者以及其他许多真菌学工作者，为《中国真菌志》研编的起步奠定了基础。

在 20 世纪后半叶，特别是改革开放以来的 20 多年，中国真菌学有了迅猛的发展，如各类真菌学课程的开设，各级学位研究生的招收和培养，专业机构和学会的建立，专业刊物的创办和出版，地区真菌志的问世等，使真菌学人才辈出，为《中国真菌志》的研编输送了新鲜血液。1973 年中国科学院广州"三志"会议决定，《中国真菌志》的研编正式启动，1987 年由郑儒永、余永年等编辑出版了《中国真菌志》第 1 卷《白粉菌目》，至 2000 年已出版 14 卷。自第 2 卷开始实行主编负责制，2.《银耳目和花耳目》（刘波主编，1992）；3.《多孔菌科》（赵继鼎，1998）；4.《小煤炱目Ⅰ》（胡炎兴，1996）；5.《曲霉属及其相关有性型》（齐祖同，1997）；6.《霜霉目》（余永年，1998）；7.《层腹菌目》（刘波，1998）；8.《核盘菌科和地舌菌科》（庄文颖，1998）；9.《假尾孢属》（刘锡琎、郭英兰，1998）；10.《锈菌目Ⅰ》（王云章、庄剑云，1998）；11.《小煤炱目Ⅱ》（胡炎兴，1999）；12.《黑粉菌科》（郭林，2000）；13.《虫霉目》（李增智，2000）；14.《灵芝科》（赵继鼎、张小青，2000）。盛世出巨著，在国家"科教兴国"英明政策的指引下，《中国真菌志》的研编和出版，定将为中华灿烂文化做出新贡献。

余永年
庄文颖　谨识
中国科学院微生物研究所
中国·北京·中关村
公元 2002 年 09 月 15 日

Foreword of Flora Fungorum Sinicorum

Flora Fungorum Sinicorum summarizes the achievements of Chinese mycologists based on principles and methods of systematic biology in intensive studies on the organisms studied by mycologists, which include non-lichenized fungi of the Kingdom Fungi, some organisms of the Chromista, such as oomycetes etc., and some of the Protozoa, such as slime molds.In this series of volumes, results from extensive collections, field investigations, and taxonomic treatments reveal the fungal diversity of China.

Our Chinese ancestors were very experienced in the application of fungi in their daily life and production.Fungi have long been used in China as food, such as edible mushrooms, including jelly fungi, and the hypertrophic stems of water bamboo infected with *Ustilago esculenta*; as medicines, like *Cordyceps sinensis* (caterpillar fungus), *Poria cocos* (China root), and *Ganoderma* spp. (lingzhi); and in the fermentation industry, for example, manufacturing liquors, vinegar, soy-sauce, *Monascus*, fermented soya beans, fermented bean curd, and thick broad-bean sauce.Fungal fermentation is also applied in the tannery, paperma-king, and textile industries.The anti-cancer compounds produced by fungi and functions of saprophytic fungi in accelerating the carbon-cycle in nature are of economic value and ecological benefits to human beings.On the other hand, fungal pathogens of plants, animals and human cause a huge amount of damage each year.In order to utilize the beneficial fungi and to control the harmful ones, to turn the harmfulness into advantage, and to convert wastes into valuables, it is necessary to understand the morphology, diversity, physiology, biochemistry, relationship, geographical distribution, ecological environment, and economic value of different groups of fungi. *Flora Fungorum Sinicorum* plays an important role from precursor to fountainhead for the applied sciences.

China is a country with an ancient civilization of long standing.In the 4500 years from remote antiquity to the Ming Dynasty, her science and technology as well as knowledge of fungi stood in the leading position of the world.Wine is a metabolite of fungi.The Wine Culture history in China goes back 6000 to 7000 years ago, which has a distant source and a long stream of extensive knowledge and profound scholarship.In the Jin Dynasty (*ca.* 300 A.D.), JIANG Tong, the famous writer, gave a vivid account of the Chinese fermentation history and methods of wine processing in one of his poems entitled *Drinking Games* (Jiu Gao), 1500 years earlier than the theory of microbial fermentation in natural conditions raised by the Italian scholar, Radi (1860). During the period of the Yangshao Culture (5000—3000 B. C.), our Chinese ancestors knew how to eat mushrooms. There were a great number of records of edible mushrooms in Chinese ancient books. For example, back to the Song Dynasty, CHEN Ren-Yu (1245) published the *Mushroom Menu* (Jun Pu) in which he listed 11 species of edible fungi including *Amanita* sp.and *Tricholoma matsutake* from Taizhou, Zhejiang Province, and described in detail their morphology, habitats, taxonomy, taste, and way of cooking. This was the first local flora of the Chinese edible mushrooms.Fungi used as medicines originated in ancient China. The earliest Chinese pharmacopocia, *Shen-Nong Materia Medica* (Shen Nong Ben Cao Jing), was published in 102—200 A. D. Among the 365 medicines recorded, more than 10 fungi, such as *Poria cocos* and *Polyporus mylittae*, were included. Their fruitbody shape, color, taste, and medical functions were provided.The great pharmacist of Ming Dynasty, LI Shi-Zhen (1578) published his eminent work *Compendium Materia Medica* (Ben Cao Gang Mu) in which more than thirty fungal species were accepted as medicines, including *Aecidium mori*, *Cordyceps sinensis*, *Morchella* spp., *Termitomyces* sp., etc.Before the invention of microscope, he managed to bring fungi of different classes together, which demonstrated his intelligence and profound knowledge of biology.

After the 15th century, development of science and technology in China slowed down.From middle of the 18th century to the 1940's, foreign missionaries, tourists, scientists, diplomats, officers, and other professional workers visited China.They collected specimens of plants and fungi, carried out taxonomic studies, and published papers, exsi ccatae, and monographs based on Chinese materials.The French missionary, P. M. Cibot, came to China in 1759 and stayed for 25 years to investigate plants including fungi in different regions of China.Many papers were written by him. *Lysurus mokusin*, identified with modern techniques and published in 1775, was probably the first Chinese fungal record by these visitors.Subsequently, around 27 man-times of foreigners attended field excursions in China, such as G. N. Potanin from Russia in 1876, P. Giraldii from Italy in 1890, H. Handel-Mazzetti from Austria in 1913, E. D. Merrill from the United States in 1916, and H. Smith from Sweden in 1921. Based on examinations of the Chinese collections obtained, 2040 species including 10 new genera and 361 new species were reported or described in 114 papers and books.Since 1894, especially after 1937, many Japanese entered China.They investigated the fungal resources and plant diseases, collected specimens, and published their identification results.According to incomplete information, some 6000 fungal names (with synonyms) including 17 new genera and 1130 new species appeared in 172 publications.The main workers were I. Miyake in the Northern China, M. Miura in the Northeast, K. Sawada in Taiwan, as well as K. Saito, S. Ito, N. Hiratsuka, W. Yamamoto, T. Hemmi, etc.

Research by Chinese mycologists started at the turn of the 20th century when plant diseases and fungal fermentation were emphasized with very little systematic work.Scientific papers or experimental reports were published in domestic and international journals during the 1910's to 1920's. The best-known are "Identification of the fungi" by H. H. Hu in 1915, "Plant disease report from Peking and the adjacent regions" by C. S. Chang in 1916, and papers by S. S. Chian (1918), C. L. Chou (1919), F. L. Tai (1920), Y. G. Li (1921), V. M. Chu (1924), Y. S. Sun (1925), T. F. Yu (1926), and N. S. Wei (1928). Mycologists who were active at the 1930's to 1940's are H. K. Chen, S. C. Teng, C. T. Wei, L. Ling, C. H. Chow, S. H. Ou, S. F. Fang, Y. C. Wang, W. F. Chiu, and others.Some of them dedicated their lifetime to research and teaching in mycology. Prof. F. L. Tai (1893—1973) is one of them, whose representative works were "List of fungi from Jiangsu"(1927), "Notes on Chinese fungi"(1932—1946), *A List of Fungi Hitherto Known from China* (1936, 1937), *Sylloge Fungorum Sinicorum* (1979), *Morphology and Taxonomy of the Fungi* (1987), etc.His paper entitled "A new species of *Uncinula* on *Acer trifidum* Hook.& Arn."was the first new species described by a Chinese mycologist. Prof. S. C. Teng (1902—1970) is also an eminent teacher.He published "Notes on fungi from Nanking" in 1932—1933, "Notes on Chinese fungi" in 1936—1938, *A Contribution to Our Knowledge of the Higher Fungi of China* in 1939, and *Fungi of China* in 1963 and 1996.Work done by the above-mentioned scholars lays a foundation for our current project on *Flora Fungorum Sinicorum*.

In 1973, an important meeting organized by the Chinese Academy of Sciences was held in Guangzhou (Canton) and a decision was made, uniting the related scientists from all over China to initiate the long term project "Fauna, Flora, and Cryptogamic Flora of China".Work on *Flora Fungorum Sinicorum* thus started.Significant progress has been made in development of Chinese mycology since 1978.Many mycological institutions were founded in different areas of the country.The Mycological Society of China was established, the journals *Acta Mycological Sinica* and *Mycosystema* were published as well as local floras of the economically important fungi.A young generation in field of mycology grew up through postgraduate training programs in the graduate schools.The first volume of Chinese Mycoflora on the Erysiphales (edited by R. Y. Zheng & Y. N. Yu, 1987) appeared.Up to now, 14 volumes have been published: Tremellales and Dacrymycetales edited by B. Liu (1992), Polyporaceae by J. D. Zhao (1998), Meliolales Part I (Y. X. Hu, 1996), *Aspergillus* and its related teleomorphs (Z. T. Qi, 1997), Peronosporales (Y. N. Yu, 1998), Sclerotiniaceae and Geoglossaceae (W. Y. Zhuang, 1998), *Pseudocercospora* (X. J. Liu & Y. L. Guo, 1998), Uredinales Part I (Y. C. Wang & J. Y. Zhuang, 1998), Meliolales Part II (Y. X. Hu, 1999), Ustilaginaceae (L. Guo, 2000), Entomophthorales (Z. Z. Li, 2000), and Ganodermataceae (J. D. Zhao & X. Q. Zhang, 2000). We eagerly await the coming volumes and expect the completion of Flora *Fungorum Sinicorum* which will reflect the flourishing of Chinese culture.

Y. N. Yu and W. Y. Zhuang

Institute of Microbiology, CAS, Beijing

September 15, 2002

致 谢

在革菌科的研究及本书撰写过程中，得到了许多中外专家同行或同事的多方帮助。首先感谢中国科学院中国孢子植物编辑委员会的资助和支持，感谢国家自然基金委员会国家杰出青年基金项目(30425042)和3个面上项目(30910103907、30670009、31070022)的支持。特别感谢台湾的吴声华教授，在他的安排下，本书作者熊红霞有机会去台湾的标本馆查阅了大量的标本，同时得到吴声华教授的热情指导和帮助。

感谢中国科学院昆明植物研究所杨祝良研究员和中国科学院微生物研究所郭林研究员对本书进行了认真、仔细的审阅，并提出了中肯、宝贵的建议。在本志的撰写和组稿过程中，田金秀女士给予了很多及时的帮助并耐心解答相关问题，对此表示衷心感谢。

在本志编写过程中涉及一些传统分类系统与分子系统学不一致以及一些中文名修正的问题，得到了中国科学院微生物研究所魏江春院士的热情指导和帮助。

感谢为本书采集、借阅和赠送标本的同事，他们是中国科学院微生物研究所吕鸿梅女士，中国科学院昆明植物研究所王立松博士，台湾自然科学博物馆陈秀珍女士，广东微生物研究所李泰辉研究员，中国科学院沈阳应用生态研究所魏玉莲博士、王汉臣博士、以及研究生秦问敏、周丽伟、余长军、李娟、周续申、黄明运和李冠华等，北京林业大学崔宝凯博士、何双辉博士、研究生杜萍、李海蛟和王伟等，芬兰赫尔辛基大学植物博物馆 P. Salo 博士、T. Niemelä 博士和 O. Miettinen 博士，芬兰林业研究所 K. Korhonen 博士和 H. Kotiranta 博士，比利时鲁汶大学真菌研究所 C. Decock 博士，丹麦哥本哈根大学植物博物馆 H. Knudsen 博士。

特别感谢中国科学院真菌标本馆(HMAS)，中国科学院昆明植物研究所隐花植物标本馆(HKAS)，台湾自然科学博物馆(TNM)和广东微生物研究所标本馆(HMIGD)为本志研究提供了大量标本。

作者对所有给予本志提供帮助的其他单位和个人表示诚挚的谢意。

由于作者业务水平和能力有限，本志中一定还存在诸多缺点和错误，谨请读者提出宝贵意见，以便再版时修改和订正。

目　录

绪　论

广义的革菌科（Corticiaceae *s.l.*）属于担子菌门（Basidiomycota），担子菌纲（Basidiomycetes）。革菌科属于无隔担子菌，它不是一个自然分类系统，而是一个人为的分类体系，是具有相似生活习性的一个类群（Ginns 1998；Hjortstam 1997；Hjortstam *et al.* 1988a）。Donk（1964）定义的广义的革菌科包括所有平伏非孔状子实体的种类。革菌科的大部分种类为木生，但有的种类也生于落叶和草本植物上，通常具有单系的菌丝系统，锁状联合存在或不存在，子实层体通常为光滑、齿状或皱褶状。Parmasto（1968a）提出一个相对狭义的概念，基于下列性状将革菌科分为 11 个亚科：①菌肉中菌丝是否是直角分枝；②子实层中是否有囊状体和其他不育的子实层结构；③担孢子和担子的形态特征；④子实层体的形态特征；⑤连接基质的菌肉菌丝的排列；⑥子实体组织和担孢子的各种化学反应。但是，Parmasto 提出的定义过于狭窄，使一些属被排除在该科之外。Jülich（1981）将扁平形无隔担子菌类划分为数十个科，但这些分类凭借形态特征，缺乏有力的支持证据。只依据真菌形态特征不能深入进行系统学的探讨，所以，虽然革菌科的概念已经被提出，但仍有许多菌物学家仍把革菌科称为"不确定的科"，认为革菌科应该被分成更小更自然的科（Jülich 1981）。综上所述，目前对该类真菌的研究还不深入，仍然没有建立更好的分类系统。

革菌科种类繁多而且比较复杂，菌物学家经过近百年的不懈努力，对革菌科的研究已经有了很大的进展，但要想建立一个合乎自然的分类系统仍是一个十分艰巨的任务。从依靠外部形态认识革菌到利用显微镜观察是一个巨大的进步。近年来，通过对综合性状和分子生物学手段的利用，使革菌科的分类有了新的发展和提高，但是目前大多数的研究还集中在系统研究上，仅有少量关于培养特性和分子生物学研究的报道。多年来，虽发表了诸多革菌新种，但是由于数量庞大，不但有许多有效名称没有被系统地整理，还有很多的同物异名存在。同时，还有大量的种类没有被认识。这些现象都对该科真菌的系统学研究造成了很多困难，所以目前要想建立一个反映该科亲缘关系的系统还不现实。本书仍然按照广义的革菌科的概念，将目前所知道的担孢子无色、薄壁、光滑，在梅试剂和棉蓝试剂中无变色反应的 8 属，109 种作为该科的第一卷处理，以后的卷册也主要根据担孢子的主要特征将革菌科的种类分成几组处理。到目前为止，中国发现广义的革菌科种类大约 420 种（Dai 1998，2002，2004；Dai *et al.* 2000，2004；Wei and Dai 2004；Wei *et al.* 2005，2007；Yuan and Dai 2005a，2005b，2008；Xiong and Dai 2007；Xiong *et al.* 2007a，2007b；熊红霞和戴玉成 2008；周绪申等 2007）。

一、形态学和生物学

从外部形态来看，革菌科真菌的子实体比较简单，变化较少，一般平伏且较薄，子实层面通常光滑、齿状、颗粒状或瘤状，大多数种类的子实体颜色变化不大，基本上是奶油色、灰色、土黄色、灰黄色等，也有少数种类的子实层面是蓝色、红色、绿色、橘黄色等，子实体的质地通常膜质、软革质至韧革质。从显微结构上看，该科的种类变化比较大，有的种类有特殊的囊状体或担孢子，囊状体和担孢子的变化非常大，它们是分类学的重要特征，有的种类有6个甚至8个担孢子梗，多数种类是一体系菌丝，少数种类是二体系菌丝。

革菌科的种类一般一年生，少数种类多年生，然而由于干、湿季节的变化，有些热带地区的种类虽形成2或3层子实层体，但仍属于一年生种类，因此，热带的种类不应该以子实层体的层数来判断是一年生还是多年生，而寒温带地区的种类可以由此来判断。

革菌科的种类都能通过有性繁殖发育成担子果，但有少数种类，如串担革菌属（*Botryobasidium* Donk）等形成担子果的同时还会产生分生孢子。

革菌科的种类绝大多数属于木生真菌，生长在立木、倒木或腐朽木上，造成木材的白色或褐色腐朽；但也有少数种类地生，个别种类是菌根菌。有的种类虽然为地生，但其生态功能尚未知。

二、经济价值

革菌科的很多种类具有重要的经济价值，有些种类是树木病原菌，而有的种类则可食用，有的种类可药用，有的还具有广泛的工业用途。在森林生态系统中，这一类真菌担负着降解木质素、纤维素和半纤维素的功能，在生物圈中起着重要的降解还原作用，为森林生态系统提供营养物质。

1. 森林病原菌

革菌科的很多种类是树木病原菌，它们能侵染活立木，导致根部、干基、心材、边材或整个树干腐朽，侵染根部的种类能在短时间内造成树木死亡，侵染其他部位的种类有时也能最终造成树木死亡。从经营和保护森林的角度讲，它们对树木的生长有害，有些甚至造成严重的经济损失，如紫黑韧革菌[*Chondrostereum purpureum* (Pers.) Pouzar]和血红韧革菌[*Stereum sanguinolentum* (Alb. & Schwein.) Fr.]，其中，血红韧革菌是针叶树上的一种弱寄生菌，通常腐生在有皮的针叶树上，但树势衰弱时，该菌也侵染活立木，造成整个树干白色腐朽，受害木通常风折后死亡(戴玉成 2005)。另外，有的种类尽管生长在活立木上，但是它们通常生长在树木的心材部位，而活立木的形成层对这些菌具有免疫能力，因此，这些树木被侵染后也能生长很多年，也有一些种类，当树木的形成层受伤后，能侵入并杀死形成层细胞，最终导致树木死亡。

2. 木材腐朽菌

革菌科是木材腐朽真菌中的重要类群，这类真菌能分解木质素、纤维素和半纤维素，并利用木材细胞中的养分来生长和繁殖。根据木材腐朽的情况可以分为白色腐朽菌和褐色腐朽菌。白色腐朽菌含有纤维素酶和木质素酶，它们能够将木材的所有成分降解。褐色腐朽菌只是有选择地降解木材中的纤维素和半纤维素(魏玉莲和戴玉成 2004)。革菌科的大部分种类是白色腐朽菌，少数是褐色腐朽菌，如白缘皱孔菌属（*Leucogyrophana*

Pouzar）、柱囊韧革菌属（*Columnocystis* Pouzar）、韧皮革菌属（*Crustoderma* Parmasto）、胶块革菌属（*Dacryobolus* Fr.）和假干朽菌属（*Pseudomerulius* Jülich）等，其中伏果干腐菌 [*Serpula lacrymans*（Wulfen）J. Schröt.]可引起强烈的褐腐，在欧洲，经常造成木制房屋的腐朽，但该菌在中国所引起的危害并不像在欧洲那么严重（戴玉成 2009）。

3. 食用真菌

大多数的革菌种类是木质、革质或膜质，不能食用，但是有极少数的种类是可以食用的，且味道鲜美。它们以高蛋白、低脂肪、低热能、富含多种维生素、矿物质和膳食纤维以及独特的风味为特色，不仅是餐桌的美味佳肴，还是常用的健康食品。如肉红胶质韧革菌（*Gloeostereum incarnatum* S. Ito & S. Imai）、橙黄粗孢革菌（*Thelephora aurantiotincta* Corner）、日本粗孢革菌（*Thelephora japonica* Yasuda ex Lloyd）和莲座粗孢革菌（*Thelephora vialis* Schwein.）等都是很好吃的食用菌。肉红胶质韧革菌又称为榆耳或榆蘑，味道鲜美，兼具药效，享有"森林食品之王"的美称，1988 年我国驯化成功，现在已经进行大量的人工栽培（戴玉成和图力古尔 2007）。

4. 药用真菌

真菌用作药材在我国已经有近 2000 年的历史，药用真菌含有丰富的真菌多肽和多糖等多种生理活性物质，能够调节和增强人体免疫力，并具抗肿瘤的功效。革菌中的毛韧革菌 [*Stereum hirsutum*（Willd.）Pers.]、胶质射脉革菌 [*Phlebia tremellosa*（Schrad.）Nakasone & Burds.]和莲座粗孢革菌等种类具有药用价值。

5. 工业真菌

由于一些革菌种类具有降解复杂化合物的功能，因此可以用于生物修复、造纸工业、印染和石油化工等工业的废水处理。如黄孢原毛平革菌（*Phanerochaete chrysosporium* Burds.）和射脉革菌（*Phlebia radiata* Fr.），可以产生木素过氧化物酶和锰过氧化物酶等，不但有很强的降解木质素的能力，而且对多种多环芳香族环境污染物有很强的降解能力，因此，利用这类工业真菌对许多类型的工业，如焦化、印染、农药以及制浆造纸等的废水进行处理有着广阔的应用前景。

三、形 态 特 征

1. 担子果形态

担子果是指产生担子的子实体。革菌科种类的子实体外部形态通常比较稳定，是分类的重要特征之一。平伏种类革菌的担子果结构非常简单。担子果通常一年生或多年生，有平伏或平伏反卷、有菌盖或无菌盖、有柄或无柄。按照担子果在基物上着生的状态（特别是盖形种类），可将其分为单生、覆瓦状叠生、簇生和单柄共生。子实体的质地有革质、肉质、胶质和海绵质等，与其他的种类相比，通常质地较软。担子果的颜色很稳定，干燥后颜色基本上没有变化。但是有一些种类，新鲜时子实层体表面触后变为血红色，如血红韧革菌，因此，准确记录新鲜时子实体的颜色对正确描述和鉴定这些种类非常重要。担子果的边缘比较窄，有的不明显甚至不存在不育边缘，有的种类则边缘具菌索。该科种类的担子果新鲜时一般没有特殊的气味。

2. 菌盖形态

具菌盖的革菌种类较少，菌盖有半圆形、扇形、匙形和漏斗形。着生方式有单生、簇生、覆瓦状叠生和左右连生。菌盖表面光滑或被有绒毛、粗毛，有或无同心环纹和放射状皱褶，颜色多样。菌盖边缘锐或钝，薄或厚，完整、有缺刻或裂开，平展、内卷或反卷。

3. 子实层体形态

革菌的子实层体有多种形态，如光滑、具疣状突起、颗粒状、齿状、褶状、网纹状或孔状(图1)。

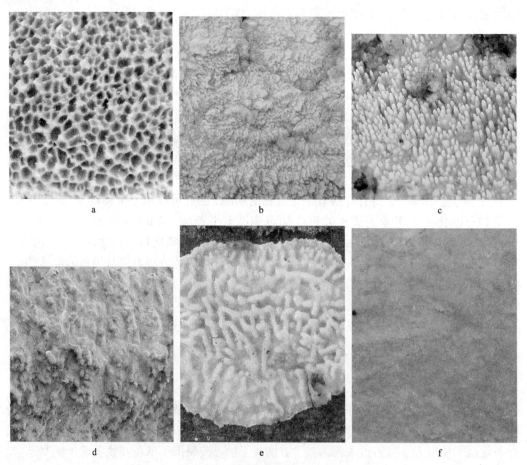

图1 a-f革菌科的子实层体的主要类型
a. 孔状；b. 皱孔状；c. 齿状；d. 瘤状；e. 光滑；f. 网纹状

4. 担子果的结构

革菌的担子果通常由子实层、近子实层和菌肉层组成。

（1）子实层

子实层由担子及其他不育结构如囊状体、拟囊状体和拟担子组成。

（2）近子实层

靠近子实层，由菌丝构成，近子实层的菌丝一般排列比较紧密且大量分枝。

（3）菌肉层

基质与近子实层之间的不育部分，该层菌丝一般较宽且排列疏松，大多数与基质平行排列。有的种类菌肉与子实层之间有一条黑带，表现为异质。

5. 菌丝系统

担子菌的子实体由菌丝构成，但是自18世纪真菌系统学研究开始的很长时间里，菌丝的类型和结构并没有引起人们的注意。1913年，Ames开始认识到菌丝对于多孔菌研究的重要性，此后，Corner（1932a，1932b，1950，1953）对于菌丝系统的描述开创了现代多孔菌和革菌研究的新纪元，对真菌学研究起到了极大的促进作用。Corner将菌丝分成3个基本类型，分别是生殖菌丝、骨架菌丝和缠绕菌丝。担子果中只具有生殖菌丝的，称为一体系（简称一系）；担子果中有生殖菌丝和骨架菌丝的，称为二体系（简称二系）；担子果中具有3种菌丝类型的则称为三体系。Alexopoulos等（1996）将3种菌丝定义如下。

（1）生殖菌丝

通常薄壁（个别种类厚壁），有分隔的菌丝，能够产生担子。生殖菌丝是形成子实体的基本单位，因此存在于所有类型的子实体中。生殖菌丝为简单分隔或具有锁状联合，在子实体形成的开始阶段通常都由生殖菌丝构成。生殖菌丝的分隔类型在革菌科的分类中是一个基本的特征，通常一个种类中只具有一种分隔类型，只在少数种类中简单分隔和锁状联合同时存在。生殖菌丝通过细胞的分化能够产生各种典型的结构，如骨架菌丝和缠绕菌丝等。

（2）骨架菌丝

厚壁，不分隔，分枝或不分枝的营养菌丝。骨架菌丝和缠绕菌丝都属于营养菌丝，这些菌丝来源于生殖菌丝。骨架菌丝通常厚壁至近实心，有时空心，分枝或不分枝，无分隔，直径比较一致，可以进行无限生长。

（3）缠绕菌丝

厚壁至近实心，不分隔，高度分枝的营养菌丝，通常直径小于骨架菌丝，并且不定向生长。除了上述3种菌丝类型外，革菌科有些种类中还存在胶质菌丝，它是一种薄壁、直径较粗，含高折射率内含物的菌丝，其内含物均匀或有颗粒，在梅试剂中更容易观察到。胶质菌丝也是重要的分类特征。

革菌科大部分的种类都属于一体系菌丝系统，也有几个属是二体系，如脊革菌属（*Lopharia* Kalchbr. & MacOwan）、干腐菌属（*Serpula* Pers. ex Gray）、耙齿菌属（*Irpex* Fr.）和齿耳菌属（*Steccherinum* Gray）等，三体系的种类极少见。

有些种类菌髓菌丝与菌肉菌丝不同。菌髓菌丝一般平行排列，而菌肉菌丝一般交织排列（图 2）。

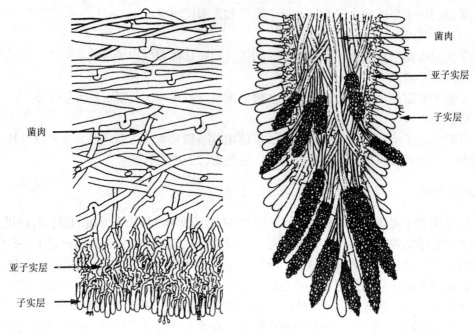

菌肉

亚子实层

子实层

菌肉

亚子实层

子实层

图 2　菌肉和菌髓结构示意图

6. 菌丝分隔

生殖菌丝分隔的类型是很重要的分类依据。有的种类菌丝只具简单分隔，有的种类菌丝只具锁状联合，锁状联合处菌丝稍膨大，有的菌丝在一个分隔处具有多个锁状联合，有的种类菌丝既有简单分隔又有锁状联合，如原毛平革菌属（*Phanerochaete* P. Karst.）和阿泰菌属（*Athelia* Pers.）的一些种类，其菌肉菌丝上偶尔有锁状联合，而其余部分的菌丝具简单分隔。

7. 担子和拟担子

担子是子实层上的一种特殊细胞，细胞核融合以及减数分裂均在这种细胞中进行。减数分裂后发育的单倍体担孢子生长在担子顶端突出的小梗上，其小梗称为担孢子梗。通常每个担子能长出 4 个担孢子，少数 2 个、6 个或 8 个。担子通常薄壁，无色，形状变化较大，有棍棒状、坛状和圆柱状，有的特别长，有的担子中部稍微收缩，有的担子基部中生，有的侧生，还有的担子复生。拟担子是未发育的担子，形状与担子相似，但通常比担子略小。

8. 担孢子

担孢子是最重要的分类性状，担孢子的形状、大小、颜色、壁的厚度以及担孢子壁表面纹饰特征等都是革菌科分种的重要特征。担孢子的形状有腊肠形、圆柱形、椭圆形、舟形、球形、卵形、苹果核形和纺锤形等。大多数种类担孢子壁光滑，但也有少数几个属的担孢子表面有纹饰，如盘革菌属(*Aleurodiscus* Rabenh. ex J. Schröt.)、棉革属 (*Tomentella* Pers. ex Pat.)和蛛网革菌属(*Botryhypochnus* Donk)等。担孢子薄壁或厚壁，有色或无色，有的在棉蓝试剂中有嗜蓝反应，如缘索革菌属(*Hypochniciellum* Hjortstam & Ryvarden)和干腐菌属等;有的在梅试剂中有淀粉质反应，如盘革菌属和韧革菌属(*Stereum* Hill ex Pers.)等。有的担孢子表面有较长的刺，如蛛网革菌属，有的担孢子表面瘤状(图 3)。有时还会有分生孢子产生，如串担革菌属。

担孢子的壁厚度及担孢子表面的纹饰在棉蓝试剂和梅试剂中更容易观察。

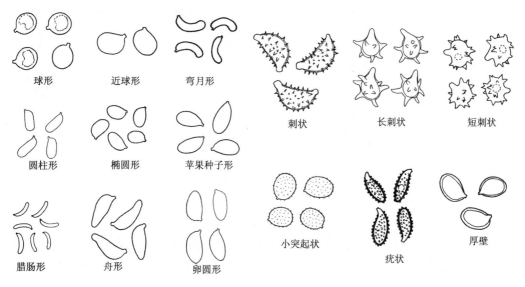

球形　近球形　弯月形　刺状　长刺状　短刺状

圆柱形　椭圆形　苹果种子形

小突起状　疣状　厚壁

腊肠形　舟形　卵圆形

图 3　革菌科中各种担孢子类型及担孢子表面不同类型的纹饰

9. 囊状体和拟囊状体

囊状体是生长在子实层或子实下层间明显的不育细胞，它是鉴定种的重要特征。根据囊状体生成部位的不同，可将其分为 2 类:一类是自亚子实层伸出，形状与担子相似，但通常比担子大，薄壁或者厚壁，表面光滑或被有结晶，有些种类中囊状体数量很多，在显微镜下容易观察到，而有些种类中囊状体数量比较少，故有时不容易观察到;另外一类是源自菌髓中的骨架菌丝，有时埋生于菌髓中，有时会伸出子实层，通常厚壁至几乎实心，表面光滑或覆盖结晶，这类囊状体通常称为骨架囊状体。有的种类还有胶质囊状体，这种囊状体通常薄壁，光滑，细胞内含有折射率较高的油性状物质，在梅试剂中非常明显。

拟囊状体经常发生在子实层中担子之间，顶端一般较尖，易于与拟担子分开。侧丝是子实层里的形态各异的不孕丝状物，如树状菌丝、棘状菌丝、星状菌丝、多沟囊体等(图 4)。

囊状体和拟囊状体在种的鉴定中有一定的价值。

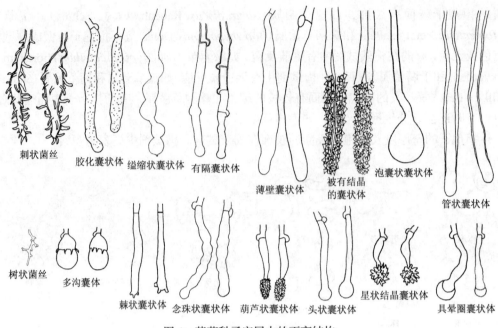

刺状菌丝　胶化囊状体　缢缩状囊状体　有隔囊状体　薄壁囊状体　被有结晶的囊状体　泡囊状囊状体　管状囊状体

树状菌丝　多沟囊体　棘状囊状体　念珠状囊状体　葫芦状囊状体　头状囊状体　星状结晶囊状体　具晕圈囊状体

图 4　革菌科子实层中的不育结构

10. 结晶

在子实层或菌肉层里常常可以观察到结晶，结晶通常无色，透明，覆盖于菌丝表面、顶端或者囊状体的表面，在显微镜下呈菱形或方形。有无结晶也可作为种间分类的依据之一。

11. 无性孢子

革菌科中的某些种类还会产生分生孢子，如串担革菌属，分生孢子的产生也是一些种类很重要的分类特征。

12. 化学反应

在革菌科的研究中常用到以下 3 种浮载剂(染色剂)：棉蓝试剂(cotton blue)、梅试剂(Melzer's reagent)和 5%的氢氧化钾试剂(KOH)。

子实体颜色较淡的种类需要在棉蓝试剂中进行观察，如果担孢子或菌丝壁在棉蓝试剂中呈深蓝色，称为嗜蓝反应(cyanophilous)，反之则不具嗜蓝反应(acyanophilous)，如串担革菌属的担孢子和生殖菌丝都具有较明显的嗜蓝反应，而丝皮革菌属(*Hyphoderma* Wallr.)的担孢子和生殖菌丝则无此反应，因此，担孢子和生殖菌丝是否有嗜蓝反应也是该类群真菌分属的重要特征之一。

在革菌科的分类研究中，梅试剂是个非常重要的浮载剂。有的种类其担孢子或菌丝壁或囊状体在梅试剂中变为蓝黑色，则该反应称为淀粉质反应(amyloid)，如软齿菌属(*Dentipellis* Donk)中担孢子具有淀粉质反应；如果变为红褐色则称为拟糊精反应(dextrinoid)，如脊革菌属中的菌丝等；如果无变化则称为负反应。

有些属的种类存在较多的油滴和结晶，以至于在其他浮载剂中难以观察其显微结构，以 KOH 溶液作浮载剂可以分散溶解其中的油滴和结晶，使其显微结构清晰显现出来，如齿舌革菌属（*Radulomyces* M.P. Christ.）；而有的种类其菌丝或囊状体在 KOH 试剂中易膨胀，如胶块革菌属。

四、生态学及分布

革菌科是一个大类群，对它们的生态学习性还不完全清楚，该科种类的绝大多数属于木生真菌，生长在倒木或腐朽木上，少数种类地生。它们的子实体通常生长在基质的下方，子实层体表面朝下。倒木或腐烂木是革菌经常发生的地方，大部分种类都生长在这类基质上。但是还有一些种类生长在以下几种环境中：活树上的枯枝，由于这种基质能使它们度过比较干燥的环境，有一些种类喜欢生长在比较干燥的地方，如笋革菌属（*Peniophora* Cooke）、绚革菌属（*Laeticorticium* Donk）、委氏革菌属（*Vuilleminia* Maire）等。树状突革菌属（*Dendrothele* Höhn. & Litsch.）和盘革菌属的一些种类只生活在活树的树皮上。各种各样的建筑物材料也是革菌发生的地方，如木质篱笆上、枕木上、木质桥梁上经常会有革菌发生。

影响革菌的生长发育的因素是多种多样的，湿度是影响革菌生长最重要因素，另外，温度也是影响革菌发育的重要因素，革菌生长的温度范围为 3~38℃，适宜温度为25~30℃。在最适温度下革菌菌丝代谢活性高、繁殖快，对基质的分解速度也非常快；而温度高于或低于最适生长温度则菌丝体内各种酶活性受到抑制，从而生长速度和对基质的分解速度降低。光线对革菌的生长发育不是很重要，但是如果缺乏适当的光线，可导致形态畸形发育（赵继鼎和张小青 1994），不同的种类对光线的需求也不相同。

另外，有些种类喜生于阔叶树上，有的种类则喜欢生长在针叶树上，但大多数的种类属于兼生于阔叶树和针叶树上。从林型来看，纯针叶林或纯阔叶林中革菌的生长相对较少，而混交林中革菌的种类相对较多。

五、革菌科的分类学

革菌科（Corticiaceae Herter）建立于1910年，但在之后的几十年间并没有被广泛接受，Burt（1914）和 Cunningham（1963）曾引用过该科，但真正使用该科是从 Eriksson（1958）和Donk（1964）开始的。最初只是根据子实体的特征定义 Corticiaceae，Donk（1964）所定义的广义的革菌科包括所有平伏非孔状子实体的种类。后来通过运用菌丝、担子、囊状体和担孢子的特征，一些属如革菌属（*Corticium* Pers.）、笋革菌属和裂齿菌属（*Odontia* Fr.）从该科中分离出来（Donk 1964）。Eriksson（1958）建立了一些更加符合自然的属，如丝齿菌属（*Hyphodontia* J. Erikss.）和纹枯状革菌属（*Hypochnicium* J. Erikss.）。Parmasto（1986）认为粗齿菌属（*Basidioradulum* Nobles）、丝皮革菌属、丝齿菌属和纹枯状革菌属都属于丝皮革菌亚科（Hyphodermoideae）。Parmasto（1968a，1968b，1986）和 Boidin（1971）及其他一些菌物学家还试图解决该科的起源，该科与其他科之间的关系以及该科所包括的类群。Hansen 和 Knudsen（1997）认为 Corticiaceae 应该只包括 5 个属。现在的菌物学家一般把

Corticiaceae 称为不确定的科，Jülich (1981) 认为应该把 Corticiaceae 分成更小、更自然的科。但是，到目前为止，由于有 1000 多种革菌，再加上有大量的同物异名以及文献资料不完备，导致该科现在的分类关系还较混乱。从世界范围来看，北美和北欧的革菌研究较深入一些，出版了诸多论著 (Banker 1906；Boidin 1960；Eriksson and Ryvarden 1973，1975，1976，1984；Welden 1975；Eriksson *et al.* 1978，1981，1987；Lindsey and Gilbertson 1978；Jülich and Stalpers 1980；Hjortstam 1984；Burdsall 1985；Hjortstam 1990，1997；Hjortstam and Ryvarden 1988，1990；Hjortstam *et al.* 1987，1988a，1990；Gilbertson 1974；Ginn and Lefebvre 1993；Ginns 1991，1998；Kõljalg 1996；Hallenberg and Hjortstam 1988；Kotiranta and Mukhin 1998；Kotiranta 2001；Kotiranta and Saarenoksa 1990，2000a，2000b；Langer 1994；Maas Geesteranus 1971；Nobles 1967；Nakasone 1990)。在东亚地区对革菌科也有一些研究，但是相对较薄弱 (Hayashi 1974；Maekawa 1993，1994，1997，1998，1999，2000；Maekawa and Zang 1995；Maekawa *et al.* 2002；Wu 1990，1995，1997，2000a，2000b，2002，2007；Wu and Chen 1992；Wei *et al.* 2007)。目前，对革菌科通常的认识还是一个人为的、广义的分类单元。按现代分类系统 (Kirk *et al.* 2008) 广义的革菌类群属于担子菌门 (Basidiomycota)，伞菌纲 (Agaricomycetes) 中革菌目 (Corticiales) 和糙孢革菌目 (Thelephorales) 中的大部分种类，还包括多孔菌目 (Polyporales)、锈革孔菌目 (Hymenochaetales)、褐褶菌目 (Gloeophyllales)、糙孢孔目 (Trechisporales)、鸡油菌目 (Cantharellales)、阿太菌目 (Atheliales)、红菇目 (Russulales)、伞菌目 (Agaricales) 和木耳目 (Auriculariales) 中的一些种类 (Kirk *et al.* 2008)。这个新系统主要是基于近年来分子生物研究的结论，但还不稳定，随着更多的分子数据的增加，还会不断更新。另外，这个新系统虽然反映了种、属、科等分类阶元之间的亲缘关系，但在研究中也有一些问题，如有些革菌种类 (如 *Lindtneria* Pilát 属的种类) 从系统发育上看属于红菇目，但该属的内容一般不是伞菌研究人员的范畴，实际上还是革菌学者研究的对象。另外，新系统将多孔菌类群和革菌类群的很多科属混合在一起，一些革菌属 (如丝齿菌属) 被归类于锈革孔菌目 (Hymenochaetales)，但该目的绝大部分种类已经在《中国真菌志第二十九卷》中完成。我们充分认识到革菌分子系统学研究，特别是系统发育研究的最新进展，但考虑到研究的范畴，仍然按照广义革菌科所包括的类群进行真菌志的编研。

六、革菌科在中国的研究简史

对中国革菌科的研究始于 19 世纪晚期，1876—1894 年，Potanin 和俄国其他一些科学家对中国西北和北方地区的植物进行了考察，并采集了一些真菌标本 (戴芳澜 1979b)，其中的木生真菌由芬兰真菌学家 Karsten (1892) 发表。法国的传教士 Delavay 在 1881—1891 年对中国的南方地区进行了植物考察和采集，其中的木生真菌由法国真菌学家 Patouillard (1890，1893，1895) 发表；*Aleurodiscus oakesii* (Berk. & M.A. Curtis) Pat.、*Corticium calceum* (Pers.) Fr.、*Hymenochaete cruenta* (Pers.) Donk、*H. rheicolor* (Mont.) Lév.、*Merulius tremellosus* Schrad. 和 *Porostereum spadiceum* (Pers.) Hjortstam & Ryvarden 是中国最早报道的革菌种类 (Patouillard 1890)；20 世纪初，Jaczewski 等 (1900) 和 Siuzev (1910) 也报道过少数中国的革菌。我国真菌学家邓叔群在 20 世纪 30 年代对真菌

进行了调查，并对中国的革菌进行了报道，1939 年他总共报道了我国广义的革菌 99 种
(Teng 1939)。Pilát(1940)和 Imazeki(1943)记载了中国革菌的少数种类。1963 年出版的
《中国的真菌》一书中共记载了 139 种革菌(邓叔群 1963)。戴芳澜(1979a)的《中国真
菌总汇》中记载了革菌名称 200 余种，其中包括一些同物异名。应建浙等(1980)又发表
了 67 种中国平伏的非褶菌目真菌，其中有 42 种属于中国新记录种；郭正堂研究了我国
革菌中的韧革菌，报道了该类真菌 44 种(郭正堂 1986，1987a，1987b)。Hjortstam 和
Ryvarden(1988)对我国长白山的革菌进行了专业研究，共记载了该保护区的革菌 98 种。
对我国西南和其他地区革菌进行专业研究的还有 Maekawa 和臧穆(1995)，Maekawa 等
(2002)和吴声华(2002)。另外，一些地方真菌志(李茹光等 1991；李建宗等 1993；毕志
树等 1994)和其他一些真菌学研究报告(Dai 1998，2002；Dai *et al.* 2000；Ginns 1991；
Langer and Dai 1998；Zang 1980；Zhang 1989，1997)也包括了很多革菌，这些研究结果
丰富了我国革菌的种类。到目前为止，中国共发现革菌 420 种，125 属，但是世界上已
经报道的革菌约有 1100 种，170 属，中国还有大量的革菌没有被报道，有待于做更进一
步的研究。

七、研究材料和方法

1. 研究材料来源

所有研究材料分别来自于中国科学院沈阳应用生态研究所生物标本馆(IFP)、中国科
学院微生物研究所真菌标本馆(HMAS)、广东省科学院微生物研究所真菌标本馆
(GDGM)、中国科学院昆明植物研究所隐花植物标本馆(HKAS)、中国台湾自然科学博
物馆(TNM)和芬兰赫尔辛基大学植物博物馆(H)。

2. 研究方法

(1) 野外采样

野外采集标本时记录新鲜子实体的颜色、质地、气味等特征，必要时对一些个体
进行野外拍照以保留其新鲜时的特征；同时记录寄主的种类，腐烂程度，造成腐朽的
类型以及周围的生境等，为室内的鉴定研究工作提供资料。将采集的标本编号登记，
放入 35~50℃的烘箱内鼓风烘干，烘干后在实验室放入–40℃的低温冰箱中保存 2 周，
以杀死虫卵等。

(2) 室内鉴定

室内研究标本时，首先观察标本的外部宏观特征：子实体是平伏还是有盖，一年生
还是多年生，菌盖颜色、形状和大小，菌盖表面是否光滑，子实体有无菌柄及菌柄的着
生位置，以及子实层体的颜色、排布、形状和大小。然后做组织切片：用刀片沿着子实
层体的纵切面切取菌肉组织(尽量薄)，利用梅试剂、棉蓝试剂、5% KOH 试剂和蒸馏水
作为浮载剂，做成切片。担孢子或菌丝壁或囊状体在梅试剂中呈淀粉质反应表示为 IKI+，
既无淀粉质反应也无拟糊精反应表示为 IKI–。担孢子或菌丝壁在棉蓝试剂中呈嗜蓝反应
表示为 CB+，无嗜蓝反应表示为 CB–。在显微镜下观察组织切片，观察时记录下菌丝、

囊状体、担子、担孢子等方面的特征。显微测量和绘图均在棉蓝试剂的切片中进行，显微绘图借助于管状绘图仪。在测量担孢子大小时，测量成熟担孢子的长度和宽度，为了测量具有统计学意义，每号标本随机测量 30 个担孢子。在种的描述中，担孢子的长或宽用 (a~) b~c (~d) 表示，95% 的测量值为 b~c，a、d 分别为测量数据中的最小值和最大值；担孢子的平均长宽分别用 L、W 表示；长宽比用 Q 表示，其中 $Q=L/W$（如果某类有多号标本，则用各标本的长宽比的平均值表示该种类的 Q 值）。

专 论

革菌科(一) CORTICIACEAE(1)

中国革菌科 Corticiaceae (一)分属检索表

阿泰菌属 *Athelia* Pers. emend. Donk
Fungus 27: 12, 1957.

担子果一年生，平伏，贴生，薄，膜质，与基质易剥离；子实层体表面灰白色、奶油色至浅黄白色，光滑；菌丝系统一体系，生殖菌丝具锁状联合或简单分隔；子实层中有或无囊状体；担子短棍棒状，顶端一般有 2~4 个担孢子梗；担孢子形状多样，椭圆形、梨形或球形，薄壁，在梅试剂和棉蓝试剂里均无变色反应。

模式种：*Athelia epiphylla* Pers.。

讨论：该属区别于其他属的特征是担子果薄，膜质，与基质易分离；菌丝系统一体系，具简单分隔或锁状联合；担孢子薄壁，IKI–，CB–。

相似阿泰菌　图 5

Athelia decipiens（Höhn. & Litsch.）J. Erikss., Symb. Bot. Upsal. 16: 86, 1958.

Corticium decipiens Höhn. & Litsch., Sber. Akad. Wiss. Wien, Math.-Naturw. Kl., Abt. 1, 117: 1116, 1908.

子实体：担子果一年生，平伏，贴生，与基质易剥离，膜质；子实层体表面灰白色，光滑；边缘不明显；菌肉层较薄。

菌丝结构：菌丝系统一体系；生殖菌丝具简单分隔，IKI–，CB–；菌丝组织在 KOH 试剂中无变化。

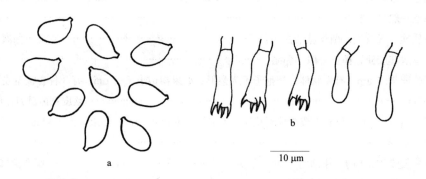

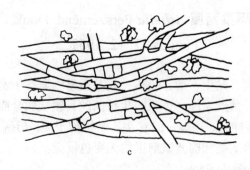

图 5　相似阿泰菌 *Athelia decipiens*（Höhn. & Litsch.）J. Erikss. 的解剖结构图

a. 担孢子；b. 担子和拟担子；c. 菌肉菌丝

菌肉：菌肉菌丝无色，薄壁，光滑，较直，经常分枝，疏松交织排列，通常被有大量形状不规则的结晶，直径为 2~4 μm。

子实层体：近子实层菌丝无色，薄壁，光滑，大量分枝，被有大量不规则结晶，紧密交织排列，直径为 2~4 μm；子实层中无囊状体和拟囊状体；担子短棍棒状，顶部有 4 个担孢子梗，基部有一简单分隔，大小为 12~19×4~4.8 μm；拟担子较多，形状与担子相似，但略小。

担孢子：担孢子宽椭圆形，无色，薄壁，光滑，IKI–，CB–，大小为 (4.3~) 4.5~6(~6.5)×2.2~3 μm，平均长为 5.11 μm，平均宽为 2.67 μm，长宽比为 1.91 (n=30/1)。

研究标本：云南省香格里拉县，HKAS 48192。该种在吉林也有报道 (Hjortstam and Ryvarden 1988)。

生境：桦树腐烂小枝上。

世界分布：丹麦，芬兰，加拿大，美国，挪威，日本，瑞典，瑞士，中国。

讨论：相似阿泰菌 (*Athelia decipiens*) 与该属其他种的区别是担孢子宽椭圆形，生殖菌丝具简单分隔，菌肉菌丝通常被有大量形状不规则的结晶。

有锁阿泰菌　图 6

Athelia fibulata M.P. Christ., Dansk Bot. Ark. 19: 149, 1960.

子实体：担子果一年生，平伏，贴生，与基质易剥离，膜质，较薄；子实层体表面灰白色，光滑；边缘不明显；菌肉层较薄。

菌丝结构：菌丝系统一体系；生殖菌丝具锁状联合，IKI–，CB–；菌丝组织在 KOH 试剂中无变化。

菌肉：菌肉菌丝无色，薄壁，光滑，平直，经常分枝，疏松交织排列，直径为 4~5 μm。

子实层体：近子实层菌丝无色，薄壁，光滑，大量分枝，有的菌丝塌陷，疏松交织排列，较菌肉菌丝细，直径为 3~4 μm；子实层中无囊状体和拟囊状体；担子棍棒状，下部缢缩，顶部有 4 个担孢子梗，基部有一锁状联合，大小为 18~24×7~8 μm；拟担子较多，形状与担子相似，但略小。

担孢子：担孢子椭圆形，无色，薄壁，光滑，IKI–，CB–，大小为 (8~)8.4~10.5(~11.1)×(3.5~)4~5 μm，平均长为 9.59 μm，平均宽为 4.48 μm，长宽比为 2.14 (n=30/1)。

研究标本：吉林省安图县长白山自然保护区，TNM 15297；云南省大庆县，HKAS 48169。

生境：杜鹃腐木上。

世界分布：丹麦，芬兰，加拿大，美国，挪威，日本，瑞典，瑞士，中国。

讨论：有锁阿泰菌 (*Athelia fibulata*) 与该属其他种的区别是生殖菌丝具锁状联合，担孢子椭圆形，且较大。

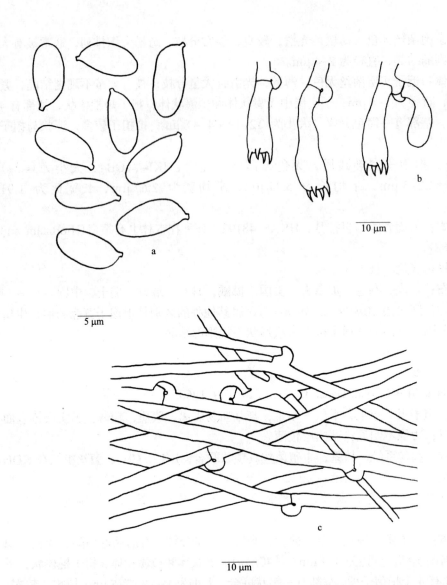

图 6　有锁阿泰菌 *Athelia fibulata* M.P. Christ. 的解剖结构图

a. 担孢子；b. 担子和拟担子；c. 菌肉菌丝

梳毛阿泰菌　图 7

Athelia laxa (Burt) Jülich, Willdenowia Beih. 7: 90, 1972.

Peniophora laxa Burt , Ann. Missouri Bot. Gard. 12: 224, 1925.

　　子实体：担子果一年生，平伏，贴生，膜质，与基质易剥离，极薄，干后易碎；子实层体表面奶油色，光滑；边缘奶油色，流苏状，有时有菌丝束存在；菌肉层较薄。

　　菌丝结构：菌丝系统一体系；生殖菌丝具锁状联合，IKI–，CB–；菌丝组织在 KOH 试剂中无变化。

　　菌肉：菌肉菌丝无色，薄壁至稍厚壁，光滑，频繁分枝，通常被有大量不规则的结晶，疏松交织排列，直径为 2~3 μm。

子实层体：近子实层菌丝无色，薄壁，光滑，大量分枝和并覆盖不规则结晶，疏松交织排列，直径为 2~3 μm；子实层中有头状的囊状体，无色，薄壁，基部有一锁状联合，有时被有结晶，大小为 33~54×4.2~7 μm；担子基本上为桶状，顶部有 4 个担孢子梗，基部有一锁状联合，大小为 20~27×9~11 μm；拟担子较多，形状与担子相似，但略小。

　　担孢子：担孢子近球形，无色，薄壁，光滑，有时有一大液泡，IKI–，CB–，大小为 (5~) 5.1~6.4 (~7)×5~6 (~6.3) μm，平均长为 5.9 μm，平均宽为 5.57 μm，长宽比为 1.06 (*n* = 30/1)。

　　研究标本：云南省大苣县玉龙雪山，HKAS 48137。该种在四川也有报道 (Maekawa *et al.* 2002)。

　　生境：铁杉腐烂木上。

　　世界分布：加拿大，美国，日本，中国。

　　讨论：梳毛阿泰菌 (*Athelia laxa*) 与该属其他种类最明显的区别是具有头状囊状体和近球形的担孢子。该种与梳毛丝齿菌[*Hyphodontia laxa* (Burt) Y. Hayashi]同物异名 (Hayashi 1974)。梳毛阿泰菌主要生长在针叶树上。

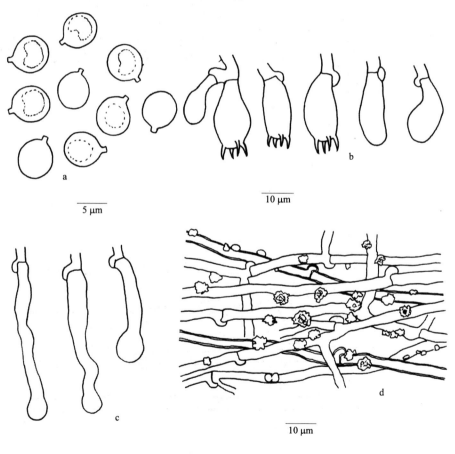

图 7　梳毛阿泰菌 *Athelia laxa* (Burt) Jülich 的解剖结构图

a. 担孢子；b. 担子和拟担子；c. 囊状体；d. 菌肉菌丝

梨形阿泰菌　图 8

Athelia pyriformis (M.P. Christ.) Jülich, Willdenowia Beih. 7: 110, 1972.

Xenasma pyriforme M.P. Christ., Dansk Bot. Ark. 19: 108, 1960.

Athelidium pyriforme (M.P. Christ.) Oberw., Sydowia 19: 64, 1966.

　　子实体： 担子果一年生，平伏，贴生，膜质，较薄；子实层体表面灰白色，光滑；边缘不明显；菌肉层较薄。

　　菌丝结构： 菌丝系统一体系；生殖菌丝具简单分隔，IKI–，CB–；菌丝组织在 KOH 试剂中无变化。

　　菌肉： 菌肉菌丝无色，薄壁至稍厚壁，通常直角分枝，疏松交织排列，无结晶，直径为 3.5~6 μm。

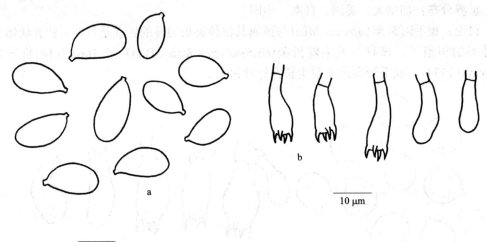

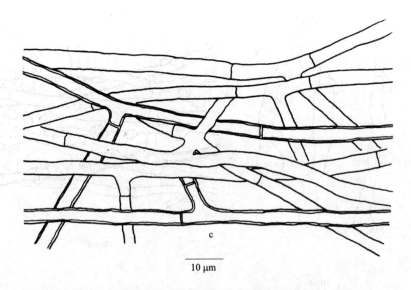

图 8　梨形阿泰菌 *Athelia pyriformis* (M.P. Christ.) Jülich 的解剖结构图

a. 担孢子；b. 担子和拟担子；c. 菌肉菌丝

子实层体：近子实层菌丝无色，薄壁，光滑，大量分枝，疏松交织排列，较菌肉菌丝细，直径为 2.8~4 μm；子实层中无囊状体和拟囊状体；担子短棍棒状，顶部有 4 个担孢子梗，基部有一简单分隔，大小为 11.5~15 × 4~5.4 μm；拟担子较多，形状与担子相似，但略小。

担孢子：担孢子椭圆形至梨形，无色，薄壁，光滑，IKI–，CB–，大小为 (5.6~)6~8(~9)×3~5 μm，平均长为 7.09 μm，平均宽为 3.86 μm，长宽比为 1.84（n=30/1）。

研究标本：云南省香格里拉县，HKAS 48202。

生境：松树腐烂小枝上。

世界分布：丹麦，芬兰，挪威，瑞典，瑞士，中国。

讨论：梨形阿泰菌(*Athelia pyriformis*)的主要特征是生殖菌丝具简单分隔，担孢子梨形。该属的相似阿泰菌(*Athelia decipiens*)也具有简单分隔，但菌肉菌丝薄壁，通常被有大量不规则的结晶。此外，该种的担孢子为宽椭圆形。

蜡革菌属 *Ceraceomyces* Jülich

Willdenowia 7: 46, 1975.

担子果一年生，蜡质，子实体较薄；子实层体表面光滑或皱孔状；菌丝系统一体系，生殖菌丝具锁状联合；囊状体存在或不存在；担子棍棒状，一般有 4 个担孢子梗；担孢子近球形，窄卵圆形或椭圆形，无色，薄壁，光滑，在梅试剂和棉蓝试剂中无变色反应。

模式种：*Ceraceomyces tessulatus* (Cooke) Jülich。

讨论：蜡革菌属是从阿泰菌属(*Athelia*)分离出来的，这两个属外部形态很相似，区别主要在子实层，阿泰菌属的担子和拟担子所形成的子实层在同一个水平面，所以子实层比较薄，而蜡革菌属的担子和拟担子是从老的担子和拟担子上发育而来，所以它的子实层较厚(Eriksson and Ryvarden 1973)。

蜡革菌属 *Ceraceomyces* 分种检索表

1. 囊状体存在 ··· 2
1. 囊状体不存在 ·· 4
2. 囊状体上部有结晶，无分隔 ··· 3
2. 囊状体无结晶，具分隔 ······················· 近光滑蜡革菌 *C. sublaevis*
3. 子实层体表面奶油色 ························ 多晶蜡革菌 *C. cerebrosus*
3. 子实层体表面亮黄色 ······················ 硫磺蜡革菌 *C. sulphurinus*
4 担孢子宽度>3 μm ···························· 蜡革菌 *C. tessulatus*
4. 担孢子宽度<3 μm ··· 5
5. 担孢子长度>5 μm ··························· 北方蜡革菌 *C. borealis*
5. 担孢子长度<5 μm ··························· 伏生蜡革菌 *C. serpens*

北方蜡革菌　图 9

Ceraceomyces borealis（Romell）J. Erikss. & Ryvarden, The Corticiaceae of North Europe
2, p. 205, 1973.

Athelia borealis（Romell）Parmasto, Eesti NSV Tead. Akad. Toim., Biol. seer 16（4）: 380,
1967.

Merulius borealis Romell, Ark. Bot. 11（3）: 27, 1911.

Merulius gyrosus Burt, Ann. Mo. Bot. Gdn. 4: 328, 1917.

Serpula borealis（Romell）Zmitr., Nov. Sist. Niz. Rast. 35: 83, 2001.

Serpulomyces borealis（Romell）Zmitr., Mikol. Fitopatol. 36（1）: 20, 2002.

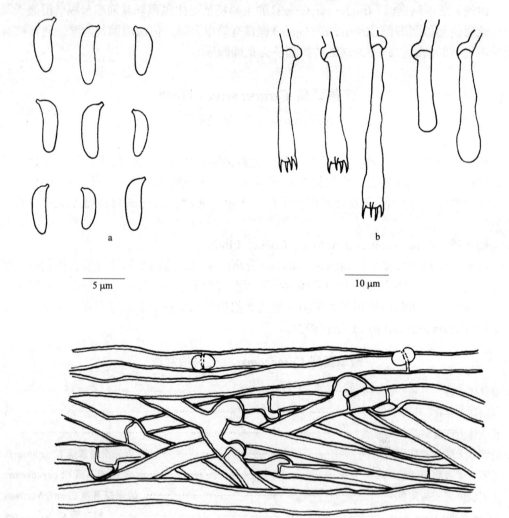

图 9　北方蜡革菌 *Ceraceomyces borealis*（Romell）J. Erikss. & Ryvarden 的解剖结构图
a. 担孢子；b. 担子和拟担子；c. 菌肉菌丝

子实体：担子果一年生，平伏，贴生，蜡质，与基质易剥离，厚约 1 mm；子实层体表面奶油色至淡黄色，干后皱孔状；边缘经常有菌索；菌肉白色，软，菌肉层较薄。

菌丝结构：菌丝系统一体系；生殖菌丝具锁状联合，IKI-，CB-；菌丝组织在 KOH 试剂中无变化。

菌肉：菌肉菌丝无色，薄壁至稍厚壁，光滑，所有分隔处都具锁状联合，有时锁状联合处膨大，有时在一个分隔处有 2 个锁状联合，分枝一般由锁状联合处伸出，菌丝交织排列，直径为 2~8 μm。

子实层体：近子实层菌丝无色，薄壁，光滑，大量分枝，分枝一般由锁状联合处生出，紧密交织排列，直径为 2~4 μm；子实层中无囊状体和拟囊状体；担子长棍棒状，顶部有 4 个担孢子梗，基部有一锁状联合，大小为 24.5~37×3.8~4.9 μm；拟担子占多数，形状与担子相似，但略小。

担孢子：担孢子近舟形至近圆柱形，无色，薄壁，光滑，IKI–，CB–，大小为 (4.8~)5~7(~7.6)×(1.8~)1.9~2.1(~2.5) μm，平均长为 5.72 μm，平均宽为 2.01 μm，长宽比为 2.86 (n=30/1)。

研究标本：吉林省安图县长白山自然保护区，IFP 10005，IFP 10425，IFP 10426，IFP 10427，IFP 10484；河南省内乡县宝天曼自然保护区，IFP 10006。

生境：阔叶树倒木上。

世界分布：丹麦，芬兰，加拿大，美国，瑞典，瑞士，挪威，中国。

讨论：北方蜡革菌 (Ceraceomyces borealis) 的外观特征与干朽菌相似，但后者的担孢子厚壁，黄褐色。斜尖顶圆柱形的担孢子是北方蜡革菌区别于同属其他种的重要特征 (Xiong and Dai 2007)。

多晶蜡革菌　图 10

Ceraceomyces cerebrosus (G. Cunn.) Stalpers & P.K. Buchanan, N.Z. J. Bot. 29 (3): 333, 1991.

Peniophora cerebrosa G. Cunn., Trans. Roy. Soc. N. Z. 83: 270, 1955.

子实体：担子果一年生，平伏，贴生，膜质，厚可达 200 μm；子实层体表面奶油色，光滑，干后不开裂；边缘白色，菌丝状或流苏状。

菌丝结构：菌丝系统一体系；生殖菌丝具锁状联合，IKI–，CB–；菌丝组织在 KOH 试剂中无变化。

菌肉：菌肉菌丝无色，薄壁至稍厚壁，光滑，较平直，偶尔分枝，紧密交织排列，直径为 1.5~3.5 μm。

子实层体：近子实层菌丝无色，薄壁，光滑，紧密交织排列，黏结在一起，较菌肉菌丝细；子实层中有 2 种囊状体，一种是被有结晶的囊状体，上半部分被有大量结晶，无色，稍厚壁，基部有一锁状联合，突出或埋入子实层，大小为 20~68×5~10 μm；另外一种囊状体锥形，无色，薄壁，光滑，基部有一锁状联合，大小为 15~28×2.5~3 μm；担子棍棒状，顶部有 4 个担孢子梗，基部有一锁状联合，大小为 22~27×3.5~4 μm；拟担子占多数，形状与担子相似，但略小。

担孢子：担孢子宽椭圆形至卵圆形，无色，薄壁，光滑，IKI–，CB–，大小为

4~5×2.5~3.5 μm，平均长为 4.63 μm，平均宽为 2.96 μm，长宽比为 1.56（*n*=30/1）。

研究标本：台湾南投县，TNM 130。

生境：阔叶树倒木。

世界分布：新西兰，中国。

讨论：多晶蜡革菌（*Ceraceomyces cerebrosus*）的特征是具有 2 种囊状体，一种为厚壁且被有结晶体，另一种为薄壁、锥形且光滑。

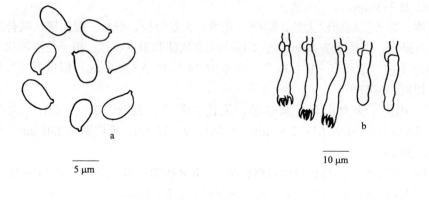

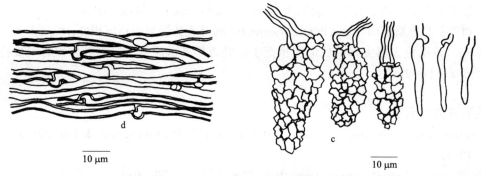

图 10　多晶蜡革菌 *Ceraceomyces cerebrosus*（G. Cunn.）Stalpers & P.K. Buchanan 的解剖结构图

a. 担孢子；b. 担子和拟担子；c. 囊状体；d. 菌肉菌丝

伏生蜡革菌　图 11

Ceraceomyces serpens（Tode）Ginns, Can. J. Bot. 54: 147, 1976.

Byssomerulius serpens（Tode）Parmasto, Eesti NSV Tead. Akad. Toim., Biol. Seer 16: 384, 1967.

Ceraceomerulius serpens（Fr.）Ginns, The Corticiaceae of North Europe 2, p. 201, 1997.

Lilaceophlebia serpens（Tode）Spirin & Zmitr., Nov. Sist. Niz. Rast. 37: 180, 2004.

Merulius serpens Tode, Abh. Hallischen Naturf. Ges. 1: 355, 1783.

Serpula serpens（Tode）P. Karst., Finl. Basidsvamp., p. 345, 1889.

Sesia serpens（Tode）Kuntze, Revis. Gen. Pl.（Leipzig）2: 870, 1891.

Xylomyzon serpens（Tode）Pers., Mycol. Eur.（Erlanga）2: 31, 1825.

子实体：担子果一年生，蜡质，平伏，贴生，与基质易剥离，干后有裂纹；子实层体表面白色至奶油色，光滑或浅孔状；边缘白色，渐薄；菌肉层较薄。

菌丝结构：菌丝系统一体系；生殖菌丝具锁状联合，IKI–，CB–；菌丝组织在 KOH 试剂中无变化。

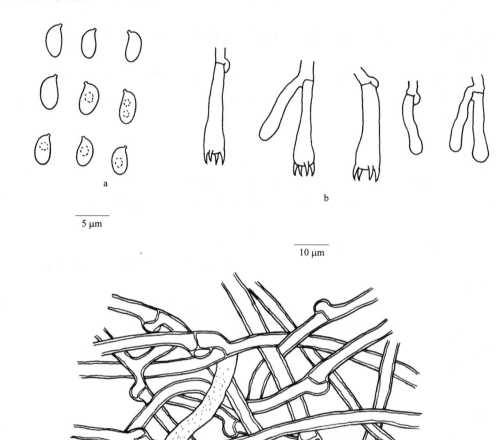

图 11　伏生蜡革菌 *Ceraceomyces serpens*（Tode）Ginns 的解剖结构图

a. 担孢子；b. 担子和拟担子；c. 菌肉菌丝

菌肉：菌肉菌丝无色，稍厚壁且具一宽内腔，光滑，比较平直，偶尔分枝，有时黏结在一起，通常疏松交织排列，直径为 2.2~5.3 μm。

子实层体：近子实层菌丝无色，薄壁到稍厚壁，光滑，频繁分枝，紧密交织排列，偶尔被有结晶，直径为 2.1~3.1 μm；子实层中无囊状体和拟囊状体；担子棍棒状，顶部有 4 个担孢子梗，基部有一锁状联合，大小为 16.3~30 × 5.2~6.9 μm；拟担子占多数，形状与担子相似，但略小。

担孢子：担孢子椭圆形，无色，薄壁，光滑，通常有一个小液泡，IKI–，CB–，大小为 (3.2~) 3.7~4.1 (~4.6) × 2~2.6 (~3) μm，平均长为 3.96 μm，平均宽为 2.28 μm，长宽比为 1.74 (n=30/1)。

研究标本：四川省西昌市，HKAS 48009。该种在陕西也有报道(Pilát 1940)。

生境：阔叶树腐烂木上。

世界分布：丹麦，芬兰，加拿大，美国，挪威，日本，瑞典，瑞士，中国。

讨论：伏生蜡革菌(Ceraceomyces serpens)的主要特征是子实层中无囊状体，担孢子椭圆形，且比较小。

近光滑蜡革菌　图 12

Ceraceomyces sublaevis (Bres.) Jülich, Willdenowia Beih. 7: 147, 1972.

Athelia sublaevis (Bres.) Parmasto, Eesti NSV Tead. Akad. Toim., Biol. Seer 16(4): 382, 1967.

Corticium sublaeve Bres., Annls Mycol. 1(1): 95, 1903.

Peniophora sublaevis (Bres.) Höhn. & Litsch., Sber. Akad. Wiss. Wien, Math.-Naturw. Kl., Abt. 1, 117: 1088, 1908.

子实体：担子果一年生，蜡质，平伏，贴生，与基质易剥离，软，较薄；子实层体表面黄褐色，光滑；边缘近白色；菌肉层较薄。

菌丝结构：菌丝系统一体系；生殖菌丝具锁状联合，IKI–，CB–；菌丝组织在 KOH 试剂中无变化。

菌肉：菌肉菌丝无色，薄壁至稍厚壁，光滑，较平直，大量分枝，有时黏结在一起，通常疏松交织排列，直径为 2.2~5 μm。

子实层体：近子实层菌丝无色，薄壁到稍厚壁，光滑，偶尔分枝，紧密交织排列，有时被有结晶，直径为 2~4 μm；子实层中有囊状体，圆柱形，顶端较钝，有时顶端被有结晶，有一或数个锁状联合，大小为 30~60 × 4~6 μm；担子长棍棒状，顶部有 4 个担孢子梗，基部有一锁状联合，大小为 20~28×4~5.6 μm；拟担子占多数，形状与担子相似，但略小。

担孢子：担孢子宽椭圆形或近球形，无色，薄壁，光滑，通常有一个液泡，IKI–，CB–，大小为 (2.9~) 3~3.1 × 2~2.5 μm，平均长为 3.01 μm，平均宽为 2.22 μm，长宽比为 1.36 (n=30/1)。

研究标本：湖北省神农架自然保护区，IFP 10410；四川省都江堰市青城山，HKAS 47895，四川省阿坝州松潘县九寨沟，HKAS 47861。该种在吉林也有报道(Hjortstam and Ryvarden 1988)。

生境：一般生于针叶树上。

世界分布：丹麦，芬兰，加拿大，美国，挪威，瑞典，瑞士，中国。

讨论：近光滑蜡革菌(Ceraceomyces sublaevis)最重要的主要特征是具有分隔的囊状体，且囊状体通常较少。另外，该种的担孢子近球形，而本属其他种类的担孢子通常为椭圆形或圆柱形。

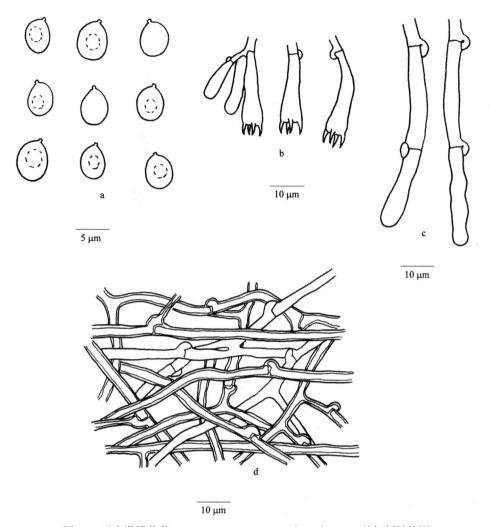

图 12　近光滑蜡革菌 *Ceraceomyces sublaevis*（Bres.）Jülich 的解剖结构图

a. 担孢子；b. 担子和拟担子；c. 囊状体；d. 菌肉菌丝

硫磺蜡革菌　图 13

Ceraceomyces sulphurinus（P. Karst.）J. Erikss. & Ryvarden, The Corticiaceae of North Europe 5, p. 895, 1978.

Corticium sulphurinum（P. Karst.）Bourdot & Galzin, Bull. Soc. Mycol. Fr. 27（2）: 234, 1911.

Hypochnus sulphurinus（P. Karst.）Sacc., Syll. Fung.（Abellini）9: 243, 1891.

Membranicium sulphurinum（P. Karst.）Y. Hayashi, Bull. Govt. Forest Exp. Stn. Meguro 260: 64, 1974.

Peniophora sulphurina（P. Karst.）Höhn. & Litsch., Sber. Akad. Wiss. Wien, Math.-Naturw. Kl., Abt. 1, 115: 1573, 1906.

Phanerochaete sulphurina（P. Karst.）Parmasto, Consp. System. Corticiac.（Tartu）: 83, 1968.

Tomentella sulphurina P. Karst., Bidr. Känn. Finl. Nat. Folk 48: 420, 1889.

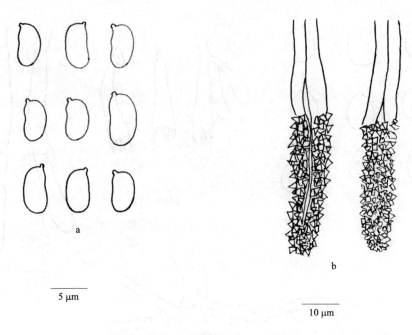

5 μm

10 μm

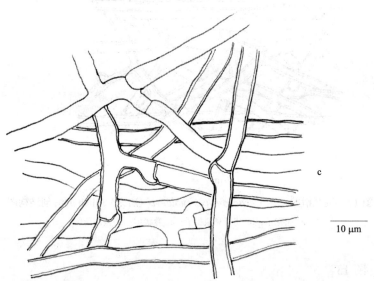

10 μm

图 13　硫磺蜡革菌 *Ceraceomyces sulphurinus*（P. Karst.）J. Erikss. & Ryvarden 的解剖结构图

a. 担孢子；b. 囊状体；c. 菌肉菌丝

子实体：担子果一年生，膜质，平伏，贴生，疏松贴于基物上，新鲜时无特殊的气味，干后裂成片状，厚约 0.5 mm；子实层体表面幼时亮黄色，成熟后污黄色，光滑；边缘不规则且不明显；菌肉层较薄。

菌丝结构：菌丝系统一体系；生殖菌丝具锁状联合或简单分隔，IKI–，CB–；菌丝组织在 KOH 试剂中无变化。

菌肉：菌肉菌丝无色，薄壁至稍厚壁且具一宽内腔，光滑，通常具锁状联合，偶尔有简单分隔，偶尔分枝，分枝通常为直角，有时被有细小的结晶，有时黏结在一起，通常疏松交织排列，直径为 4~7 μm。

子实层体：近子实层菌丝无色，薄壁，光滑，大量分枝，紧密交织排列，直径为 2.3~4 μm；子实层中有囊状体，囊状体圆柱状，厚壁，顶端较钝，上部被有结晶，基部有一锁状联合，大小为 50~85×8~12 μm；研究材料未见担子。

担孢子：担孢子宽椭圆形，无色，薄壁，光滑，有时有 1 或 2 个液泡，IKI–，CB–，大小为 4.5~6（~6.1）×（2.4~）2.5~3.1（~3.5）μm，平均长为 5.23 μm，平均宽为 2.93 μm，长宽比为 1.78（n=30/1）。

研究标本：吉林省安图县长白山自然保护区，IFP 10440，IFP 10441，IFP 10442，TNM 424，TNM 8014；云南省丽江市，HMAS 34849。

生境：阔叶树腐烂木上。

世界分布：芬兰，加拿大，美国，日本，瑞典，中国。

讨论：硫磺蜡革菌（Ceraceomyces sulphurinus）与原毛平革菌属（Phanerochaete）的种类在微观结构上很相近，但是它的担孢子的形状更接近蜡革菌属。该种最显著的特征是子实体新鲜时亮黄色，微观上具有结晶的囊状体，菌丝同时具有锁状联合和简单分隔（Eriksson et al. 1978）。

蜡革菌 图 14

Ceraceomyces tessulatus（Cooke）Jülich, Willdenowia Beih. 7: 154, 1972.

Athelia tessulata（Cooke）Donk, Fungus, Wageningen 27: 12, 1957.

Corticium tessulatum Cooke, Grevillea 6（40）: 132, 1878.

Terana tessulata（Cooke）Kuntze, Revis. Gen. Pl.（Leipzig）2: 873, 1891.

子实体：担子果一年生，蜡质，平伏，贴生，与基质易剥离，极薄，不到 1 mm；子实层体表面奶油色，光滑；边缘渐薄，有菌索。

菌丝结构：菌丝系统一体系；生殖菌丝具锁状联合，IKI–，CB–；菌丝组织在 KOH 试剂中无变化。

菌肉：菌肉菌丝无色，薄壁，光滑，中度分枝，偶尔被有结晶，有时黏结在一起，但通常疏松交织排列，直径为 4.2~8 μm。

子实层体：近子实层菌丝无色，薄壁，光滑，中度分枝，紧密交织排列，直径为 2~4 μm；子实层中无囊状体和拟囊状体；担子棍棒状，顶部有 4 个担孢子梗，基部有一锁状联合，大小为 17.3~30.1 × 5.2~6.1 μm；拟担子较多，形状与担子相似，但略小。

担孢子：担孢子斜椭圆形或者苹果种子形，无色，薄壁，光滑，IKI–，CB–，大小为 6~8 ×（3~）3.2~4 μm，平均长为 6.73 μm，平均宽为 3.73 μm，长宽比为 1.8（n=30/1）。

研究标本：四川省阿坝州松潘县九寨沟，HKAS 47814，HKAS 47813；云南省香格里拉县，HKAS 48163。

生境：松树的腐烂小枝上。

世界分布：丹麦，芬兰，加拿大，美国，挪威，瑞典，瑞士，日本，中国。

讨论：蜡革菌（Ceraceomyces tessulatus）的主要特征是光滑的子实层体表面，边缘具菌索，斜椭圆形或者苹果种子形的担孢子。另外，该种所有菌肉菌丝均薄壁，而同属其他种类为薄壁至略厚壁。

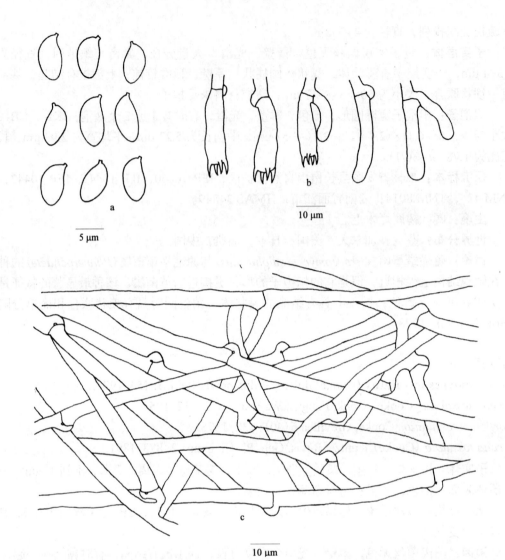

图 14　蜡革菌 *Ceraceomyces tessulatus*（Cooke）Jülich 的解剖结构图

a. 担孢子；b. 担子和拟担子；c. 菌肉菌丝

丝皮革菌属 *Hyphoderma* Wallr.

Flora Cryptogamica Germaniae 2: 576, 1833.

担子果一年生，平伏，贴生，膜质或蜡质；子实层体表面光滑、颗粒状、瘤状或齿状；菌丝系统一体系，生殖菌丝具锁状联合，菌丝薄壁至稍厚壁；绝大部分种类具有囊状体，少数种类无囊状体；担子棍棒状或近圆柱形；担孢子近球形、椭圆形、圆柱形或腊肠形，薄壁，光滑，在梅试剂和棉蓝试剂中无变色反应。

模式种：*Hyphoderma setigerum*（Fr.）Donk。

讨论：丝皮革菌属（*Hyphoderma*）目前约有 110 个种，是一个分类学比较复杂的属，我们目前有 18 个种，但该属在中国还有很多种类没有被发现，甚至还有很多未被描述的种类。该属的主要特征是担子果平伏，菌丝系统一体系，生殖菌丝具锁状联合，担孢子较大，囊状体形状变化多样。

丝皮革菌属 *Hyphoderma* 分种检索表

1. 菌丝表面粗糙，被有颗粒 ·············· 奇异丝皮革菌 *H. mirabile*
1. 菌丝表面光滑 ·············· 2
2. 囊状体不存在 ·············· 3
2. 囊状体存在 ·············· 5
3. 子实层体表面颗粒状 ·············· 无囊丝皮革菌 *H. acystidiatum*
3. 子实层体表面光滑 ·············· 4
4. 担孢子窄椭圆形至近圆柱形，长度>11 μm ·············· 乳白丝皮革菌 *H. cremeoalbum*
4. 担孢子宽椭圆形，长度<11 μm ·············· 西伯利亚丝皮革菌 *H. sibiricum*
5. 囊状体分隔 ·············· 丝皮革菌 *H. setigerum*
5. 囊状体不分隔 ·············· 6
6. 囊状体有结晶 ·············· 7
6. 囊状体光滑 ·············· 9
7. 担孢子长度>12 μm ·············· 多变丝皮革菌 *H. mutatum*
7. 担孢子长度<12 μm ·············· 8
8. 结晶囊状体长度<40 μm ·············· 小囊丝皮革菌 *H. microcystidium*
8. 结晶囊状体长度>40 μm ·············· 微毛丝皮革菌 *H. puberum*
9. 子实层体表面颗粒状或齿状 ·············· 10
9. 子实层体表面光滑 ·············· 11
10. 多沟囊体存在 ·············· 皱丝皮革菌 *H. rude*
10. 多沟囊体不存在 ·············· 变形丝皮革菌 *H. transiens*
11. 囊状体念珠状 ·············· 利氏丝皮革菌 *H. litschaueri*
11. 囊状体非念珠状 ·············· 12
12. 囊状体基部膨大，明显伸出子实层 ·············· 土色丝皮革菌 *H. argillaceum*
12. 囊状体基部不膨大，埋藏在子实层中，或伸出子实层不明显 ·············· 13
13. 担孢子腊肠状 ·············· 14
13. 担孢子非腊肠状 ·············· 16
14. 担孢子长度<9 μm ·············· 灰黄丝皮革菌 *H. griseoflavescens*
14. 担孢子长度>9 μm ·············· 15
15. 担孢子长度<11 μm ·············· 灰白丝皮革菌 *H. pallidum*
15. 担孢子长度>11 μm ·············· 腊肠孢丝皮革菌 *H. allantosporum*
16. 担孢子圆柱形 ·············· 麦迪波芮丝皮革菌 *H. medioburiense*
16. 担孢子椭圆形 ·············· 17
17. 担孢子宽度<5 μm ·············· 略丝皮革菌 *H. praetermissum*
17. 担孢子宽度>5 μm ·············· 钝形丝皮革菌 *H. obtusiforme*

无囊丝皮革菌 图 15

Hyphoderma acystidiatum Sheng H. Wu, Mycologia 89: 133, 1997.

子实体：担子果一年生，平伏，疏松贴于基物上，厚可达 150 μm，膜质至粉状；子实层体表面白色至奶油色，颗粒状，干后不开裂；边缘渐薄，与子实层体表面同色，蛛网状。

菌丝结构：菌丝系统一体系；生殖菌丝具锁状联合，IKI–，CB–；菌丝组织在 KOH 试剂中无变化。

菌肉：菌肉菌丝无色，薄壁，频繁分枝，并被有大量不规则结晶，紧密交织排列，直径为 2~3.5 μm。

子实层体：近子实层明显，菌丝无色，薄壁，频繁分枝，被有大量不规则结晶，紧密交织排列，直径为 2~3 μm；菌髓菌丝无色，薄壁，偶尔分枝，并被有大量不规则结晶，紧密交织排列，直径为 2~3.7 μm；子实层中无囊状体和拟囊状体；担子泡囊状至长棍棒状，顶部有 4 个担孢子梗，基部有一锁状联合，大小为 20~45×5.5~6.5 μm；拟担子较多，形状与担子相似，但略小。

担孢子：担孢子椭圆形，无色，薄壁，光滑，通常有 1 或 2 个液泡，IKI–，CB–，大小为 (7~)7.5~10×4~5 μm，平均长为 8.56 μm，平均宽为 4.54 μm，长宽比为 1.89 (*n*=30/1)。

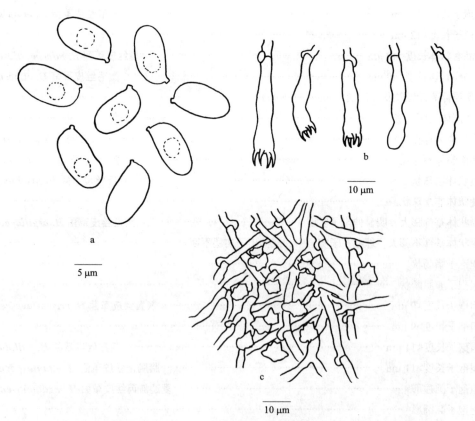

图 15　无囊丝皮革菌 *Hyphoderma acystidiatum* Sheng H. Wu 的解剖结构图

a. 担孢子；b. 担子和拟担子；c. 菌肉菌丝

研究标本： 云南省西双版纳勐仑镇，TNM 7940；台湾南投县，TNM 5316，TNM 20030。

生境： 阔叶树落枝。

世界分布： 中国。

讨论： 无囊丝皮革菌(*Hyphoderma acystidiatum*)的主要特征是颗粒状的子实层体，子实层无囊状体。该种与埃特鲁斯坎丝皮革菌(*H. etruriae* Bernicchia)很相似，但后者具有头状的囊状体(Bernicchia 1993)。

腊肠孢丝皮革菌　图 16

Hyphoderma allantosporum Sheng H. Wu, Acta Bot. Fenn. 142: 65, 1990.

子实体： 担子果一年生，平伏，疏松贴于基物上，厚可达 150 μm，膜质；子实层体表面奶油色至浅黄褐色，光滑，干后开裂；边缘渐薄，颜色稍浅，蛛网状。

菌丝结构： 菌丝系统一体系；生殖菌丝具锁状联合，IKI–，CB–；菌丝组织在 KOH 试剂中无变化。

菌肉： 菌肉菌丝无色，少数薄壁，通常稍厚壁，较平直，无结晶，偶尔分枝，疏松交织排列，直径为 2.5~3.7 μm。

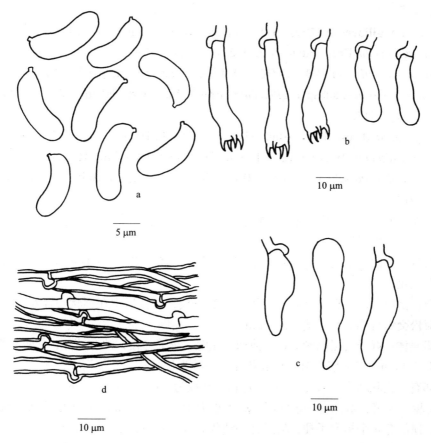

图 16　腊肠孢丝皮革菌 *Hyphoderma allantosporum* Sheng H. Wu 的解剖结构图
a. 担孢子；b. 担子和拟担子；c. 囊状体；d. 菌肉菌丝

子实层体：近子实层较明显，菌丝无色，薄壁，频繁分枝，紧密交织排列，直径为 2~3.5 μm；子实层中有大量的囊状体，囊状体顶端尖或纺锤状、锥形、棍棒形、薄壁，稍弯曲，基部有一锁状联合，大小为 25~50×8.5~13 μm；担子近泡囊状或棍棒状，顶部有 4 个担孢子梗，基部有一锁状联合，大小为 18~30×7~8.5 μm；拟担子较多，形状与担子相似，但略小。

担孢子：担孢子腊肠状，无色，薄壁，光滑，IKI−，CB−，大小为 (10.2~)11~13(~14)×3.5~4.5 μm，平均长为 12.42 μm，平均宽为 4.35 μm，长宽比为 2.86 (n=30/1)。

研究标本：台湾宜兰县福山植物园，TNM 301，台湾南投县，TNM 2795，台湾台北市，TNM 2796，TNM 21759，TNM 453，TNM 452。

生境：阔叶树、针叶树落枝或倒木。

世界分布：中国。

讨论：腊肠孢丝皮革菌(Hyphoderma allantosporum)与灰白丝皮革菌(H. pallidum)有相似的囊状体，但后者的担孢子较短，具有头状的菌丝末端，菌肉菌丝薄壁，菌丝间通常具有大量的黄色物质存在。

土色丝皮革菌　图 17

Hyphoderma argillaceum (Bres.) Donk, Fungus Wageningen 27: 14, 1957.

Corticium argillaceum Bres., Fung. Trident. 2 (11-13) : 63, 1898.

Gloeocystidium argillaceum (Bres.) Höhn. & Litsch., Österr. Cort., p, 67, 1907.

Gloeocystidium pallidum subsp. *argillaceum* (Bres.) Bourdot & Galzin, Bull. Soc. Mycol. Fr. 28 (4) : 363, 1913.

Kneiffia argillacea (Bres.) Bres., Annls Mycol. 1 (2) : 100, 1903.

Peniophora argillacea (Bres.) Sacc. & P. Syd., Syll. Fung. (Abellini) 16: 194, 1902.

Peniophora argillacea subsp. *carneola* (Bres.) Bourdot & Galzin, Bull. Soc. Mycol. Fr. 28: 380, 1912.

子实体：担子果一年生，平伏，贴生，较薄；子实层体表面灰白色至奶油色，光滑；边缘不明显；菌肉层较薄。

菌丝结构：菌丝系统一体系；生殖菌丝具锁状联合，IKI−，CB−；菌丝组织在 KOH 试剂中无变化。

菌肉：菌肉菌丝无色，薄壁，光滑，频繁分枝，分枝通常在锁状联合处，偶尔被有结晶，疏松交织排列，直径为 2.5~4 μm。

子实层体：近子实层菌丝无色，薄壁，光滑，频繁分枝，被有结晶，紧密交织排列，直径为 2~3.5 μm；子实层中有 2 种囊状体，一种为长管状，基部膨大，无色，薄壁，光滑，基部有一锁状联合，长度可达 100 μm，直径为 7.6~20 μm；另外一种头状或梨状，无色，薄壁，光滑，基部有一锁状联合，大小为 18~50×4~7 μm；担子棍棒状至坛形，中部缢缩，顶部有 4 个担孢子梗，基部有一锁状联合，大小为 22~30×5~7 μm；拟担子形状与担子相似，但略小。

担孢子：担孢子宽椭圆形至卵圆形，无色，薄壁，光滑，IKI−，CB−，大小为

（6.6~）7~8（~9）×4~5 μm，平均长为 7.59 μm，平均宽为 4.52 μm，长宽比为 1.68（*n*=30/1）。

研究标本：云南省大莒县玉龙雪山，HKAS 48134；台湾苗栗县，TNM 2797，台湾南投县，TNM 20028。该种在四川也有报道（Maekawa *et al.* 2002）。

生境：针叶树腐烂木上。

世界分布：阿根廷，丹麦，俄罗斯，法国，芬兰，非洲，加拿大，美国，挪威，日本，瑞典，瑞士，委内瑞拉，西班牙，伊朗，以色列，英格兰，中国。

讨论：与北欧和日本的标本比较，土色丝皮革菌（*Hyphoderma argillaceum*）在中国的材料中囊状体管状，顶端钝圆，而该种在北欧和日本的材料里，囊状体顶端较尖（Eriksson and Ryvarden 1975；Maekawa 1994）。

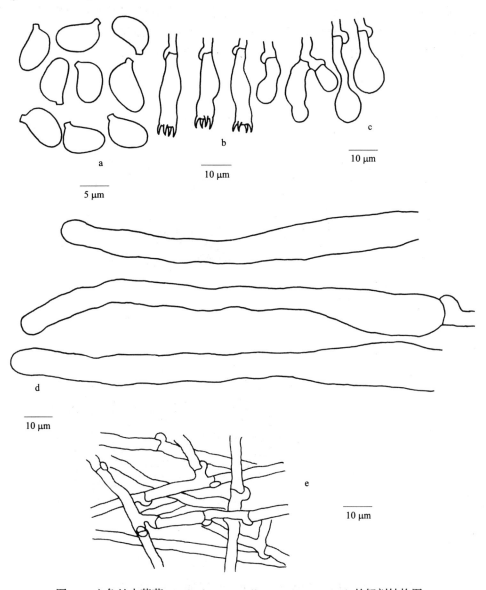

图 17　土色丝皮革菌 *Hyphoderma argillaceum* (Bres.) Donk 的解剖结构图

a. 担孢子；b. 担子和拟担子；c. 头状囊状体；d. 长管状囊状体；e. 菌肉菌丝

乳白丝皮革菌 图 18

Hyphoderma cremeoalbum (Höhn. & Litsch.) Jülich, Persoonia 8: 80, 1974.

Corticium cremeoalbum Höhn. & Litsch., Wiesner Festschrift, p. 63, 1908.

　　子实体：担子果一年生，平伏，贴生，呈斑点状，较薄；子实层体表面灰白色至奶油色，光滑；边缘不明显；菌肉层较薄。

　　菌丝结构：菌丝系统一体系；生殖菌丝具锁状联合，IKI–，CB–；菌丝组织在 KOH 试剂中无变化。

　　菌肉：菌肉菌丝无色，薄壁至稍厚壁，光滑，偶尔分枝，近规则紧密排列，直径为 3~5 μm。

　　子实层体：近子实层菌丝无色，薄壁，光滑，频繁分枝，紧密交织排列，直径为 2.5~4 μm；子实层中无囊状体和拟囊状体；担子长棍棒状，顶部有 4 个担孢子梗，基部有一锁状联合，大小为 35~50×7~9.2 μm；拟担子形状与担子相似，但略小。

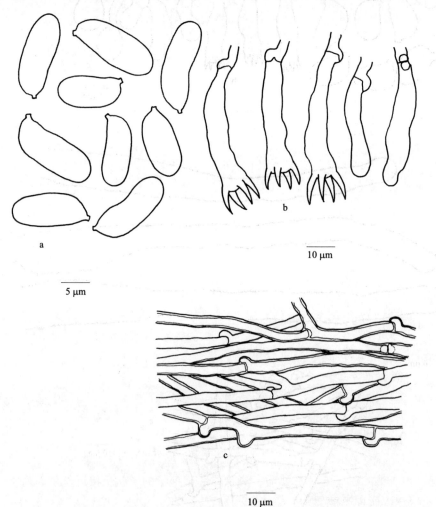

图 18　乳白丝皮革菌 *Hyphoderma cremeoalbum* (Höhn. & Litsch.) Jülich 的解剖结构图
a. 担孢子；b. 担子和拟担子；c. 菌肉菌丝

担孢子：担孢子窄椭圆形或近圆柱形，无色，薄壁，光滑，IKI–，CB–，大小为 (10.8~) 11~15 (~15.2) × (4.5~) 5~6 μm，平均长为 12.75 μm，平均宽为 5.27 μm，长宽比为 2.42 (*n*=30/1)。

　　研究标本：云南省香格里拉县，HKAS 48185；台湾台中县，TNM 22394。该种在四川也有报道 (Maekawa *et al.* 2002)。

　　生境：松树腐烂小枝上。

　　世界分布：澳大利亚，芬兰，美国，瑞典，中国。

　　讨论：乳白丝皮革菌 (*Hyphoderma cremeoalbum*) 与西伯利亚丝皮革菌 (*H. sibiricum*) 相似，它们的区别见后者的讨论部分。

灰黄丝皮革菌　图 19

Hyphoderma griseoflavescens (Litsch.) Jülich, Persoonia 8: 80, 1974.

Corticium griseoflavescens Litsch., Glasnik (Bull.) Soc. Scient. Skoplje 18 (6): 178, 1938.

　　子实体：担子果一年生，平伏，贴生，新鲜时蜡质，干后韧革质，厚可达 300 μm；子实层体表面奶油色至浅土黄色，光滑，干后开裂；边缘颜色稍浅，渐薄，蛛网状。

　　菌丝结构：菌丝系统一体系；生殖菌丝具锁状联合，IKI–，CB–；菌丝组织在 KOH 试剂中无变化。

　　菌肉：菌肉菌丝明显 2 层，基部的菌丝无色，薄壁至稍厚壁，偶尔分枝，交织排列，直径为 2~4 μm；中部的菌丝无色，薄壁至稍厚壁，频繁分枝，疏松交织排列，直径为 2~4 μm。

　　子实层体：近子实层菌丝分化不明显；囊状体棍棒状或锥状，无色，薄壁，光滑，基部有一锁状联合，大小为 42~75×5~10 μm；担子棍棒状，顶部有 4 个担孢子梗，基部有一锁状联合，大小为 30~40×5~6 μm；拟担子较多，形状与担子相似，但略小。

　　担孢子：担孢子近腊肠状，无色，薄壁，光滑，IKI–，CB–，大小为 (6.5~) 6.9~8 (~9) ×3~4 μm，平均长为 7.51 μm，平均宽为 3.3 μm，长宽比为 2.28 (*n*=30/1)。

　　研究标本：云南省永善县，TNM 9255，TNM 9226，云南省昆明安宁市，TNM 14730。

　　生境：阔叶树落枝。

　　世界分布：德国，马其顿，南斯拉夫，挪威，瑞典，中国。

　　讨论：灰黄丝皮革菌 (*Hyphoderma griseoflavescens*) 的主要特征是具有薄壁棍棒状或锥状囊状体和腊肠形担孢子。Eriksson 等 (1981) 认为该种应属于射脉革菌属 (*Phlebia* Fr.)，但是由于该种的子实体非蜡质，囊状体和担孢子的形状更接近丝皮革菌属，因此，我们把该种归入丝皮革菌属中。

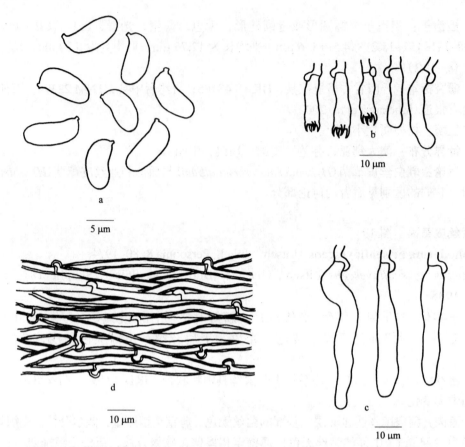

图 19　灰黄丝皮革菌 *Hyphoderma griseoflavescens*（Litsch.）Jülich 的解剖结构图

a. 担孢子；b. 担子和拟担子；c. 囊状体；d. 基部菌肉菌丝

利氏丝皮革菌　图 20

Hyphoderma litschaueri（Burt）J. Erikss. & Å. Strid, in Eriksson & Ryvarden, The Corticiaceae of North Europe 3, p. 481, 1975.

Corticium litschaueri Burt, Ann. Mo. Bot. Gdn. 13（3）: 259, 1926.

子实体：担子果一年生，平伏，贴生，与基物易分离，幼时膜质，老后韧革质，厚可达 0.5 mm；子实层体表面奶油色至浅土黄色，光滑或偶尔瘤状，老后开裂；边缘颜色稍浅，渐薄，蛛网状。

菌丝结构：菌丝系统一体系；生殖菌丝具锁状联合，IKI–，CB–；菌丝组织在 KOH 试剂中无变化。

菌肉：菌肉菌丝有 2 层，基部的菌丝无色，厚壁具一宽内腔（壁厚可达 1 μm），偶尔分枝，紧密交织排列，直径为 4~6 μm；中部的菌丝层菌丝无色，厚壁，少分枝，疏松交织或近规则排列，直径为 3.5~5.8 μm。

子实层体：近子实层菌丝无色，稍厚壁，紧密交织排列，较菌肉菌丝细；子实层中有大量的囊状体，囊状体圆柱形，顶端较尖，下部呈念珠状，薄壁至稍厚壁，基部有一锁状联合，大小为 35~80×6~12 μm；担子棍棒状，顶部有 4 个担孢子梗，基部有一锁状联合，大小为 25~35×6~7 μm；拟担子较多，形状与担子相似，但略小。

担孢子：担孢子窄椭圆形，无色，薄壁，光滑，IKI–，CB–，大小为 （5~）5.3~7×3~3.5 μm，平均长为 6.54 μm，平均宽为 3.37 μm，长宽比为 1.94（*n*=30/1）。

研究标本：台湾台中县，IFP 10482，IFP 10483，台湾南投县，TNM 20151，TNM 1019，TNM 10084，TNM 309，台湾苗栗县，TNM 2799，台湾高雄县，TNM 2946，台湾宜兰县，TNM 540，台湾桃园县，TNM 21789。

生境：阔叶树落枝。

世界分布：爱沙尼亚，澳大利亚，波兰，德国，加拿大，美国，挪威，委内瑞拉，伊朗，中国。

讨论：利氏丝皮革菌（*Hyphoderma litschaueri*）与念珠状丝皮革菌（*H. moniliforme* (P.H.B. Talbot) Manjón, G. Moreno & Hjortstam）较相似，但后者的整个囊状体呈念珠状（Hjortstam *et al.* 1988b）。

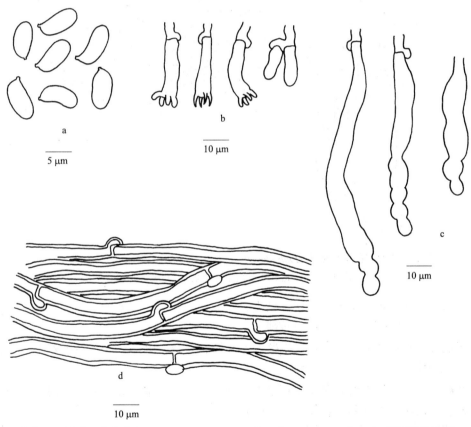

图 20　利氏丝皮革菌 *Hyphoderma litschaueri* (Burt) J. Erikss. & Å. Strid 的解剖结构图

a. 担孢子；b. 担子和拟担子；c. 囊状体；d. 中部菌肉菌丝

麦迪波芮丝皮革菌　图 21

Hyphoderma medioburiense (Burt) Donk, Fungus Wageningen 27: 15, 1957.

Peniophora medioburiensis Burt, Ann. Missouri Bot. Gard. 12 (3)：328, 1925.

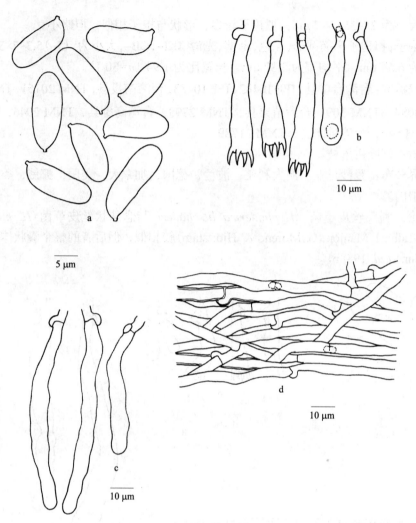

图 21　麦迪波芮丝皮革菌 *Hyphoderma medioburiense* (Burt) Donk 的解剖结构图
a. 担孢子；b. 担子和拟担子；c. 囊状体；d. 菌肉菌丝

子实体：担子果一年生，平伏，贴生，厚 0.1~0.2 mm；子实层体表面灰白色至浅土黄色，光滑；边缘不明显；菌肉层较薄。

菌丝结构：菌丝系统一体系；生殖菌丝具锁状联合，IKI−，CB−；菌丝组织在 KOH 试剂中无变化。

菌肉：菌肉菌丝无色，薄壁至稍厚壁，通常薄壁，光滑，频繁分枝，通常在锁状联合处分枝，疏松交织排列，直径为 3~5 μm。

子实层体：近子实层菌丝无色，薄壁，光滑，强烈分枝，紧密交织排列，直径为 2~5 μm；子实层中有囊状体，囊状体长棍棒状，无色，薄壁，稍弯曲，基部有一锁状联合，大小为 40~80×7~9 μm；担子近棍棒状，顶部有 4 个担孢子梗，基部有一锁状联合，大小为 35~41×7~9 μm；拟担子形状与担子相似，但略小。

担孢子：担孢子圆柱形，无色，薄壁，光滑，IKI−，CB−，大小为 (10~)10.4~14.8(~16.2)×4.2~6 μm，平均长为 12.59 μm，平均宽为 5.13 μm，长宽比为 2.45

（*n*=30/1）。

研究标本：云南省丽江市，HKAS 48151。该种在吉林也有报道（Hjortstam and Ryvarden 1988）。

生境：松树腐烂无皮树枝上。

世界分布：冰岛，丹麦，芬兰，加拿大，美国，挪威，日本，瑞典，中国。

讨论：麦迪波芮丝皮革菌（*Hyphoderma medioburiense*）的显著特征是具有长棍棒状、薄壁的囊状体和圆柱形的担孢子。

小囊丝皮革菌 图 22

Hyphoderma microcystidium Sheng H. Wu, Acta Bot. Fenn. 142: 72, 1990.

子实体：担子果一年生，平伏，贴生，膜质，厚 30~50 μm；子实层体表面白色至奶油色，光滑，干后不开裂；边缘与子实层体表面同色，渐薄，白粉末状。

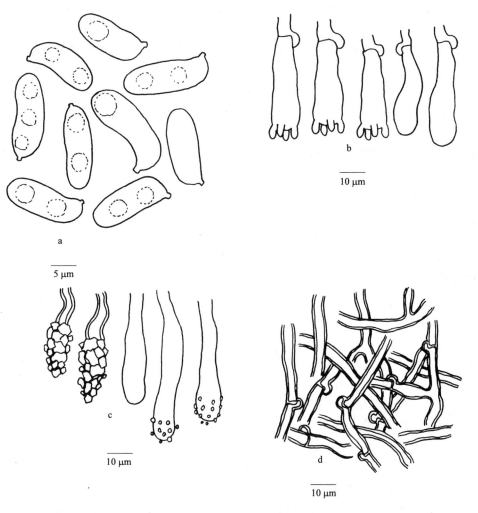

图 22 小囊丝皮革菌 *Hyphoderma microcystidium* Sheng H. Wu 的解剖结构图

a. 担孢子；b. 担子和拟担子；c. 囊状体；d. 菌肉菌丝

菌丝结构：菌丝系统一体系；生殖菌丝具锁状联合，IKI–，CB–；菌丝组织在 KOH 试剂中无变化。

菌肉：菌肉菌丝无色，稍厚壁，频繁分枝，通常黏结在一起，并被有少量结晶，紧密交织排列，直径为 2.5~4 μm。

子实层体：近子实层菌丝无色，薄壁，大量分枝，紧密交织排列，直径为 1.5~3.5 μm；子实层中有 2 种囊状体，一种是被有结晶的锥形囊状体，无色，稍厚壁，上半部分被有大量结晶，突出或埋入子实层中，基部有一锁状联合，大小为 15~40×7~11 μm；另外一种囊状体圆柱状，无色，薄壁，顶端经常被有颗粒状结晶，在 KOH 试剂中溶解，突出或埋入子实层，基部有一锁状联合，大小为 20~60×8~13 μm；担子近泡囊状至棍棒状，顶部有 4 个担孢子梗，基部有一锁状联合，大小为 18~27×6~7.5 μm；拟担子较多，形状与担子相似，但略小。

担孢子：担孢子窄椭圆形至圆柱形，无色，薄壁，光滑，通常有 1 或 2 个液泡，IKI–，CB–，大小为 10~12.5×4~4.8 μm，平均长 11.3 μm，平均宽为 4.57 μm，长宽比为 2.47（n=30/1）。

研究标本：云南省西双版纳勐仑镇，TNM 7840，TNM 7926；台湾南投县，TNM 2938，TNM 2938，台湾台南县，TNM 20048，台湾高雄县，TNM 1551，台湾南投县日月潭，TNM 2811，台湾兰屿，TNM 8651，台湾台中县，TNM 15077，台湾台东县，TNM 8887。

生境：阔叶树落枝上。

世界分布：日本，中国。

讨论：小囊丝皮革菌（*Hyphoderma microcystidium*）的主要特征是具有厚壁的结晶囊状体和薄壁的圆柱囊状体，厚壁菌肉菌丝。该种目前仅发现于中国。

奇异丝皮革菌　图 23

Hyphoderma mirabile (Parmasto) Jülich, Persoonia 8: 80, 1974.

Atheloderma mirabile Parmasto, Conspectus Systematis Corticiacearum（Tartu），p. 200, 1968.

子实体：担子果一年生，平伏，贴生，较薄；子实层体表面奶油色至淡黄色，光滑，菌肉层较薄；边缘有菌索。

菌丝结构：菌丝系统一体系；生殖菌丝具锁状联合，IKI–，CB–；菌丝组织在 KOH 试剂中无变化。

菌肉：菌肉菌丝无色，薄壁，偶尔分枝，菌丝表面粗糙，被有大量的细小颗粒，疏松交织排列，直径为 2~4 μm。

子实层体：近子实层菌丝无色，薄壁，频繁分枝，菌丝表面粗糙，被有大量的细小颗粒，紧密交织排列，直径为 2~3 μm；子实层中有大量的囊状体，囊状体长管状，无色，薄壁，光滑，有一到多个锁状联合，长度超过 100 μm，直径为 2~4 μm；担子棍棒状，顶部有 4 个担孢子梗，基部有一锁状联合，偶尔有 1 或 2 个液泡，大小为 22~30×5~6.5 μm；拟担子形状与担子相似，但略小。

担孢子：担孢子近圆柱形，无色，薄壁，光滑，通常有一个大液泡，IKI–，CB–，大小为 (7~)7.4~9.8(~10.2) × (2.9~)3~4 μm，平均长为 8.42 μm，平均宽为 3.31 μm，长宽比为 2.54（n = 30/1）。

研究标本： 四川省阿坝州松潘县九寨沟，HKAS 47797。

生境： 针叶树腐烂小枝上。

世界分布： 爱沙尼亚，美国，中国。

讨论： 奇异丝皮革菌(*Hyphoderma mirabile*)的最大特征是菌丝覆盖有细小颗粒、薄壁长管状囊状体和近圆柱形担孢子。

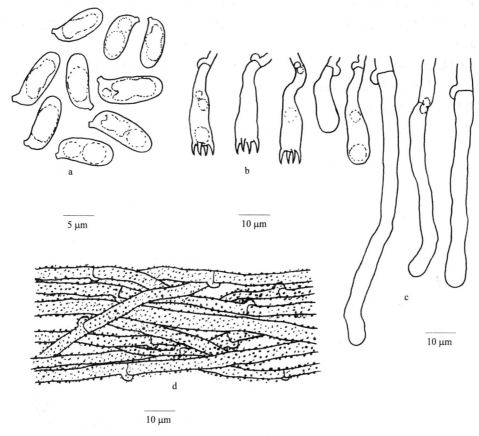

图 23　奇异丝皮革菌 *Hyphoderma mirabile*（Parmasto）Jülich 的解剖结构图

a. 担孢子；b. 担子和拟担子；c. 囊状体；d. 菌肉菌丝

多变丝皮革菌　图 24

Hyphoderma mutatum（Peck）Donk, Fungus Wageningen 27: 15, 1957.

Corticium mutatum Peck, Ann. Rep. N.Y. State Mus. 43: 23, 1890.

子实体： 担子果一年生，平伏，贴生，膜质，厚 100~300 μm；子实层体幼时表面白色至奶油色，老后赭色，干后裂开，露出棉絮状的菌肉；边缘颜色稍浅，渐薄，絮状。

菌丝结构： 菌丝系统一体系；生殖菌丝具锁状联合，IKI–，CB–；菌丝组织在 KOH 试剂中无变化。

菌肉： 菌肉菌丝无色，稍厚壁，偶尔分枝，光滑，无结晶，疏松交织排列，直径为 2.5~5 μm。

子实层体：近子实层菌丝无色，薄壁，紧密交织排列；子实层中有 2 种囊状体，一种圆柱形，顶端头状，薄壁，稍缢缩，基部有一锁状联合，长度可超过 100 μm，直径为 6~9 μm；另一种囊状体上部被有结晶，锥形，厚壁，一般埋入子实层中，基部有一锁状联合，大小为 30~50×8~15 μm；担子棍棒状，顶部有 4 个担孢子梗，基部有一锁状联合，大小为 30~45×7~10 μm；拟担子较多，形状与担子相似，但略小。

　　担孢子：担孢子长圆柱形，稍弯曲，无色，薄壁，光滑，IKI–，CB–，大小为 (11~)13~16×(3.8~)4~5 μm，平均长为 13.91 μm，平均宽为 4.17 μm，长宽比为 3.34 (*n*=30/1)。

　　研究标本：云南省永善县，TNM 9264，TNM 9266；台湾 14 甲线，TNM 22213。该种在吉林也有报道(Hjortstam and Ryvarden 1988)。

　　生境：阔叶树落枝上。

　　世界分布：丹麦，芬兰，加拿大，美国，挪威，日本，瑞典，中国。

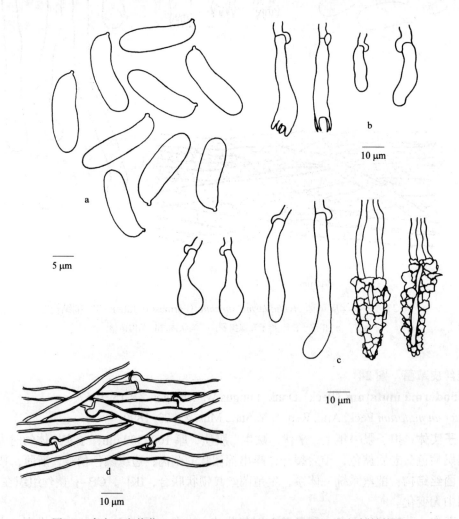

图 24　多变丝皮革菌 *Hyphoderma mutatum* (Peck) Donk 的解剖结构图

a. 担孢子；b. 担子和拟担子；c. 囊状体；d. 菌肉菌丝

讨论：多变丝皮革菌（*Hyphoderma mutatum*）与宽粗齿菌[*Basidioradulum radula*（Fr.）Nobles]在显微结构上很相似，但是前者的子实层体表面光滑，而后者的子实层体表面耙齿状，另外，后者也不具被有结晶的囊状体。

钝形丝皮革菌 图 25

Hyphoderma obtusiforme J. Erikss. & Å. Strid, in Eriksson & Ryvarden, The Corticiaceae of North Europe 3, p. 493, 1975.

子实体：担子果一年生，平伏，贴生，极薄；子实层体表面灰白色，光滑；边缘不明显；菌肉层薄。

菌丝结构：菌丝系统一体系；生殖菌丝具锁状联合，IKI–，CB–；菌丝组织在 KOH 试剂中无变化。

菌肉：菌肉菌丝无色，薄壁，光滑，频繁分枝，分枝通常在锁状联合处，疏松交织排列，直径为 3~5 μm。

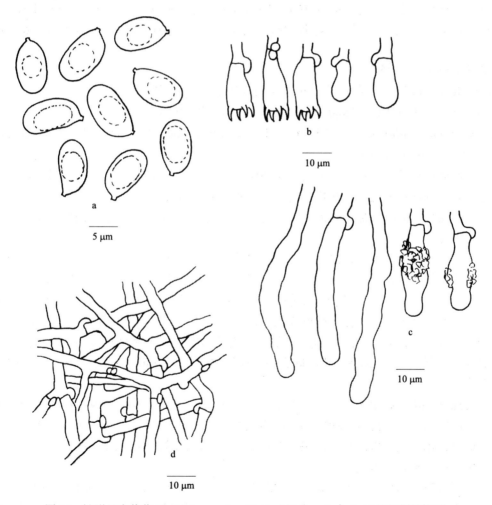

图 25　钝形丝皮革菌 *Hyphoderma obtusiforme* J. Erikss. & Å. Strid 的解剖结构图

a. 担孢子；b. 担子和拟担子；c. 囊状体；d. 菌肉菌丝

子实层体：近子实层菌丝无色，薄壁，光滑，频繁分枝，紧密交织排列，直径为 3~4 μm；子实层中有囊状体和拟囊状体，囊状体圆柱形，无色，薄壁，光滑，中部稍缢缩，基部有一锁状联合，大小为 40~60×4~7 μm；拟囊状体棍棒状或梭形，中部膨大，薄壁，光滑，膨大部分被有结晶状附作物，基部有一锁状联合，大小为 28~45×5~7 μm；担子短棍棒状至坛形，下部稍缢缩，顶部有 4 个担孢子梗，基部有一锁状联合，大小为 15~32×8~9 μm；拟担子形状与担子相似，但略小。

担孢子：担孢子宽椭圆形，无色，薄壁，光滑，通常有一大液泡，IKI–，CB–，大小为 (9.3~)9.6~11.4(~12)×5.2~6.1(~6.8) μm，平均长为 10.46 μm，平均宽为 6.74 μm，长宽比为 1.55（n=30/1）。

研究标本：云南省勐海县，HKAS 48234。

生境：阔叶树腐烂木上。

世界分布：丹麦，芬兰，美国，挪威，瑞典，中国。

讨论：钝形丝皮革菌（*Hyphoderma obtusiforme*）最重要的特征是具有中部膨大的拟囊状体。该种与麦迪波芮丝皮革菌（*H. medioburiense*）具有相似的担孢子，而且都生长在针叶树枯枝上，但后者无拟囊状体，且担孢子较长，基本上是圆柱形（10.4~14.8×4.2~6 μm）。

灰白丝皮革菌 图 26

Hyphoderma pallidum (Bres.) Donk, Fungus Wageningen 27: 15, 1957.

Corticium pallidum Bres., Fungi Tridentini 2 (11-13): 59, 1898.

Gloeocystidium pallidum (Bres.) Höhn. & Litsch., Sber. Akad. Wiss. Wien, Math.-Naturw. Kl., Abt. 1, 116: 838, 1924.

子实体：担子果一年生，平伏，与基质不易分离，极薄；子实层体表面灰白色至奶油色，有时有红褐色斑点，絮状；菌肉层较薄；边缘不明显。

菌丝结构：菌丝系统一体系；生殖菌丝具锁状联合，IKI–，CB–；菌丝组织在 KOH 试剂中无变化。

菌肉：菌肉菌丝无色，薄壁，光滑，频繁分枝，分枝较短，有大量黄褐色的物质存在，疏松交织排列，直径为 2~4 μm；偶尔有被有黄褐色物质的头状菌丝存在菌丝末端。

子实层体：近子实层菌丝无色，薄壁，光滑，频繁分枝，紧密交织排列，直径为 2~3 μm；子实层中有囊状体，囊状体纺锤形或锥形，无色，薄壁，光滑，基部有一锁状联合，大小为 30~60×5~8 μm；子实层中偶尔有被有黄褐色物质的头状菌丝末端；担子棍棒状，顶部有 4 个担孢子梗，基部有一锁状联合，大小为 17~30×5~6 μm；拟担子形状与担子相似，但略小。

担孢子：担孢子腊肠形，无色，薄壁，光滑，IKI–，CB–，大小为 (8.9~)9~11.2(~12.7)×(2.9~)3~4 μm，平均长为 10.05 μm，平均宽为 3.23 μm，长宽比为 3.11（n=30/1）。

研究标本：四川省西昌市，HKAS 47962；台湾南投县，TNM 10254。

生境：松树腐朽木上。

世界分布：冰岛，丹麦，芬兰，加拿大，美国，挪威，瑞典，意大利，中国。

讨论：Eriksson 和 Ryvarden(1975)报道灰白丝皮革菌（*Hyphoderma pallidum*）在北欧具有带刺的多沟囊体，但在中国的标本中没有发现此种囊状体。

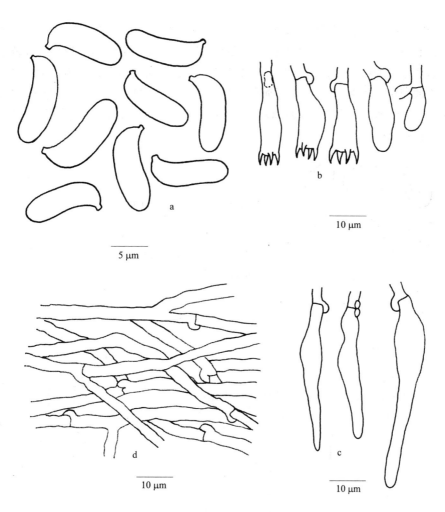

图 26　灰白丝皮革菌 *Hyphoderma pallidum*（Bres.）Donk 的解剖结构图

a. 担孢子；b. 担子和拟担子；c. 囊状体；d. 菌肉菌丝

略丝皮革菌　图 27

Hyphoderma praetermissum（P. Karst.）J. Erikss. & Å. Strid, in Eriksson & Ryvarden, The Corticiaceae of North Europe 3, p. 505, 1975.

Peniophora praetermissa P. Karst., Bidr. Känn. Finl. Nat. Folk 48: 423, 1889.

　　子实体：担子果一年生，平伏，贴生，蜡质，厚可达 150 μm；子实层体表面灰白色至浅土黄色，光滑，老后有时开裂；边缘颜色稍浅，渐薄，蛛网状。

　　菌丝结构：菌丝系统一体系；生殖菌丝具锁状联合，IKI–，CB–；菌丝组织在 KOH 试剂中无变化。

　　菌肉：菌肉菌丝无色，通常厚壁（壁厚可达 1 μm），少数薄壁，频繁分枝，疏松交织排列，直径为 3~5.5 μm。

　　子实层体：近子实层菌丝无色，薄壁至稍厚壁，大量分枝，紧密交织排列，有时黏结在一起，较菌肉菌丝细；有 3 种囊状体，第一种囊状体管状至腹鼓状，基部稍膨大，顶部稍尖，稍弯曲，薄壁，埋入或稍突出子实层，基部有一锁状联合，大小为45~95×8~13 μm；第二种囊状体圆柱状，顶部稍膨大，突出子实层，顶端被有黄色结晶，薄壁，基部有一锁状联合，大小为 35~50×7~12 μm，有时较难发现；第三种为多沟囊体，一般位于菌肉中，薄壁，基部有一锁状联合，大小为 12~23×10~14 μm；担子棍棒状，顶部有 4 个担孢子梗，基部有一锁状联合，大小为 20~30×7~9 μm；拟担子较多，形状与担子相似，但略小。

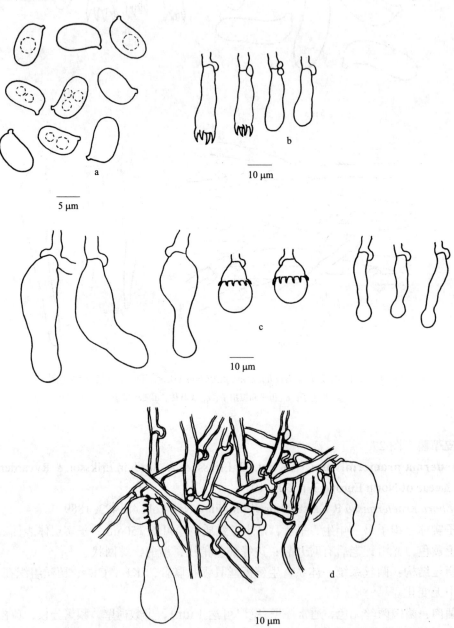

图 27　略丝皮革菌 *Hyphoderma praetermissum*（P. Karst.）J. Erikss. & Å. Strid 的解剖结构图

a. 担孢子；b. 担子和拟担子；c. 囊状体；d. 菌肉菌丝

担孢子：担孢子椭圆形至窄椭圆形，无色，薄壁，光滑，IKI–，CB–，大小为 6.4~9.4（~10）×（3.7~）3.9~5 μm，平均长为 7.2 μm，平均宽为 4.07 μm，长宽比为 1.77（n=30/1）。

研究标本：辽宁省沈阳北陵公园，TNM 16935；吉林省安图县长白山自然保护区，TNM 16960，TNM 15335，TNM 15294；湖北省武汉市九峰国家森林公园，TNM 20837，TNM 21349；云南省楚雄市，TNM 13718，云南省西双版纳翠屏山自然保护区，TNM 4091，TNM 4092，TNM 9277，TNM 9219；台湾台中县，TNM 3634，台湾台北市阳明山，TNM 20045，TNM 2816，台湾新竹县，TNM 2820，台湾南投县，TNM 2822，TNM 220，台湾高雄县，TNM 1333，台湾玉山森林公园，TNM 1357，台湾高雄县，TNM 1569，台湾宜兰县福山植物园，TNM 79，台湾台东县，TNM 21737。

生境：阔叶树落枝。

世界分布：冰岛，丹麦，芬兰，加拿大，美国，挪威，日本，瑞典，中国。

讨论：略丝皮革菌（*Hyphoderma praetermissum*）是一个广布种，主要特征是具有 3 种不同的囊状体。由于担孢子的形状及大小变化多样，该种是一个复合种（Eriksson and Ryvarden 1975），有待于进一步研究。

微毛丝皮革菌　图 28

Hyphoderma puberum (Fr.) Wallr., Fl. Crypt. Germ. (Nürnberg) 2: 576, 1833.

Thelephora pubera Fr., Elench. Fung. (Greifswald) 1: 215, 1828.

Kneiffia pubera (Fr.) Bres., Annls Mycol. 1 (1/2): 102, 1903.

Peniophora pubera (Fr.) Sacc., Syll. Fung. (Abellini) 6: 646, 1888.

Phlebia pubera (Fr.) M.P. Christ., Dansk Bot. Ark. 19 (2): 171, 1960.

子实体：担子果一年生，平伏，贴生，近蜡质，厚可达 150 μm；子实层体表面奶油色至浅黄色，光滑，干后不开裂；边缘颜色稍浅，渐薄，蛛网状。

菌丝结构：菌丝系统一体系；生殖菌丝具锁状联合，IKI–，CB–；菌丝组织在 KOH 试剂中无变化。

菌肉：菌肉菌丝无色，厚壁且具一宽内腔，光滑，偶尔分枝，锁状联合处通常膨大，疏松交织排列，直径为 3~6 μm。

子实层体：近子实层菌丝无色，稍厚壁，频繁分枝，紧密交织排列，较菌肉菌丝细；有 2 种囊状体，一种为锥形，被有结晶，突出或埋入子实层，无色，厚壁，基部有一锁状联合，有时长度可超过 100 μm，直径为 12~18 μm；另外一种为薄壁囊状体，一般埋入子实层中，圆柱形、管状或腹鼓状，基部稍膨大，顶部稍渐细，无色，薄壁，光滑，基部有一锁状联合，大小为 30~75×8~14 μm；担子棍棒状，顶部有 4 个担孢子梗，基部渐细，有一锁状联合，大小为 20~30×7~9 μm；拟担子较多，形状与担子相似，但略小。

担孢子：担孢子圆柱形，稍弯曲，近腊肠形，无色，薄壁，光滑，IKI–，CB–，大小为 8.7~10×4~5 μm，平均长为 9.43 μm，平均宽为 4.51 μm，长宽比为 2.09（n=30/1）。

研究标本：云南省丽江市，TNM 3890，云南省楚雄市，TNM 12220；陕西省眉县太白山自然保护区，TNM 436；台湾台中县，TNM 3622，台湾南投县，TNM 16542，TNM 2824，TNM 20514，TNM 1489，台湾高雄县，TNM 1530。该种在吉林和四川也有报道

（Hjortstam and Ryvarden 1988，Maekawa *et al.* 2002）。

生境：阔叶树倒木。

世界分布：丹麦，芬兰，加拿大，美国，挪威，日本，瑞典，中国。

讨论：微毛丝皮革菌（*Hyphoderma puberum*）与新微毛丝皮革菌（*H. neopuberum* Sheng H. Wu）较相似，但是后者的担孢子典型腊肠形，通常有液泡，且较大（13.5~16.5× 4.5~5.5 μm，Wu 1990）。

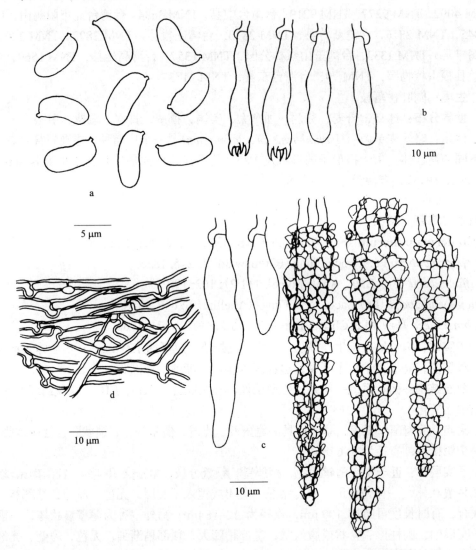

图 28　微毛丝皮革菌 *Hyphoderma puberum* （Fr.）Wallr. 的解剖结构图

a. 担孢子；b. 担子和拟担子；c. 囊状体；d. 菌肉菌丝

皱丝皮革菌　图 29

Hyphoderma rude （Bres.）Hjortstam & Ryvarden, Mycotaxon 10: 275, 1980.

Odontia rudis Bres., Annls Mycol. 18（1-3）: 42, 1920.

子实体：担子果一年生，平伏，贴生，干后有时开裂，厚约 1 mm；子实层体表面奶油色至浅土黄色，齿状；菌肉层较薄；边缘较薄，灰白色。

菌丝结构：菌丝系统一体系；生殖菌丝具锁状联合，IKI−，CB−；菌丝组织在 KOH 试剂中无变化。

菌肉：菌肉菌丝无色，稍厚壁，平直，光滑，偶尔分枝，近规则排列，直径为 3~4.8 μm。

子实层体：近子实层菌丝无色，薄壁，光滑，频繁分枝，紧密交织排列，直径为 3~4 μm；子实层中有囊状体和多沟囊体，囊状体纺锤形或锥形，无色，厚壁，光滑，顶端有一个小突起，基部有一锁状联合，长度有的超过 100 μm，直径为 6~11 μm；多沟囊体薄壁，基部有一锁状联合，大小为 15~23×7~12 μm；担子棍棒状，顶部有 4 个担孢子梗，基部有一锁状联合，大小为 22~27.3×6~7 μm；拟担子形状与担子相似，但略小。

担孢子：担孢子近圆柱形，无色，薄壁，光滑，IKI−，CB−，大小为 (7.5~)8~10(~11)×(3.9~)4~5(~5.1) μm，平均长为 9.12 μm，平均宽为 4.61 μm，长宽比为 1.98 (*n*=30/1)。

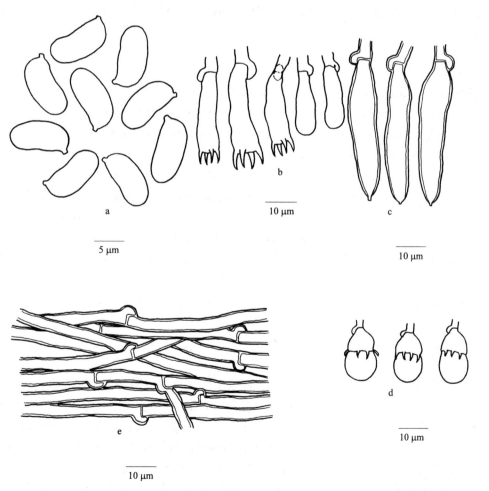

图 29　皱丝皮革菌 *Hyphoderma rude* (Bres.) Hjortstam & Ryvarden 的解剖结构图

a. 担孢子；b. 担子和拟担子；c. 囊状体；d. 多沟囊体；e. 菌肉菌丝

研究标本：吉林省安图县长白山自然保护区，IFP 10356；河南省鲁山县石人自然保护区，IFP 10346，IFP 10347，河南省内乡县宝天曼自然保护区，IFP 10348，IFP 10349，IFP 10350，IFP 10351，IFP 10352；湖北省通山县九宫山，IFP 10353，IFP 10354，IFP 10355，湖北省武汉市，TNM 20917，湖北省礼山县，TNM 20883，TNM 20865，TNM 21897，TNM 21898；湖南省宜章县莽山国家森林公园，IFP 10357；湖南省衡山县，IFP 10358；广西壮族自治区宁明县，IFP 10359，IFP 10360；云南省西双版纳勐海，TNM 4181，云南省西双版纳勐仑自然保护区，TNM 4141，TNM 4125，云南省丽江市，TNM 3875，云南省昆明黑龙潭，TNM 4224；台湾花莲县，TNM 4270，台湾台东县，TNM 5100，台湾台北县，TNM 262，台湾南投县，TNM 14921，TNM 8599，台湾高雄市，TNM 15102，TNM 1529，台湾宜兰县福山植物园，TNM 265。

生境：活松树的枯枝上。

世界分布：巴西，美国，日本，中国。

讨论：皱丝皮革菌(*Hyphoderma rude*)的主要特征是具有刺状的子实层体，锥形且厚壁囊状体以及多沟囊体。变形丝皮革菌(*H. transiens*)也具有刺状的子实层体，但没有囊状体。

丝皮革菌　图30

Hyphoderma setigerum (Fr.) Donk, Fungus Wageningen 27: 15, 1957.

Kneiffia setigera (Fr.) Fr., Epicr. Syst. Mycol. (Upsaliae), p. 529, 1838.

Kneiffia setigera var. *trachytricha* (Ellis & Everh.) Rick, Brotéria, N.S. 3: 70, 1934.

Odontia setigera (Fr.) L.W. Mill., Mycologia 26: 19, 1934.

Peniophora setigera (Fr.) Höhn. & Litsch., Annls Mycol. 4: 289, 1906.

Peniophora setigera var. *trachytricha* (Ellis & Everh.) Rick, Iheringia, Série Botânica 4: 103, 1959.

Thelephora setigera Fr., Elench. Fung. (Greifswald) 1: 208, 1828.

子实体：担子果一年生，平伏，贴生，幼时圆形，后期连生成不规则状，干后有时裂开；子实层体表面灰白色至土黄色，光滑或颗粒状；边缘不明显；菌肉层较薄。

菌丝结构：菌丝系统一体系；生殖菌丝具锁状联合，IKI–，CB–；菌丝组织在KOH试剂中无变化。

菌肉：菌肉菌丝无色，薄壁至稍厚壁，光滑，偶尔分枝，近规则排列或疏松交织排列，直径为2~5 μm。

子实层体：近子实层菌丝无色，稍厚壁，光滑，强烈分枝，紧密交织排列，比菌肉菌丝稍细，直径为2~4 μm；子实层中有囊状体，囊状体长棍棒状，无色，除顶端薄壁外，其余部分厚壁，幼时顶端头状，有一至多个简单分隔或锁状联合，偶尔被有结晶，长度通常超过100 μm，直径为6~12 μm；担子近棍棒状，顶部有4个担孢子梗，基部有一锁状联合，大小为36~48×6~8 μm；拟担子形状与担子相似，但略小。

担孢子：担孢子窄椭圆形、近圆柱形或近腊肠形，无色，薄壁，光滑，IKI–，CB–，大小为 (9.5~)10~13.7(~14.2)×(3.9~)4~5 μm，平均长为11.8 μm，平均宽为4.31 μm，长宽比为2.74 (*n*=30/1)。

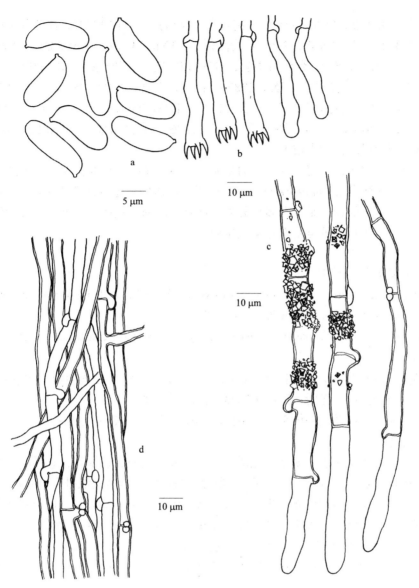

图 30　丝皮革菌 *Hyphoderma setigerum* (Fr.) Donk 的解剖结构图
a. 担孢子；b. 担子和拟担子；c. 囊状体；d. 菌肉菌丝

　　研究标本：辽宁省沈阳北陵公园，TNM 16921，TNM 16923；吉林省安图县长白山自然保护区，IFP 10370，IFP 10371；IFP 10372，IFP 10373，IFP 10374，TNM 15361，TNM 15305，TNM 15309；河南省鲁山县石人山自然保护区，IFP 10361，IFP 10362，IFP 10363，IFP 10364，IFP 10365，IFP 10366，IFP 10367，IFP 10368，IFP 10369；湖北省武汉市，TNM 20856，TNM 20844，湖北省礼山县，TNM 20888，湖北省兴隆县，TNM 15239；湖南省宜章县莽山国家森林公园，IFP 10375；广东省广州市，TNM 20924；四川省都江堰市青城前山，TNM 12167；云南省昆明黑龙潭，TNM 3862，云南省香格里拉县，HKAS 48190，云南省西双版纳勐远自然保护区，TNM 20464，云南省西双版纳勐仑热带植物园，TNM 4038，TNM 4843，云南省西双版纳勐海，TNM 4172，云南省西双版纳大渡岗，TNM

7818，云南省丽江市，TNM 13559，云南省大理宾川县，TNM 14745；台湾台北县，TNM 2832，台湾玉山公园，TNM 21776，台湾南投县，TNM 21769，TNM 2834，TNM 21811，台湾新竹县，TNM 16562，台湾台中县，TNM 15070，台湾毕禄，TNM 1195，台湾台北市，TNM 2376，台湾屏东县，TNM 13870，台湾台中县，TNM 13863，台湾宜兰县福山植物园，TNM 296，台湾高雄市，TNM 21837，TNM 5069，台湾宜兰县，TNM 2835，台湾台中县，TNM 3651，台湾花莲县，TNM 13860，台湾苗栗县，TNM 21742。

生境：阔叶树的腐烂小枝上。

世界分布：冰岛，丹麦，芬兰，加拿大，美国，挪威，日本，瑞典，中国。

讨论：丝皮革菌(*Hyphoderma setigerum*)子实层体的形态特征变化多样，但是与同属其他种类容易区分的特征是具有多个分隔、被有结晶的囊状体。另外，该种的菌肉菌丝近规则排列，同属其他种类基本是交织排列。

西伯利亚丝皮革菌　图31

Hyphoderma sibiricum (Parmasto) J. Erikss. & Å. Strid, in Eriksson & Ryvarden, The Corticiaceae of North Europe 3, p. 535, 1975.

Radulomyces sibiricus Parmasto, Conspectus Systematis Corticiacearum (Tartu), p. 223, 1968.

子实体：担子果一年生，平伏，贴生，初始小斑点状，后来连生成不规则状，较薄；子实层体表面奶油色，光滑；边缘不明显；菌肉层较薄。

菌丝结构：菌丝系统一体系；生殖菌丝具锁状联合，IKI–，CB–；菌丝组织在 KOH 试剂中无变化。

菌肉：菌肉菌丝无色，薄壁，光滑，频繁分枝，疏松交织排列，直径为 2~3 μm。

子实层体：近子实层菌丝无色，薄壁，光滑，频繁分枝，紧密交织排列，直径为 2~3 μm；子实层中无囊状体和拟囊状体；担子长棍棒状，中部稍缢缩或弯曲，顶部有 4 个担孢子梗，基部有一锁状联合，大小为 28~30×6~8 μm；拟担子形状与担子相似，但略小。

担孢子：担孢子宽椭圆形，无色，薄壁，光滑，IKI–，CB–，大小为 (6~)7~8.1×(4.5~)5~5.5 μm，平均长为 7.25 μm，平均宽为 5.08 μm，长宽比为 1.43 (*n*=30/1)。

研究标本：四川省红崖县，HKAS 47923；台湾花莲县，TNM 12260，台湾台中县，TNM 12259。该种在吉林也有报道(Hjortstam and Ryvarden 1988)。

生境：针叶树无皮腐烂树枝上。

世界分布：丹麦，芬兰，加拿大，美国，挪威，日本，瑞典，中国。

讨论：西伯利亚丝皮革菌(*Hyphoderma sibiricum*)的特征是子实层中无囊状体，因此与乳白丝皮革菌(*H. cremeoalbum*)相似，但是后者的担孢子为窄椭圆形或近圆柱形，且比前者的大(11~15×5~6 μm)，另外，乳白丝皮革菌的菌肉菌丝稍厚壁，担子棍棒状，中部不缢缩。

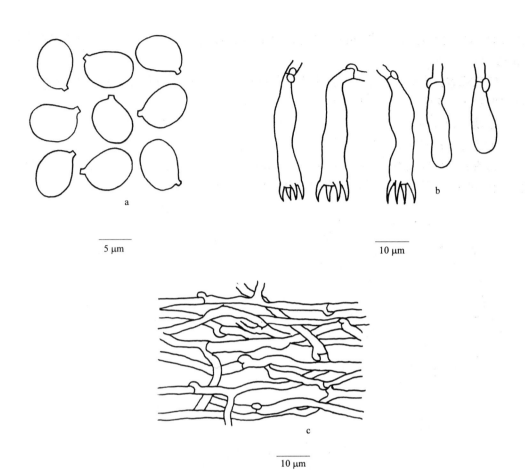

图 31 西伯利亚丝皮革菌 *Hyphoderma sibiricum* (Parmasto) J. Erikss. & Å. Strid 的解剖结构图

a. 担孢子；b. 担子和拟担子；c. 菌肉菌丝

变形丝皮革菌 图 32

Hyphoderma transiens (Bres.) Parmasto, Consp. System. Corticiac. (Tartu), p. 114, 1968.

Odontia transiens Bres., in Torrend, Brotéria 11 (1) : 72, 1913.

　　子实体：担子果一年生，平伏，贴生，较薄，干后有时开裂；子实层体奶油色，稀疏齿状；边缘不明显；菌肉层较薄。

　　菌丝结构：菌丝系统一体系；生殖菌丝具锁状联合，IKI−，CB−；菌丝组织在 KOH 试剂中无变化。

　　菌肉：菌肉菌丝无色，薄壁，光滑，频繁分枝，分枝通常在锁状联合处，有时塌陷，疏松交织排列，直径为 2~4 μm。

　　子实层体：菌髓菌丝无色，薄壁，光滑，偶尔分枝，紧密近规则排列，直径为 2~4 μm；囊状体棍棒状，无色，薄壁，光滑，基部有一锁状联合，大小为 34~75×6~8 μm；担子长棍棒状，中方部稍缢缩或弯曲，顶部有 4 个担孢子梗，基部有一锁状联合，大小为 18~36×5~6.5 μm；拟担子形状与担子相似，但略小。

　　担孢子：担孢子圆柱形或近腊肠形，无色，薄壁，光滑，IKI−，CB−，大小为

(8~) 8.8~12 (~13) ×3~4 (~4.7) μm，平均长为 10.4 μm，平均宽为 3.49 μm，长宽比为 2.98 （*n*=30/1）。

　　研究标本：吉林省安图县长白山自然保护区，IFP 10377，IFP 10378；湖北省神农架自然保护区，IFP 10114，IFP 10115，IFP 10376。

　　生境：阔叶树上。

　　世界分布：日本，中国。

　　讨论：变形丝皮革菌（*Hyphoderma transiens*）的特征是子实层体稀疏齿状，囊状体薄壁、长棍棒状，担孢子圆柱形，因此，该种很容易区别于同属其他种。

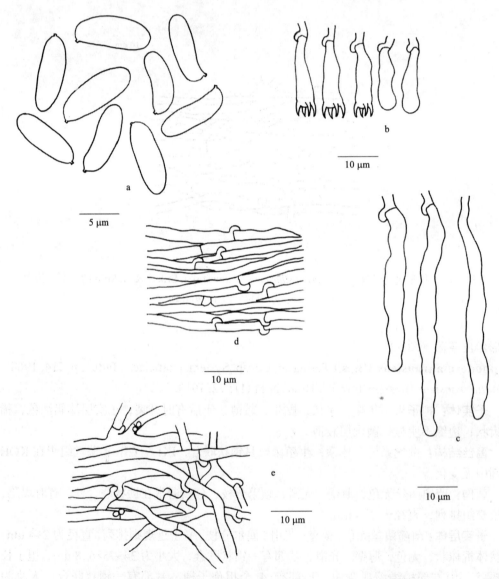

图 32　变形丝皮革菌 *Hyphoderma transiens* (Bres.) Parmasto 的解剖结构图
a. 担孢子；b. 担子和拟担子；c. 囊状体；d. 菌髓菌丝；e. 菌肉菌丝

丝齿菌属 *Hyphodontia* J. Erikss.

Symb. Bot. Upsal. 16: 101, 1958.

担子果一年生，平伏，贴生；子实层体表面光滑、瘤状、孔状或齿状；不育的边缘不明显；菌丝系统一体系或假二体系，生殖菌丝具锁状联合或简单分隔；囊状体存在或不存在；担子基本上棍棒状，中部稍缢缩；担孢子形状变化多样，光滑，薄壁，在梅试剂和棉蓝试剂中均无变色反应。

模式种：*Hyphodontia pallidula* (Bres.) J. Erikss.。

讨论：丝齿菌属是一个世界广布种，目前该属已经发表了约 120 种，中国目前报道了 36 个种，但可能还有未被发现的种类。该属的菌丝特征比较明显，薄壁或稍厚壁，具有锁状联合或简单分隔，频繁分枝，疏松交织排列，在棉蓝试剂中菌丝壁通常有嗜蓝反应。该属的种类能引起木材白色腐朽（Kotiranta and Saarenoksa 2000a；Eriksson and Ryvarden 1976）。

丝齿菌属 *Hyphodontia* 分种检索表

32. 子实层体表面具稠密小齿；子实层中有菌丝钉存在 ················· 羊毛状丝齿菌 *H. lanata*

32. 子实层体表面瘤状或小颗粒状，子实层中无菌丝钉存在 ············· 开裂丝齿菌 *H. rimosissima*

33. 菌齿末端的菌丝较尖 ····························· 李丝齿菌 *H. pruni*

33. 菌齿末端的菌丝较钝 ····································· 34

34. 头状囊状体被有结晶 ····································· 35

34. 头状囊状体无结晶 ····························· 粗糙丝齿菌 *H. aspera*

35. 菌齿较密，每毫米 5~7 个 ························· 毛缘丝齿菌 *H. fimbriata*

35. 菌齿较稀疏，每毫米 2~3 个 ························· 颗粒丝齿菌 *H. granulosa*

冷杉生丝齿菌 图 33

Hyphodontia abieticola (Bourdot & Galzin) J. Erikss., Symb. Bot. Upsal. 16(1): 84, 1958.

Grandinia abieticola (Bourdot & Galzin) Jülich, Int. J. Mycol. Lichenol. 1(1): 35, 1982.

Kneiffiella abieticola (Bourdot & Galzin) Jülich & Stalpers, Verh. K. Ned. Akad. Wet., 2 Sectie 74: 130, 1980.

Odontia abieticola (Bourdot & Galzin) S. Lundell, Fungi Exsiccati Suecici (15-16): 738, 1939.

　　子实体：担子果一年生，平伏，贴生，厚不到 1 mm；子实层体表面土黄色至赭色，光滑，蛛网状；边缘不明显。

　　菌丝结构：菌丝系统一体系；生殖菌丝具锁状联合，IKI−，CB+；菌丝组织在 KOH 试剂中无变化。

　　菌肉：菌肉菌丝无色，薄壁至稍厚壁，大量分枝，疏松交织排列，直径为 2~5 μm。

　　子实层体：近子实层菌丝无色，薄壁，少分枝，规则排列，直径为 2~4 μm；子实层中有大量长管状囊状体，除顶端外，其余部分厚壁，无色，光滑，长度超过 100 μm，直径为 5~10 μm；担子短棍棒状，顶部有 4 个担孢子梗，基部有一锁状联合，大小为 14~18×5~6 μm；拟担子较多，与形状担子相似，但略小。

　　担孢子：担孢子长椭圆形至短圆柱形，无色，薄壁，光滑，IKI−，CB−，大小为 5~7×3~3.5(~4) μm，平均长为 5.94 μm，平均宽为 3.24 μm，长宽比为 1.83 (*n*=30/1)。

　　研究标本：吉林省安图县长白山自然保护区，IFP 10477，TNM 15760

　　生境：针叶树倒木上。

　　世界分布：爱沙尼亚，波兰，丹麦，法国，芬兰，加拿大，美国，挪威，瑞典，中国。

　　讨论：冷杉生丝齿菌(*Hyphodontia abieticola*)与细齿丝齿菌(*H. barba-jovis*)比较相似，但是后者生长在阔叶树落枝上，子实体有较长的菌齿，担孢子为宽椭圆形至近球形 (4~5×3.2~4.1) μm。

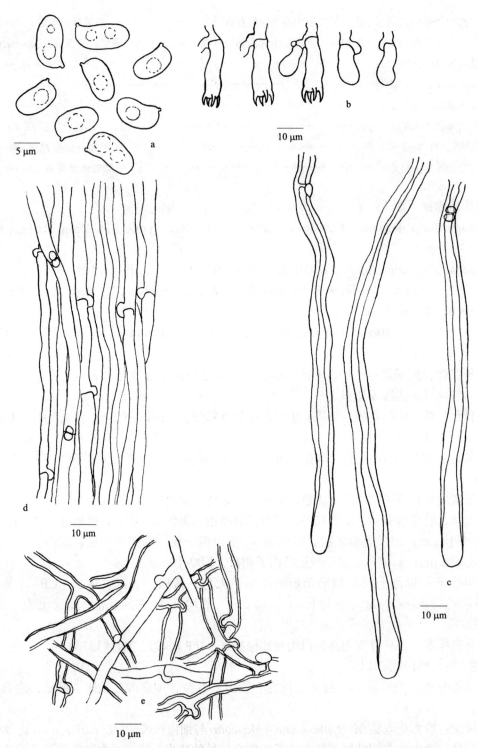

图 33　冷杉生丝齿菌 *Hyphodontia abieticola*（Bourdot & Galzin）J. Erikss. 的解剖结构图

a. 担孢子；b. 担子和拟担子；c. 囊状体；d. 近子实层菌丝；e. 菌肉菌丝

白丝齿菌 图 34

Hyphodontia alba Sheng H. Wu, Acta Bot. Fenn. 142: 85, 1990.

子实体：担子果一年生，平伏，贴生，薄，不到 1 mm；子实层体表面白色至淡鼠灰色，呈不明显的圆锥颗粒状；边缘白色，薄，蛛网状。

菌丝系统：菌丝系统一体系，生殖菌丝具锁状联合，IKI−，CB（+）；菌丝组织在 KOH 试剂中无变化。

菌肉：生殖菌丝无色，薄壁，平直，常分枝，分枝通常呈直角，通常被有细小的颗粒状结晶，疏松交织排列，直径为 3~5 μm。

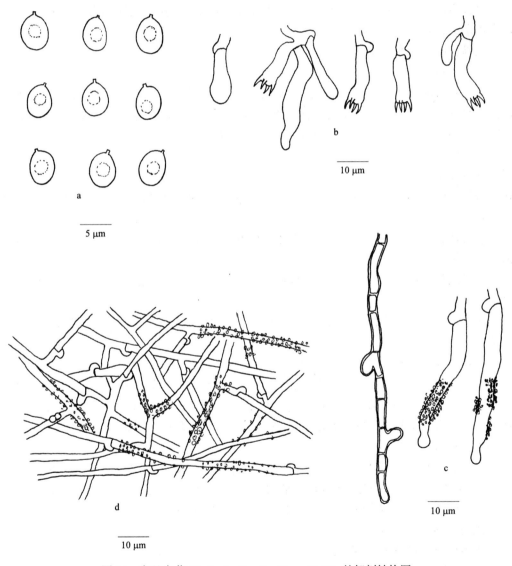

图 34　白丝齿菌 *Hyphodontia alba* Sheng H. Wu 的解剖结构图
a. 担孢子；b. 担子和拟担子；c. 囊状体；d. 菌肉菌丝

子实层体：近子实层菌丝无色，薄壁，平直，比菌肉菌丝细，紧密交织排列，通常被有较多结晶；子实层中有 2 种囊状体：一种为薄壁头状囊状体，常见，无色，薄壁，稍弯曲，被有结晶，伸出子实层，大小为 35~60×4.5~7 μm；另一种为有隔囊状体，位于菌肉中，伸出或不伸出子实层，无色，稍厚壁，长度可达 110 μm，直径为 5~6 μm；担子棍棒状，顶部有 4 个担孢子梗，基部有一锁状联合，大小为 14~19×4~5 μm；拟担子形状与担子相似，但略小。

孢子：担孢子宽椭圆形或近球形，无色，薄壁，光滑，有一个大液泡，IKI–，CB–，大小为 5~5.3(~5.8)×3.8~4 μm，平均长为 5.2 μm，平均宽为 3.91 μm，长宽比为 1.35 (n=30/1)。

研究标本：四川省都江堰市青城山，HKAS 48072；云南省昆明西山，TNM 13732；台湾台东县，TNM 21698。

生境：阔叶树腐烂小枝上。

世界分布：中国。

讨论：白丝齿菌(*Hyphodontia alba*)的宏观特征是子实层体表面圆锥颗粒状，微观特征是同时具有隔囊状体和头状囊状体。丝齿菌(*H. pallidula*)也具有有隔囊状体，但没有头状囊状体。另外，该种子实层体表面光滑或瘤状。

阿尔泰丝齿菌　图 35

Hyphodontia altaica Parmasto, Conspectus Systematis Corticiacearum (Tartu), p. 211, 1968.

子实体：担子果一年生，平伏，贴生，极薄，不到 1 mm；子实层体表面浅黄色，光滑；边缘极薄，颜色较浅。

菌丝结构：菌丝系统一体系；生殖菌丝具锁状联合，IKI–，CB(+)；菌丝组织在 KOH 试剂中无变化。

菌肉：生殖菌丝无色，薄壁至稍厚壁，光滑，弯曲，频繁分枝，疏松交织排列，直径为 2~4 μm。

子实层体：近子实层的菌丝薄壁至稍厚壁，强烈分枝，交织排列，直径为 2~3.5 μm；子实层中有大量管状囊状体，无色，光滑，除顶端薄壁外其余部分厚壁，有时顶端被有附着物，基部有一锁状联合，长度可达 100 μm，直径为 5~9 μm；担子棍棒形，中部稍缢缩，顶部有 4 个担孢子梗，基部有一锁状联合，大小为 9~14.5×3.9~5 μm；拟担子形状与担子相似，但略小。

孢子：担孢子腊肠形，无色，薄壁，平滑，IKI–，CB–，大小为 (4~)4.3~5.1(~6)×(1.5~)1.8~2 μm，平均长为 4.87 μm，平均宽为 1.92 μm，长宽比为 2.54 (n=30/1)。

研究标本：吉林省安图县长白山自然保护区，HMAS 56587。

生境：落叶松倒木上。

世界分布：俄罗斯，芬兰，中国。

讨论：阿尔泰丝齿菌(*Hyphodontia altaica*)的特征是子实层体表面光滑，浅黄色，具有管状囊状体及担孢子腊肠形。管形丝齿菌(*H. tubuliformis*)也具有管状囊状体及腊肠形担孢子，但子实层体表面土黄色至赭色，具稠密颗粒状小齿。

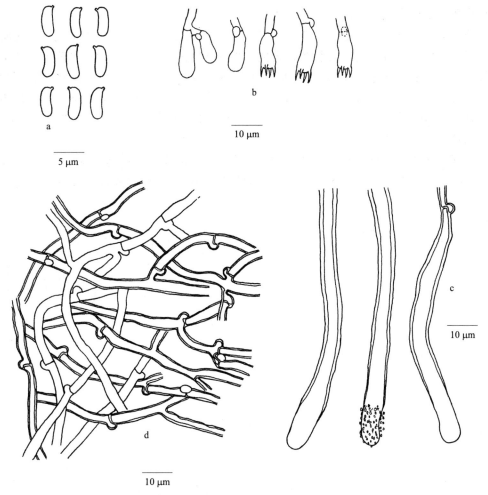

图 35 阿尔泰丝齿菌 *Hyphodontia altaica* Parmasto 的解剖结构图

a. 担孢子；b. 担子和拟担子；c. 囊状体；d. 菌肉菌丝

黄褐丝齿菌　图 36

Hyphodontia alutaria（Burt）J. Erikss., Symb. Bot. Upsal. 16: 104, 1958.

Grandinia alutaria（Burt）Jülich, Int. J. Mycol. Lichenol. 1: 35, 1982.

Kneiffiella alutaria（Burt）Jülich & Stalpers, Verh. K. Ned. Akad. Wet., 2 Sectie 74: 129, 1980.

Odontia alutaria（Burt）Nikol., Nov. Sist. Niz. Rast. 1964: 168, 1964.

Peniophora alutaria Burt, Ann. Mo. Bot. Gdn. 12: 231, 1925.

　　子实体：担子果一年生，平伏，贴生，极薄，不到 1 mm，干后经常开裂；子实层体表面幼时光滑，淡黄色，成熟后呈近球形乳突状或颗粒状；边缘不明显。

　　菌丝系统：菌丝系统一体系；生殖菌丝具锁状联合，IKI–, CB（+）；菌丝组织在 KOH 试剂中无变化。

　　菌肉：生殖菌丝无色，薄壁至稍厚壁，但通常薄壁，光滑，弯曲，频繁分枝，分枝多呈直角，疏松交织排列，直径为 2~3 μm。

　　子实层体：近子实层菌丝无色，薄壁，光滑，大量分枝，紧密交织排列；子实层中有 2 种囊状体，一种为有隔囊状体，无色，稍厚壁，顶端球形，有时中部膨大，伸出子实层，有一到几个分隔或锁状联合，大小为 40~80×5~7 μm；另一种是锥状囊状体，薄壁，通常不伸出子实层，顶端很尖，有结晶，CB+，大小为 23~45×4~6.3 μm；担子棍棒状或圆柱状，CB+，顶部有 4 个担孢子梗，基部有一锁状联合，大小为 15~17×4~5 μm；拟担子形状与担子相似，但略小。

　　孢子：担孢子宽椭圆形，无色，薄壁，光滑，有时有一个液泡，IKI–，CB–，大小为 (4~)4.5~5.2(~5.8) × 3.1~3.9(~4) μm，平均长为 4.89 μm，平均宽为 3.56 μm，长宽比为 1.37（n=30/1）。

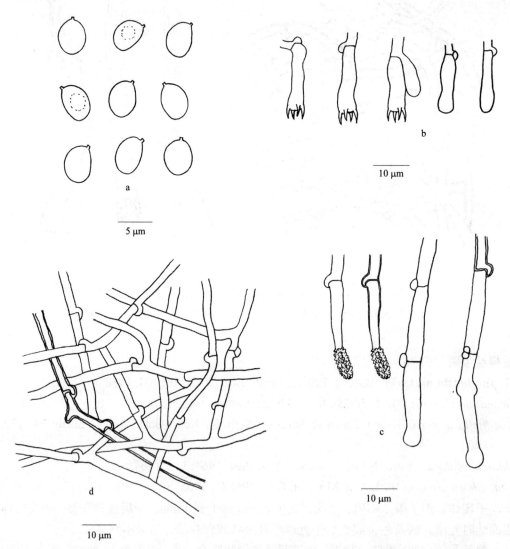

图 36　黄褐丝齿菌 *Hyphodontia alutaria* (Bert) J. Erikss. 的解剖结构图
a. 担孢子；b. 担子和拟担子；c. 囊状体；d. 菌肉菌丝

研究标本：吉林省安图县长白山自然保护区，TNM 16993；四川省眉山洪雅县，HKAS 47931，HKAS 47931，四川省绵阳市江油县，HKAS 47907；云南省大理市宾川县，TNM 14758。

生境：针叶树如冷杉腐烂木或无皮树枝上。

世界分布：阿根廷，丹麦，芬兰，加拿大，美国，挪威，瑞典，中国。

讨论：黄褐丝齿菌（*Hyphodontia alutaria*）和丝齿菌（*H. pallidula*）较为接近，但是后者只有分隔囊状体，菌肉菌丝通常稍厚壁，担孢子较窄（3.8~4.1×2.5~3 μm），担子在棉蓝试剂中无嗜蓝反应。

锐丝齿菌 图 37

Hyphodontia arguta (Fr.) J. Erikss., Symb. Bot. Upsal. 16: 104, 1958.

Grandinia arguta (Fr.) Jülich, Int. J. Mycol. Lichenol. 1: 35, 1982.

Hydnum argutum Fr., Syst. Mycol. (Lundae) 1: 424, 1821.

Kneiffiella arguta (Fr.) Jülich & Stalpers, Verh. K. Ned. Akad. Wet., 2 Sectie 74: 129, 1980.

Odontia arguta (Fr.) Quél., Fl. Mycol. France (Paris) 1: 435, 1888.

子实体：担子果一年生，平伏，贴生，干后通常开裂，极薄，不到 1 mm；子实层体表面奶油色或淡赭色，齿状；菌齿稠密簇生，长可达 2 mm；边缘颜色较淡，蛛网状。

菌丝系统：菌丝系统一体系；生殖菌丝具锁状联合，IKI–，CB+；菌丝组织在 KOH 试剂中无变化。

菌肉：生殖菌丝无色，稍厚壁，平直，光滑，偶尔分枝，近规则排列或疏松交织排列，直径为 2.5~4.5 μm。

子实层体：近子实层菌丝无色，薄壁，比菌肉菌丝细，紧密交织排列，直径为 2.2~4 μm；子实层中有 2 种囊状体，一种为头状囊状体，大量存在，薄壁，顶端稍膨大，呈球形，稍弯曲，基部有一锁状联合，大小为 25~60×4~6.5 μm；另一种为锥状囊状体，顶端尖锐，通常被有结晶，薄壁到稍厚壁，大小为 20~40×4~7 μm；担子棍棒状到近圆柱状，顶部有 4 个担孢子梗，基部有一锁状联合，大小为 10~18×4~4.5 μm；拟担子形状与担子相似，但略小。

孢子：担孢子宽椭圆形至近球形，无色，薄壁，光滑，通常有一液泡，IKI–，CB–，大小为 (4.8~) 4.9~5.3 (~5.5) × (3.7~) 3.9~4.5 μm，平均长 5.05 μm，平均宽为 4.06 μm，长宽比为 1.22 (*n*=30/1)。

研究标本：吉林省安图县长白山自然保护区，IFP 10424；河南省鲁山县石人山风景区，IFP 10403；四川省都江堰市青城山风景区，HKAS 47877，四川省绵阳市江油县，HKAS 47919；云南省丽江市玉龙县，TNM 3981；台湾南投县，HMAS 66524，HMAS 66521，TNM 222，TNM 320，台湾桃园县，TNM 2840，台湾台北市，TNM 12718，台湾高雄县，TNM 5063，台湾玉山公园，TNM 380，台湾和社，TNM 4241。

生境：阔叶树腐朽木上。

世界分布：阿根廷，丹麦，芬兰，加拿大，美国，挪威，瑞典，日本，中国。

讨论：锐丝齿菌（*Hyphodontia arguta*）与黄褐丝齿菌（*H. alutaria*）很相近，子实层体表面都呈齿状，都具有锥状囊状体；但是黄褐丝齿菌的头状囊状体有多个分隔，而锐丝齿

菌的头状囊状体除基部有一锁状联合外没有其他分隔。另外，黄褐丝齿菌的担孢子较窄
（4.5~5.2 × 3.1~3.9μm）。

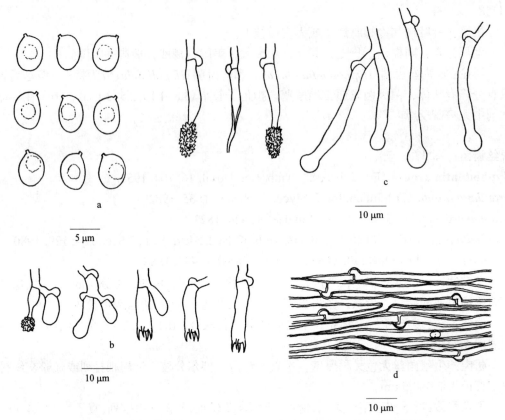

图 37 锐丝齿菌 *Hyphodontia arguta* (Fr.) J. Erikss. 的解剖结构图

a. 担孢子；b. 担子和拟担子；c. 囊状体；d. 菌肉菌丝

粗糙丝齿菌 图 38

Hyphodontia aspera (Fr.) J. Erikss., Symb. Bot. Upsal. 16: 104, 1958.

Grandinia aspera Fr., Hymen. Eur. (Upsaliae), p. 627, 1874.

Kneiffiella aspera (Fr.) Jülich & Stalpers, Verh. K. Ned. Akad. Wet., 2 Sectie 74: 132, 1980.

Odontia arguta subsp. *aspera* (Fr.) Bourdot & Galzin, Hyménomyc. de France, p. 428, 1928.

Odontia aspera (Fr.) Pilát, Bull. Trimest. Soc. Mycol. Fr. 49 (3-4): 29, 1934.

子实体：担子果一年生，平伏，贴生，干后有裂缝，极薄，不到 1 mm；子实层体表面奶油色，具有稀疏的、圆锥形小刺；边缘不明显。

菌丝系统：菌丝系统一体系；生殖菌丝具锁状联合；IKI–，CB+；菌丝组织在 KOH 试剂中无变化。

菌肉：生殖菌丝无色，薄壁至稍厚壁，多数稍厚壁，光滑，弯曲，频繁分枝，疏松交织排列，直径为 2~4 μm。

子实层体：菌髓菌丝无色，稍厚壁，光滑，平直，偶尔分枝，有时被有细小结晶体，

沿小齿近平行排列，直径为 2~4 μm；子实层中有头状囊状体，顶端膨大成球状，无色，除顶端薄壁外其余部分厚壁，伸出或不伸出子实层，大小为 27.5~55.8×3~4 μm；担子棍棒状，顶部有 4 个担孢子梗，基部有一锁状联合，大小为 16~20×4~5 μm；拟担子形状与担子相似，但略小。

　　孢子： 担孢子宽椭圆形或近球形，无色，薄壁，光滑，通常有一个大液泡，IKI−，CB(+)，大小为 4.5~5.8(~6) × 3.2~4.5 μm，平均长为 5.07 μm，平均宽为 3.95 μm，长宽比为 1.28 (n=30/1)。

　　研究标本： 辽宁省沈阳北陵公园，TNM 16929，TNM 16932；吉林省安图县长白山自然保护区，HMAS 88177，HMAS 53743，HMAS 53742，HMAS 56736，TNM 15303，TNM 16967，TNM 17960，TNM 16983，TNM 15333，TNM 15315；湖北省神农架自然保护区，IFP 10389，IFP 10390；四川省都江堰市青城山，TNM 12197；新疆布尔津县喀纳斯，TNM 17080；台湾台中县，TNM 15695，台湾南投县，TNM 10089。

　　生境： 阔叶树落枝上。

　　世界分布： 丹麦，芬兰，美国，挪威，瑞典，中国。

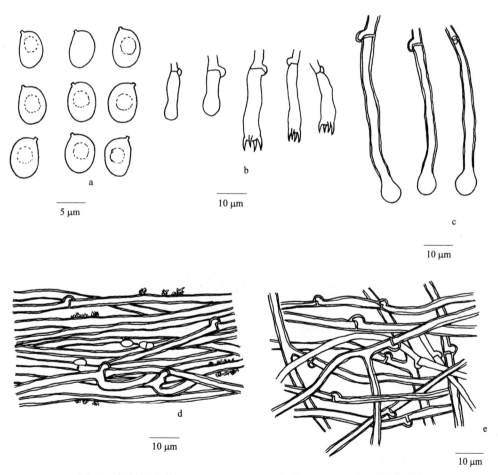

图 38　粗糙丝齿菌 *Hyphodontia aspera* (Fr.) J. Erikss. 的解剖结构图

a. 担孢子；b. 担子和拟担子；c. 囊状体；d. 菌髓菌丝；e. 菌肉菌丝

讨论：粗糙丝齿菌（*Hyphodontia aspera*）和李丝齿菌（*H. pruni*）均有齿状的子实层体，而且微观上两者都具有头状囊状体，但是前者菌齿顶端的菌丝末端较钝，而后者的菌丝末端较尖；另外，李丝齿菌的担孢子稍大（5.5~7×4~4.5 μm）。

细齿丝齿菌　图 39

Hyphodontia barba-jovis (Bull.) J. Erikss., Symb. Bot. Upsal. 16: 104, 1958.

Grandinia barba-jovis (Bull.) Jülich, Int. J. Mycol. Lichenol. 1: 35, 1982.

Hydnum barba-jovis Bull., Herbier de la France 11, tab. 481, fig. 2, 1791.

Hydnum barba-jovis Bull. [as '*barba-jobi*'], Herbier de la France 11: tab. 481, 1791.

Kneiffiella barba-jovis (Bull.) P. Karst., Bidr. Känn. Finl. Nat. Folk 48: 371, 1889.

Odontia barba-jovis (Bulliard) Fr., Epicr. Syst. Mycol., p. 528, 1838.

Sistotrema barba-jovis (Bull.) Pers., Mycol. Eur. (Erlanga) 2: 200, 1825.

　　子实体：担子果一年生，平伏，贴生，极薄；子实层体表面淡黄色，具小细齿状；边缘渐薄，颜色渐淡。

　　菌丝结构：菌丝系统一体系；生殖菌丝具锁状联合，IKI–，CB+；菌丝组织在 KOH 试剂中无变化。

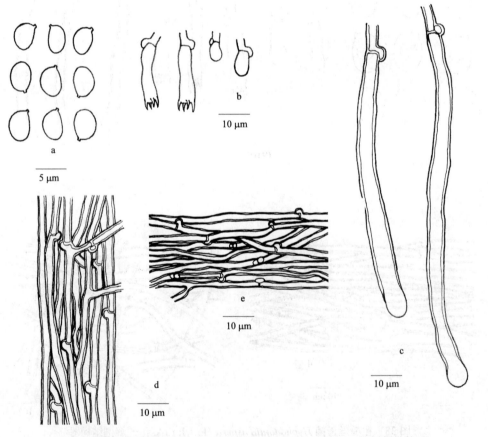

图 39　细齿丝齿菌 *Hyphodontia barba-jovis* (Bull.) J. Erikss. 的解剖结构图
a. 担孢子；b. 担子和拟担子；c. 囊状体；d. 菌髓菌丝；e. 菌肉菌丝

菌肉：生殖菌丝无色，稍厚壁，光滑，略平直，偶尔分枝，交织排列或近规则排列，直径为 2~4 μm。

　　子实层体：菌髓菌丝无色，薄壁至稍厚壁，多数稍厚壁，光滑，频繁分枝，沿菌齿近平行紧密排列，直径为 2.2~3 μm；子实层中有大量圆柱形囊状体，无色，除顶端薄壁外其余厚壁，光滑，通常伸出子实层，有时弯曲或缢缩，有时有数个锁状联合，有时只有简单分隔，有时两者都没有，长度可达 100 μm，直径为 5~7 μm；担子长棍棒状到圆柱形，中部有稍缢缩，顶部有 4 个担孢子梗，基部有一锁状联合，大小为 15~20 × 4~5 μm；拟担子形状与担子相似，但明显比担子小。

　　孢子：担孢子宽椭圆形或近球形，无色，薄壁，光滑，IKI–，CB–，大小为 4~5 × 3.2~4.1 μm，平均长为 4.65 μm，平均宽为 3.78 μm，长宽比为 1.23（n=30/1）。

　　研究标本：湖北省神农架自然保护区，IFP 10404；云南省永善县，TNM 9197，TNM 9234，云南省楚雄市，TNM 13707，TNM 13717，TNM 13706，TNM 13652，云南省大理市，TNM 12208。

　　生境：阔叶树落枝上。

　　世界分布：丹麦，芬兰，法国，加拿大，美国，挪威，日本，瑞典，中国。

　　讨论：细齿丝齿菌（*Hyphodontia barba-jovis*）与丛毛丝齿菌（*H. floccosa*）具有相似的囊状体，但后者的子实层体基本为光滑，最重要的是它的担孢子为窄圆柱形（6~7 × 1.8~2 μm）。

东亚丝齿菌　图 40

Hyphodontia boninensis (S. Ito & S. Imai) N. Maek., Rep. Tottori Mycol. Inst. 31: 9, 1993.

Corticium boninense S. Ito & S. Imai, Trans. Sapporo Nat. Hist. Soc. 16: 131, 1940.

　　子实体：担子果一年生，平伏，贴生，较薄，不到 1 mm；子实层体表面白色至灰白色，光滑，边缘絮状。

　　菌丝结构：菌丝系统一体系；生殖菌丝具锁状联合，IKI–，CB（+）；菌丝组织在 KOH 试剂中无变化。

　　菌肉：生殖菌丝无色，薄壁，光滑，弯曲，频繁分枝，分枝菌丝末端有时呈把手状，疏松交织排列，直径为 2~3.1 μm。

　　子实层体：近子实层菌丝无色，薄壁，弯曲，比菌肉菌丝细，紧密交织排列，直径为 2~2.8 μm；子实层中有大量囊状体，形状多样，一般棍棒状或纺锤状，顶端钝或尖，薄壁，有时稍弯曲，基有一锁状联合，大小为 22.4~30 × 5~6 μm；担子近圆柱形或纺锤形，有时稍弯曲，CB+，顶部有 4 个担孢子梗，基部有一锁状联合，大小为 12~19 × 3.7~4.9 μm；拟担子形状与担子相似，但明显比担子小。

　　孢子：担孢子宽椭圆形，无色，薄壁，光滑，通常有一个液泡，IKI–，CB–，大小为 4.8~5.8（~6）× 3~3.9 μm，平均长为 5.16 μm，平均宽为 3.44 μm，长宽比为 1.5（n=30/1）。

　　研究标本：四川省绵阳市平武县，HKAS 48140，四川省绵阳市江油县，HKAS 47909。该种在云南也有报道（Maekewa and Zang 1995）。

　　生境：针叶树和阔叶树腐朽木上。

　　世界分布：日本，中国。

讨论：东亚丝齿菌（*Hyphodontia boninensis*）的最主要特征是具有大量薄壁的棍棒状或纺锤状囊状体及宽椭圆形的担孢子。该种与接骨木丝齿菌（*H. sambuci*）比较相似，但后者子实层体表面具小齿；担子在棉蓝试剂中无嗜蓝反应。

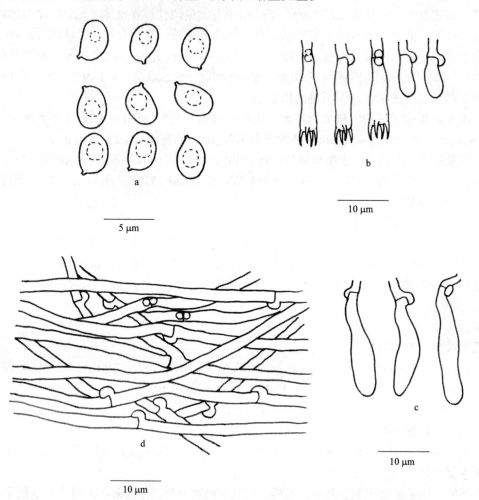

图 40　东亚丝齿菌 *Hyphodontia boninensis* (S. Ito & S. Imai) N. Maek. 的解剖结构图

a. 担孢子；b. 担子和拟担子；c. 囊状体；d. 菌肉菌丝

短齿丝齿菌　图 41

Hyphodontia breviseta (P. Karst.) J. Erikss., Symb. Bot. Upsal. 16: 104, 1958.

Grandinia breviseta (P. Karst.) Jülich, Int. J. Mycol. Lichenol. 1: 35, 1982.

Kneiffiella breviseta (P. Karst.) Jülich & Stalpers, Verh. K. Ned. Akad. Wet., 2 Sectie 74: 133, 1980.

Odontia breviseta (P. Karst.) J. Erikss., Fung. Exsic. Suecici 43-44: 22, 1953.

子实体：担子果一年生，平伏，贴生，极薄，不到 1 mm；子实层体表面灰白色，齿状，菌齿较密，小，软；边缘不明显。

菌丝结构：菌丝系统一体系；生殖菌丝具锁状联合，IKI–，CB＋；菌丝组织在 KOH 试剂中无变化。

菌肉：生殖菌丝无色，通常稍厚壁，光滑，弯曲，频繁分枝，疏松交织排列，直径为 2~3.5 μm。

子实层体：菌髓菌丝无色，厚壁，偶尔分枝，平直，通常有大量结晶体，沿菌齿近平行排列，直径为 3~4.5 μm；子实层中有 2 种囊状体，一种是头状囊状体，薄壁或除顶端薄壁外其余部分厚壁，伸出或不伸出子实层，大小为 25~35×3.5~4.5 μm；另一种是胶质化的囊状体，薄壁，有些地方缢缩，呈念珠状，大小为 40~55×6~7 μm；担子近圆柱形，顶部有 4 个担孢子梗，基部有一锁状联合，大小为 13~20×3~4 μm；拟担子形状与担子相似，但明显比担子小。

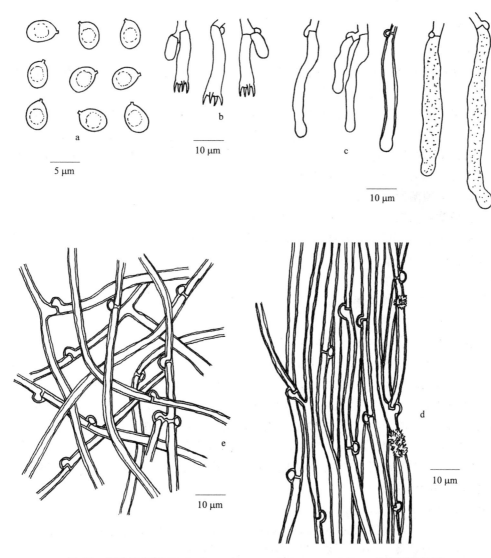

图 41　短齿丝齿菌 *Hyphodontia breviseta* (P. Karst.) J. Erikss. 的解剖结构图

a. 担孢子；b. 担子和拟担子；c. 囊状体；d. 菌髓菌丝；e. 菌肉菌丝

孢子：担孢子宽椭圆形，薄壁，光滑，通常有一个液泡，IKI−，CB+，大小为 (4~) 4.2~5.1 (~5.2)×3~3.5 (~3.7) μm，平均长为 4.8 μm，平均宽为 3.18 μm，长宽比为 1.51 (n=30/1)。

研究标本：吉林省安图县长白山自然保护区，HMAS 88176，HMAS 56692，HMAS 56715，HMAS 56739，TNM 15332；四川省乐山县峨眉山，TNM 438；台湾台中县，TNM 22356。

生境：针叶树腐朽木上。

世界分布：丹麦，芬兰，加拿大，美国，挪威，瑞典，中国。

讨论：短齿丝齿菌 (Hyphodontia breviseta) 最明显的特征是具有念珠状胶质化囊状体。在丝齿菌属中只有此种具有齿状子实层体且具有胶质化囊状体。

厚层丝齿菌　图 42

Hyphodontia crassa Sang H. Lin & Z.C. Chen, Taiwania 35: 81, 1990.

子实体：担子果一年生，平伏，贴生，较薄，不到 1 mm；子实层体齿状，浅黄色；菌齿稠密，锥形，顶端尖，每毫米 6~10 个；边缘渐薄。

菌丝结构：菌肉菌丝系统二体系，菌髓菌丝系统一体系；生殖菌丝具锁状联合，骨架菌丝厚壁或几乎实心；所有菌丝 IKI−，CB+；菌丝组织在 KOH 试剂中无变化。

菌肉：生殖菌丝无色，薄壁，光滑，通常分枝，弯曲，被有形状不规则的结晶体，直径为 2~3.9 μm；骨架菌丝厚壁到几乎实心，几乎不分枝，弯曲，直径为 1.9~3 μm；骨架菌丝与生殖菌丝交织排列。

子实层体：菌髓生殖菌丝无色，薄壁至稍厚壁，通常分枝，弯曲，被有结晶，直径为 2.5~3.8 μm；子实层中无囊状体和拟囊状体；担子棍棒状，有时中部稍缢缩，顶部有 4 个担孢子梗，基部有一锁状联合，大小为 13~17×4~4.9 μm；拟担子形状与担子相似，但略小。

孢子：担孢子宽椭圆形或近球形，无色，薄壁，光滑，IKI−，CB−，大小为 4~5×3~3.6 (~3.9) μm，平均长为 4.3 μm，平均宽为 3.22 μm，长宽比为 1.36 (n=30/1)。

研究标本：云南省西双版纳勐仑镇热带植物园，TNM 7867，云南省西双版纳勐养，TNM 7793，TNM 7793，云南省西双版纳勐仑镇，TNM 7914；台湾南投县，TNM 19009，TNM 4527，TNM 18999，TNM 14865，TNM 20326，台湾台东县，TNM 19003，台湾花莲县，TNM 19001，台湾宜兰县，TNM 19000，台湾嘉义县，TNM 18998，台湾屏东县，TNM 14868，台湾高雄县，TNM 19005，TNM 14866，台湾台中县，TNM 9372，台湾兰屿，TNM 10062，台湾屏东县，TNM 19007，台湾台北县，TNM 19004，台湾玉山公园，TNM 19010，台湾台南县，TNM 19021。该种在四川也有报道 (Maekawa et al. 2002)。

生境：阔叶树落枝上。

世界分布：中国。

讨论：厚层丝齿菌 (Hyphodontia crassa) 的特征是子实层体稠密齿状，二系菌丝系统，且子实层中无囊状体，因此，该种很容易与同属其他种类区别。

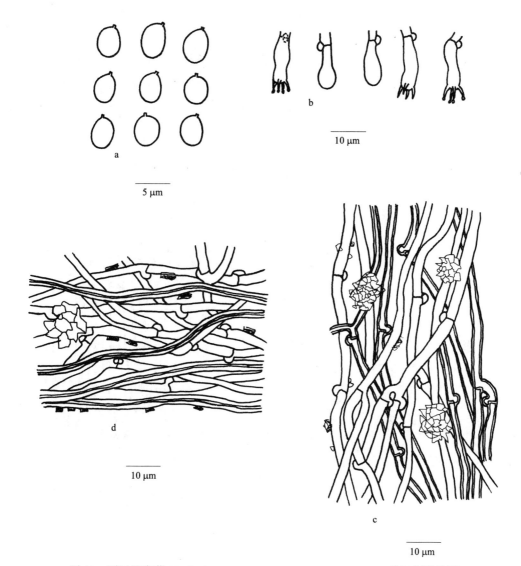

图 42　厚层丝齿菌 *Hyphodontia crassa* Sang H. Lin & Z.C. Chen 的解剖结构图

a. 担孢子；b. 担子和拟担子；c. 菌髓菌丝；d. 菌肉菌丝

薄脆丝齿菌　图 43

Hyphodontia crustosa（Pers.）J. Erikss., Symb. Bot. Upsal. 16: 104, 1958.

Grandinia crustosa（Pers.）Fr., Epicr. Syst. Mycol.（Upsaliae）, p. 528, 1838.

Hydnum crustosum（Pers.）Pers., Syn. Meth. Fung.（Göttingen）2: 561, 1801.

Kneiffiella crustosa（Pers.）Jülich & Stalpers, Verh. K. Ned. Akad. Wet., 2 Sectie 74: 134, 1980.

Lyomyces crustosus（Pers.）P. Karst., Revue Mycol., Toulouse 3（9）: 23, 1881.

Odontia crustosa Pers., Obse. Mycol. 2: 16, 1800.

Xylodon crustosum（Pers.）Chevall., Fl. Gén. Env. Paris 1: 272, 1826.

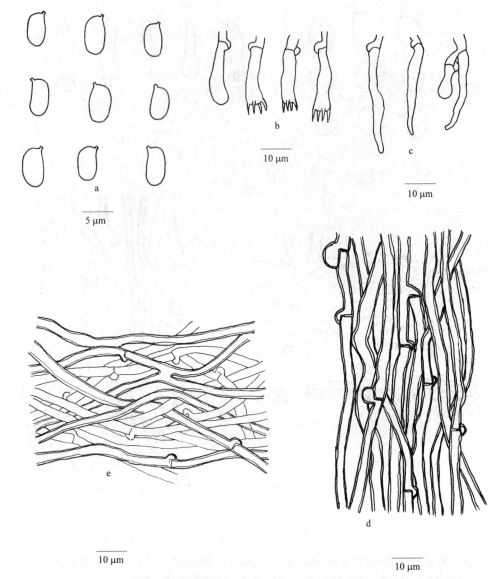

图 43 薄脆丝齿菌 *Hyphodontia crustosa* (Pers.) J. Erikss. 的解剖结构图

a. 担孢子；b. 担子和拟担子；c. 囊状体；d. 菌髓菌丝；e. 菌肉菌丝

子实体：担子果一年生，平伏，贴生，干后开裂，极薄，不到 1 mm；子实层体光滑或具齿状颗粒，浅黄色至烟灰色；颗粒小，比较分散；边缘不明显。

菌丝结构：菌丝系统一体系；生殖菌丝具锁状联合，IKI−，CB+；菌丝组织在 KOH 试剂中无变化。

菌肉：生殖菌丝无色，薄壁至稍厚壁，光滑，略弯曲，偶尔分枝，紧密交织排列，直径为 3~4.2 μm。

菌齿：菌髓菌丝稍厚壁，光滑，略平直，偶尔分枝，疏松交织排列或与菌齿近平行排列，直径为 2~3.1 μm；子实层中无囊状体，但有大量的拟囊状体，锥形，薄壁，光滑，顶端渐尖，有时稍弯曲，稍突出子实层，大小为 20~37 × 2.2~5 μm；担子圆柱形或棍棒状，中部稍缢缩，顶部有 4 个担孢子梗，基部有一锁状联合，大小为 20~30×4~5.8μm；拟担子形状与担子相似，但略小。

　　孢子：担孢子窄椭圆形至近圆柱形，无色，薄壁，平滑，IKI−，CB−，大小为 5.1~6.1×(2.8~)2.9~3.5 μm，平均长为 5.71 μm，平均宽为 3.1 μm，长宽比为 1.84（n=30/1）。

　　研究标本：辽宁省沈阳北陵公园，TNM 17082；吉林省安图县长白山自然保护区，TNM 15338，TNM 15334；四川省阿坝州汶川县卧龙自然保护区，TNM 12124，四川省西昌市螺髻山，HKAS 47997，四川省阿坝州松潘县九寨沟，HKAS 47799；云南省西双版纳勐海，TNM 4174，云南省西双版纳勐仑热带植物园，TNM 5034，云南省丽江市玉龙县，TNM 3959，云南省楚雄市，TNM 18725；台湾南投县，HMAS 66520，HMAS 66510，TNM 353，TNM 312，TNM 42，台湾台北市阳明山公园，TNM 13478，台湾台中县，TNM 13822，台湾宜兰县，TNM 549，台湾玉山公园，TNM 367，台湾宜兰县，TNM 463，台湾台中县，TNM 22376，台湾苗栗县，TNM 22120，台湾新竹县，TNM 2841，台湾高雄县，TNM 2944。

　　生境：阔叶树小枝上。

　　世界分布：丹麦，德国，俄罗斯，法国，芬兰，加拿大，美国，挪威，瑞典，瑞士，西班牙，新西兰，伊朗，以色列，中国。

　　讨论：薄脆丝齿菌（*Hyphodontia crustosa*）与厚层丝齿菌（*H. crassa*）都无囊状体，但是薄脆丝齿菌具顶端尖锐的拟囊状体，而且其菌丝系统为一体系，而厚层丝齿菌无顶端尖锐的拟囊状体，其菌丝系统为二体系，担孢子较小（4~5×3~3.6 μm）。

弯孢丝齿菌　图 44

Hyphodontia curvispora J. Erikss. & Hjortstam, Svensk Bot. Tidskr. 63（2）: 224, 1969.

Chaetoporellus curvisporus（J. Erikss. & Hjortstam）J. Erikss. & Hjortstam, The Corticiaceae of North Europe 4, p. 561, 1976.

Grandinia curvispora（J. Erikss. & Hjortstam）Jülich, Int. J. Mycol. Lichenol. 1: 36, 1982.

Kneiffiella curvispora（J. Erikss. & Hjortstam）Jülich & Stalpers, Verh. K. Ned. Akad. Wet., 2 Sectie 74: 134, 1980.

　　子实体：担子果一年生，平伏，贴生，与基质不易剥离，长可达 5 cm，宽可达 3 cm，厚约 1 mm（菌齿除外），新鲜时软，干后变硬；子实层体齿状，菌齿新鲜时白色至奶油色，干后浅黄色，菌齿锥形，较稠密，长 1~1.5 mm，每毫米 5~6 个；菌齿之间疏松絮状；菌肉浅黄色，木栓质，厚不到 1 mm。

　　菌丝结构：菌丝系统一体系；生殖菌丝具锁状联合，IKI−，CB+；菌丝组织在 KOH 试剂中无变化。

　　菌肉：生殖菌丝无色，稍厚壁，光滑，略平直，经常分枝，分枝通常为直角，疏松交织排列，直径为 2~3.6 μm。

　　子实层体：菌髓菌丝无色，稍厚壁，偶尔分枝，沿菌齿方向近平行排列或疏松交织排列，直径为 2~3.5 μm；菌齿顶端的菌丝末端较钝，细胞较短，有大量锁状联合；子实层囊状体管状，无色，薄壁，光滑，由菌髓中伸出子实层，长度有时超过 100 μm，直径为 3.5~6.1 μm；担子棍棒状，顶端有 4 个担孢子梗，基部有一锁状联合，大小为 9~13.9×3~4.1 μm；拟担子形状与担子相似，但明显比担子小。

孢子：担孢子腊肠形至弯月形，无色，薄壁，光滑，IKI–，CB–，大小为 4~5×1~1.9 μm，平均长为 4.24 μm，平均宽为 1.34 μm，长宽比为 Q = 3.16（*n*=30/1）。

研究标本：吉林省安图县长白山自然保护区，IFP 10020。

生境：松树倒木上。

世界分布：波兰，芬兰，挪威，瑞典，中国。

讨论：弯孢丝齿菌（*Hyphodontia curvispora*）的主要特征是齿状的子实层体，管状的囊状体及腊肠形至弯月形的担孢子（Langer 1994；Xiong and Dai 2007）。该种与隐囊丝齿菌（*H. latitans*）有相似的囊状体和担孢子，但后者的子实体为孔状，担孢子较小（3~4 × 0.5~0.8 μm）。

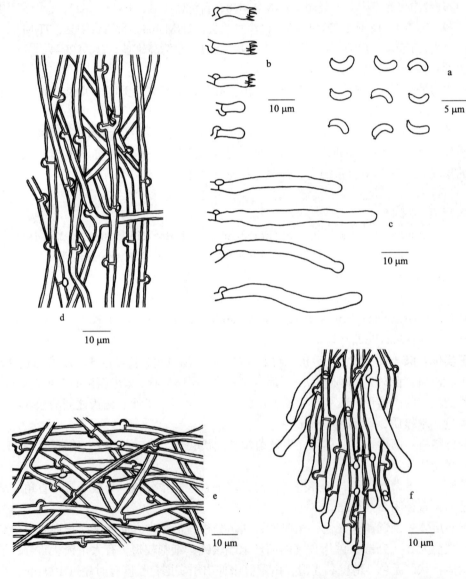

图 44　弯孢丝齿菌 *Hyphodontia curvispora* J. Erikss. & Hjortstam 的解剖结构图
a. 担孢子；b. 担子和拟担子；c. 囊状体；d. 菌髓菌丝；e. 菌肉菌丝；f. 菌齿末端菌丝

毛缘丝齿菌 图 45

Hyphodontia fimbriata Sheng H. Wu, Acta Bot. Fenn. 142: 90, 1990.

　　子实体：担子果一年生，平伏，贴生，干后有裂纹，较薄，不到 1 mm；子实层体乳白色，奶油色到米色，表面具有白色粉状物，在解剖镜下子实层体有稠密的小刺，菌刺顶端尖；边缘有菌索。

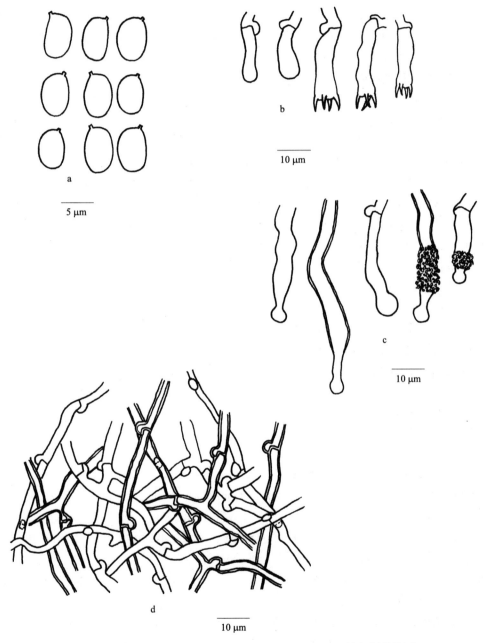

图 45　毛缘丝齿菌 *Hyphodontia fimbriata* Sheng H. Wu 的解剖结构图

a. 担孢子；b. 担子和拟担子；c. 囊状体；d. 菌肉菌丝

菌丝结构：菌丝系统一体系；生殖菌丝具锁状联合，IKI–，CB+；菌丝组织在 KOH 试剂中无变化。

　　菌肉：生殖菌丝无色，薄壁至稍厚壁，光滑，弯曲，通常分枝，疏松交织排列，直径为 2~4 μm。

　　子实层体：近子实层菌丝无色，薄壁至稍厚壁，弯曲，多分枝，交织排列，直径为 2~3.5 μm；子实层中有大量囊状体，头状，无色，除顶端薄壁其余部分稍厚壁，稍弯曲，顶端膨大为球状，有时整个囊状体被有结晶，大小为 16~85 × 4~5 μm；担子近圆柱形，顶部有 4 个担孢子梗，基部有一锁状联合，大小为 14~20 × 4~5 μm；拟担子形状与担子相似，但明显比担子小。

　　孢子：担孢子宽椭圆形，无色，薄壁，平滑，IKI–，CB–，大小为 (5.2~)5.5~7(~7.1)×(3~)3.8~4.2(~4.5) μm，平均长为 6.19 μm，平均宽为 3.98 μm，长宽比为 1.56 (*n*=30/1)。

　　研究标本：四川省眉山风景区，HKAS 48098，四川省阿坝州汶川县卧龙山自然保护区，TNM 12087；云南省西双版纳勐仑自然保护区，TNM 7890，云南省西双版纳勐养，TNM 7790，云南省南涧县无量山，TNM 18697；台湾玉山公园，TNM 2845，台湾南投县，TNM 429，台湾毕禄，TNM 112，台湾台中县，TNM 22519，台湾苗栗县，TNM 22121，台湾台北市，TNM 22220，台湾南投县，TNM 22152，TNM 314，台湾台中县，TNM 20511，台湾宜兰县，TNM 15089，台湾高雄县，TNM 5065，台湾花莲县，TNM 4308，台湾嘉义县阿里山，TNM 1217。

　　生境：阔叶树倒木上。

　　世界分布：中国。

　　讨论：毛缘丝齿菌(*Hyphodontia fimbriata*)与开裂丝齿菌(*H. rimosissima*)较相似，但前者的子实体较薄，且干后较脆，另外，开裂丝齿菌的担孢子较小(5~6.1 × 3~4 μm)。毛缘丝齿菌的担孢子形状与大小与李丝齿菌(*H. pruni*)较接近，区别在于李丝齿菌的担子较长(20~32×4~5 μm)(Wu 1990)。

浅黄丝齿菌　图 46

Hyphodontia flavipora (Berk. & M.A. Curtis ex Cooke) Sheng H. Wu, Mycotaxon 76: 54, 2000.

Poria flavipora Berk. & M.A. Curtis ex Cooke, Grevillea 15 (73): 25, 1886.

Schizopora flavipora (Berk. & M.A. Curtis ex Cooke) Ryvarden, Mycotaxon 23: 186, 1985.

　　子实体：担子果一年生，平伏，不易与基质分离，新鲜时肉质，无嗅无味，干后软木栓质，重量不明显变轻；担子果长可达 50 cm，宽可达 8 cm，厚可达 2 mm；边缘不明显；子实层体孔状，后期裂齿状；孔口表面新鲜时奶油色、浅黄色至土黄色，干后浅黄色至肉色；管口有时撕裂状，每毫米 3~6 个；管口边缘稍厚；菌管与菌肉同色，软木质，长可达 1.5 mm；菌肉浅黄色，干后软木质。

　　菌丝结构：菌丝系统假二体系；生殖菌丝具锁状联合，骨架菌丝厚壁，所有的菌丝 IKI–，CB+；菌丝组织在 KOH 试剂中无变化。

　　菌肉：生殖菌丝无色，薄壁至稍厚壁，偶尔分枝，有时有结晶，略平直，直径为 2~4 μm；骨架菌丝占多数，无色，厚壁，偶尔具锁状联合，具明显的内腔，少分枝，紧密规则排列，直径为 2.9~5 μm。

菌管：菌髓菌丝无色，薄壁至稍厚壁，通常分枝，疏松交织排列至沿菌管近平行排列，直径为 2.9~4.8 μm；骨架菌丝无色，厚壁，具宽或窄的内腔，略平直，有时有结晶，疏松交织排列至沿菌管近平行排列，直径为 2.9~5 μm；菌管末端生长点的菌丝通常被有大量结晶体；子实层中有囊状体，头状，无色，薄壁或厚壁，光滑，大小为 12~40×2.8~4.8 μm；担子棍棒状，顶部有 4 个担孢子梗，基部有一锁状联合，大小为 9~14×4~5 μm；拟担子形状与担子相似，但略小。

孢子：担孢子宽椭圆形至卵圆形，无色，薄壁，光滑，IKI–，CB–，大小为 3.5~4.2(~4.5)× 2.5~3.1(~3.5) μm，平均长为 3.92 μm，平均宽为 2.96 μm，长宽比为 1.32 (*n*=30/1)。

研究标本：北京房山区，IFP 10338，IFP 10339，IFP 10340，IFP 10341；天津市蓟县，IFP 10505，IFP 10506；山西省沁水县历山自然保护区，IFP 10585，IFP 10587，IFP 10588，IFP 10592，IFP 10593，IFP 10594，IFP 10595；内蒙古自治区阿尔山市，IFP 10317，IFP 10318，IFP 10319，IFP 10320，IFP 10321，IFP 10322，IFP 10323，IFP 10324，IFP 10325，IFP 10326，IFP 10327，IFP 10328，IFP 10329，IFP 10330，IFP 10331，IFP 10332，IFP 10333，IFP 10334，IFP 10335；辽宁省铁岭西丰县，IFP 10021，IFP 10022；辽宁省沈阳市植物园，IFP 10509，IFP 10510；吉林省安图县长白山自然保护区，IFP 10597，IFP 10598，IFP 10599，IFP 10600，IFP 10601；黑龙江省呼玛县，IFP 10034，IFP 10023，IFP 10024，IFP 10025，IFP 10026，IFP 10027，IFP 10028，IFP 10029；黑龙江省加格达奇市，IFP 10030，IFP 10031，IFP 10032，IFP 10033；上海植物园，IFP 10516；江苏省南京市紫金山，IFP 10343，IFP 10523，IFP 103440，IFP 10345；浙江省临安天目山自然保护区，IFP 10519；浙江省杭州西湖风景区，IFP 10520；安徽黄山市黄山风景区，IFP 10517，IFP 10518；福建武夷山自然保护区，IFP 10540，IFP 10596；山东省泰安市泰山风景区，IFP 10507，IFP 10508；河南省内乡县宝天曼自然保护区，IFP 10256，IFP 10257，IFP 10258，IFP 10259，IFP 10260，IFP 10261；河南省信阳市鸡公山风景区，IFP 10251，IFP 10252，IFP 10253，IFP 10254，IFP 10255；湖北省神农架自然保护区，IFP 10262，IFP 10263，IFP 10264，IFP 10265，IFP 10266；湖南省宜章县莽山国家森林公园，IFP 10267，IFP 10268，IFP 10269，IFP 10270，IFP 10453，IFP 10454；广东省深圳市，IFP 10524，IFP 10529；广东省广州市白云山风景区，IFP 10525，IFP 10526，IFP 10527，IFP 10528；广东省肇庆鼎湖山自然保护区，IFP 10530，IFP 10531，IFP 10532，IFP 10533；广西桂林阳朔县，IFP 10538；广西龙胜县，IFP 10539；海南省海口市，IFP 10035；海南省陵水县吊罗山森林公园，IFP 10036；海南省琼中县黎母山自然保护区，IFP 10521；海南省五指山市五指山自然保护区，IFP 50222；四川省成都市，IFP 10511，IFP 10512，IFP 10513；云南省楚雄市，IFP 10537，IFP 10589；云南省丽江市，IFP 10590，IFP 10591；西藏自治区林芝，IFP 10314，IFP 10315，IFP 10316；陕西省西安市，IFP 10514；陕西省华阴市华山，IFP 10534，IFP 10535；陕西省临潼县，IFP 10536；陕西省周至县，IFP 10584；陕西省佛坪县佛坪自然保护区，IFP 10586；台湾花莲县，TNM 10127，台湾宜兰县福山植物园，TNM 10301，TNM 10332，台湾台北市阳明山公园，TNM 12778，台湾台中县，TNM 10438，台湾玉山公园，TNM 10512，台湾台北市，TNM 10299，台湾台北县，TNM 10296，台湾桃园县，TNM 10294，台湾南投县，TNM 10330。

生境: 通常在阔叶树倒木或落枝上, 偶尔也在针叶树倒木或落枝上。

世界分布: 几乎遍布所有的国家。

讨论: 浅黄丝齿菌(*Hyphodontia flavipora*)与浅黄裂孔菌(*Schizopora flavipora* (Berk. & M.A. Curtis ex Cooke) Ryvarden)属于同物异名, 主要特征是子实层体孔状, 具有头状的囊状体, 宽椭圆形至卵圆形的担孢子, 菌管末端生长点的菌丝被有大量结晶体是这个种最明显的特征。该种是中国分布最广, 最为常见的种类之一, 能够生长在多种基质上, 子实层体形态和颜色变化较大, 有时为非常规则孔状, 有时为裂齿状, 有时为乳白色、乳黄色、浅黄色、棕黄色、土黄色等。

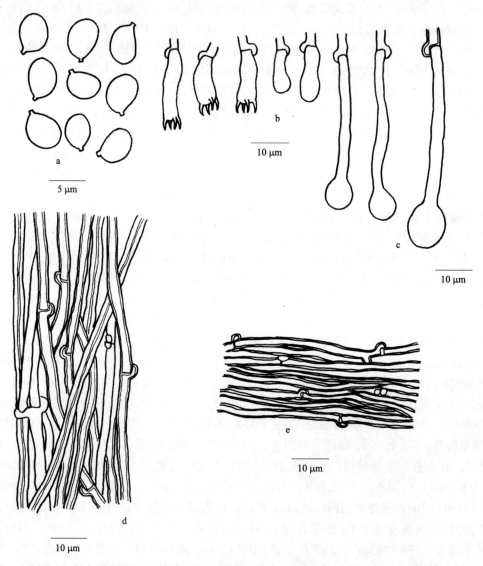

图 46　浅黄丝齿菌 *Hyphodontia flavipora* (Berk. & M.A. Curtis ex Cooke) Sheng H. Wu 的
显微结构图

a. 担孢子; b. 担子和拟担子; c. 囊状体; d. 菌髓菌丝; e. 菌肉菌丝

丛毛丝齿菌　图 47

Hyphidontia floccosa（Bourdot & Galzin）J. Erikss., Symb. Bot. Upsal. 16: 104, 1958.

Grandinia floccosa（Bourdot & Galzin）Jülich, Int. J. Mycol. Lichenol. 1: 36, 1982.

Hyphodontia subalutacea var. *floccosa*（Bourdot & Galzin）Tellería & Melo, in Tellería, An. Jard. Bot. Madr. 48: 82, 1990.

Kneiffiella floccosa（Bourdot & Galzin）Jülich & Stalpers, Verh. K. Ned. Akad. Wet., 2 Sectie 74: 130, 1980.

Odontia alutacea subsp. *floccosa* Bourdot & Galzin, Hymén. de France, p. 423, 1928.

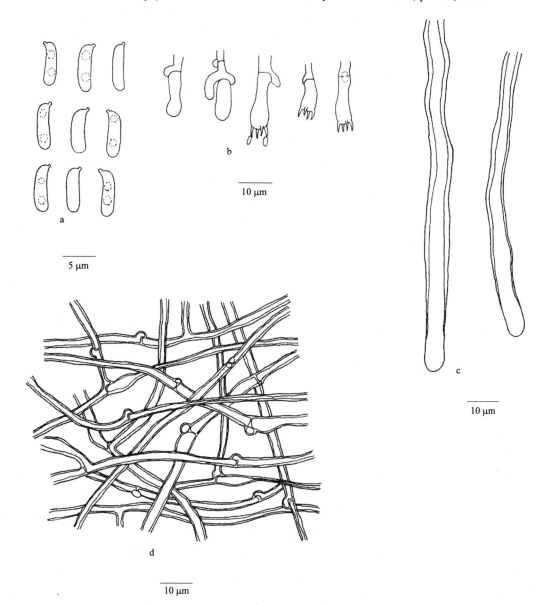

图 47　丛毛丝齿菌 *Hyphodontia floccosa*（Bourdot & Galzin）J. Erikss. 的解剖结构图

a. 担孢子；b. 担子和拟担子；c. 囊状体；d. 菌肉菌丝

子实体：担子果一年生，平伏，贴生，较薄，不到 1 mm；子实层体粉黄色，在解剖镜下子实层体有一些小突起；边缘渐薄，不明显。

菌丝结构：菌丝系统一体系；生殖菌丝具锁状联合，IKI–，CB(+)；菌丝组织在 KOH 试剂中无变化。

菌肉：生殖菌丝无色，薄壁至稍厚壁，多数稍厚壁，光滑，弯曲，有时膨大，通常分枝，分枝多呈直角，疏松交织排列，直径为 2~3 μm。

子实层体：近子实层菌丝无色，薄壁，大量分枝，紧密交织排列，直径为 2~3 μm；子实层中有囊状体，管状或圆柱形，无色，光滑，除顶端薄壁外其余部分厚壁，有一到数个简单分隔或锁状联合，有时没有简单分隔或锁状联合，通常突出子实层，CB+，长度可达 70 μm，直径为 4~7 μm；担子棍棒状，通常中部稍缢缩，顶部有 4 个担孢子梗，基部有一锁状联合，大小为 10~15 × 3~5 μm；拟担子比较多，形状与担子相似，但略小。

孢子：担孢子窄圆柱形，无色，薄壁，光滑，IKI–，CB–，通常有 1 或 2 个液泡，大小为 6~7 × (1.5~)1.8~2(~2.1) μm，平均长为 6.49 μm，平均宽为 1.94 μm，长宽比为 3.35 (*n*=30/1)。

研究标本：云南省丽江市，HKAS 48147。

生境：松树腐烂倒木。

世界分布：澳大利亚，法国，芬兰，加拿大，美国，挪威，瑞典，中国。

讨论：丛毛丝齿菌(*Hyphodontia floccosa*)与阿尔泰丝齿菌(*H. altaica*)、软革丝齿菌(*H. subalutacea*)、细齿丝齿菌(*H. barba-jovis*)都具有长管状的囊状体，但是阿尔泰丝齿菌的子实层体絮状，担孢子腊肠形，较短(4.3~5.1 × 1.8~2 μm)；软革丝齿菌的子实层体光滑；细齿丝齿菌的担孢子宽椭圆形(4~5 × 3.2~4.1 μm)。

台湾丝齿菌　图 48

Hyphodontia formosana Sheng H. Wu & Burds., in Wu, Ann. Bot. Fenn. 142: 91, 1990.

子实体：担子果一年生，平伏，贴生，厚不到 0.5 mm；子实层体表面灰白色至浅土黄色，蛛网状，有稀疏的小突起，干后不开裂；边缘与子实层体表面同色或稍浅。

菌丝结构：菌丝系统一体系；生殖菌丝具简单分隔，IKI–，CB+；菌丝组织在 KOH 试剂中无变化。

菌肉：菌肉菌丝无色，厚壁，平直，频繁分枝，偶尔被有结晶，疏松交织排列，直径为 2.5~5 μm。

子实层体：近子实层菌丝不明显；菌髓菌丝无色，薄壁至稍厚壁，紧密规则排列，被有少量的结晶；囊状体圆柱状，薄壁至稍厚壁，光滑，突出或不突出子实层，基部有一简单分隔，大小为 35~60 × 6~10 μm；担子短棍棒状，顶部有 4 个担孢子梗，基部有一简单分隔，大小为 13~20 × 5~7 μm；拟担子形状与担子相似，但略小。

担孢子：担孢子宽椭圆形，无色，薄壁，光滑，通常有一到几个小液泡，IKI–，CB–，大小为 5~7 × 4~5 μm，平均长为 6.3 μm，平均宽为 4.52 μm，长宽比为 1.39 (*n*=30/1)。

研究标本：云南省西双版纳野象谷，TNM 20418，TNM 20416；台湾屏东，TNM 21005，台湾高雄市，TNM 144，TNM 21724，台湾台北县，TNM 259，TNM 21719，台湾兰屿，TNM 14794，台湾南投县，TNM 10245，TNM 26，台湾台东县绿岛，TNM 8879。

生境：阔叶树落枝。

世界分布：中国。

讨论：台湾丝齿菌(*Hyphodontia formosana*)的特征是生殖菌丝具简单分隔，并且具有圆柱状、薄壁或厚壁的囊状体，主要分布在亚热带。近球孢丝齿菌(*H. subglobasa*)也具有简单分隔，但具有管状囊状体，担孢子较小(4~5×3~3.6 μm)。

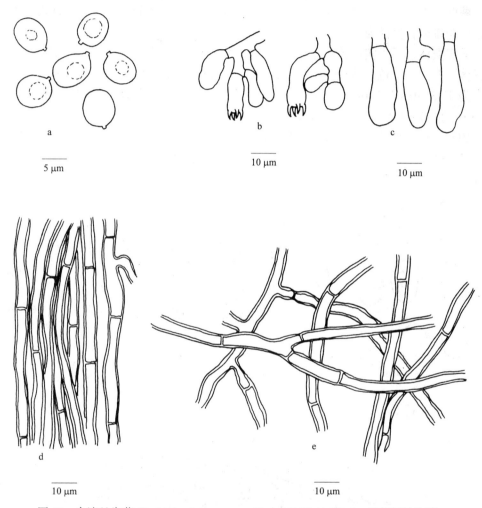

图 48　台湾丝齿菌 *Hyphodontia formosana* Sheng H. Wu & Burds. 的解剖结构图

a. 担孢子；b. 担子和拟担子；c. 囊状体；d. 菌髓菌丝；e. 菌肉菌丝

颗粒丝齿菌　图 49

Hyphodontia granulosa（Pers.）Bernicchia, Riv. Micol. 31: 180, 1988.

Dichostereum granulosum（Pers.）Boidin & Lanq., Mycotaxon 6: 284, 1977.

Grandinia granulosa（Pers.）P. Karst., Revue Mycol., Toulouse 3（9）: 20, 1881.

Hyphoderma granulosum（Pers.）Wallr., Fl. Crypt. Germ.（Nürnberg）2: 576, 1833.

Hyphodontia granulosa（Pers.）Ginns & Lefebvre, Mycologia Memoir 19: 88, 1993.

Thelephora granulosa Pers., Synop. Meth. Fung., p. 576, 1801.

子实体：担子果一年生，平伏，贴生，较薄，不到 1 mm；子实层体乳白色、奶油色、浅黄褐色，光滑或有稀疏的菌齿；边缘不明显。

菌丝结构：菌丝系统一体系；生殖菌丝具锁状联，IKI–，CB（+）；菌丝组织在 KOH 试剂中无变化。

菌肉：生殖菌丝无色，薄壁至稍厚壁，光滑，平直，频繁分枝，分枝通常为直角，疏松交织排列，直径为 2~4 μm。

子实层体：近子实层菌丝无色，薄壁，大量分枝，紧密交织排列；子实层中有大量囊状体，头状，无色，薄壁到稍厚壁，光滑，基部有一锁状联合，有时被有少量结晶，大小为 12.5~40 × 3~5 μm；担子长圆柱形，顶部有 4 个担孢子梗，基部有一锁状联合，大小为 22~30 × 4~5 μm；拟担子形状与担子相似，但明显比担子小。

担孢子：担孢子宽椭圆形，无色，薄壁，光滑，有 1 或 2 个液泡，IKI–，CB–，大小为 (5.3~) 5.8~6.9 (~7) × (3.5~) 3.7~4.5 (~4.9) μm，平均长为 6.3 μm，平均宽为 4.02 μm，长宽比为 1.57（*n*=30/1）。

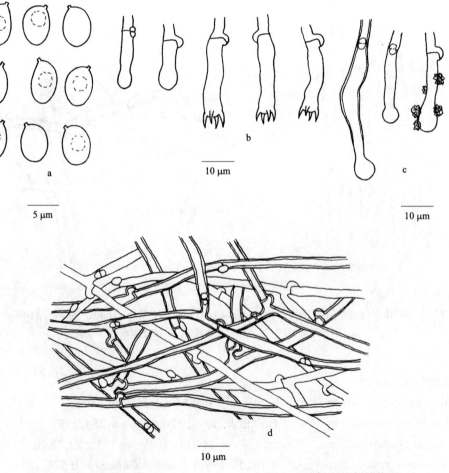

图 49　颗粒丝齿菌 *Hyphodontia granulosa*（Pers.）Bernicchia 的解剖结构图
a. 担孢子；b. 担子和拟担子；c. 囊状体；d. 菌肉菌丝

研究标本：四川省绵阳平武县，HKAS 47922，四川省阿坝州松潘县九寨沟，HKAS 47820；云南省香格里拉县，HKAS 48158。

生境：针叶树和阔叶树倒木上。

世界分布：加拿大，美国，日本，中国。

讨论：颗粒丝齿菌（*Hyphodontia granulosa*）的特征是子实层体具稀疏的菌齿，囊状体薄壁、头状及或担孢子宽椭圆形。该种在北美洲被认为与粗糙丝齿菌（*H. aspera*）是同一个种（Ginns and Lefebvre 1993）。但在我们研究的中国材料中，粗糙丝齿菌（*H. aspera*）的担孢子明显小（4.5~5.8 × 3.2~4.5 μm）。

尖囊丝齿菌　图 50

Hyphodontia hastata (Litsch.) J. Erikss., Symb. Bot. Upsal. 16: 104, 1958.

Grandinia hastata (Litsch.) Jülich, Int. J. Mycol. Lichenol. 1: 36, 1982.

Kneiffiella hastata (Litsch.) Jülich & Stalpers, Verh. K. Ned. Akad. Wet., 2 Sectie 74: 133, 1980.

Peniophora hastate Litsch., Öst. Bot. Z. 77: 130, 1928.

子实体：担子果一年生，平伏，疏松贴于基物上，较薄，不到 1 mm；子实层体奶油色或灰白色，光滑或有小瘤；边缘不明显。

菌丝结构：菌丝系统一体系；生殖菌丝具锁状联合；IKI−，CB（+）；菌丝组织在 KOH 试剂中无变化。

菌肉：生殖菌丝无色，薄壁至稍厚壁，光滑，弯曲，偶尔分枝，疏松交织排列，直径为 2~4.8 μm。

子实层体：近子实层菌丝无色，薄壁至稍厚壁，多分枝，交织排列，直径为 2~3.5 μm；子实层中有 2 种囊状体：一种锥形，薄壁到稍厚壁，光滑，常见，通常伸出子实层，由菌丝的末端形成，基部有一锁状联合，大小为 30~45 × 3.5~4.5 μm；另一种囊状体念珠状，不常见，薄壁，大小为 40~50 × 3~5 μm；担子细棍棒状或近圆柱形，稍缢缩，顶部有 4 个担孢子梗，基部有一锁状联合，大小为 14~20 × 4~5 μm；拟担子形状与担子相似，但明显比担子小。

孢子：担孢子圆柱形，无色，薄壁，光滑，通常有一个至多个小液泡，IKI−，CB−，大小为（5~）5.1~6.9（~7）× 2~3 μm，平均长为 5.87 μm，平均宽为 2.60 μm，长宽比为 2.26（*n*=30/1）。

研究标本：吉林省安图县长白山自然保护区，HMAS 88173，HMAS 56632，HMAS 56669；云南省香格里拉县，HKAS 48198。

生境：针叶树倒木上。

世界分布：丹麦，芬兰，加拿大，美国，挪威，瑞典，日本，中国。

讨论：尖囊丝齿菌（*Hyphodontia hastata*）与同属其他种的区别是具有光滑至瘤状的子实层体，并且还有锥形和念珠状 2 种囊状体。该种与薄脆丝齿菌（*H. crustosa*）有相似的担孢子，但后者没有囊状体。

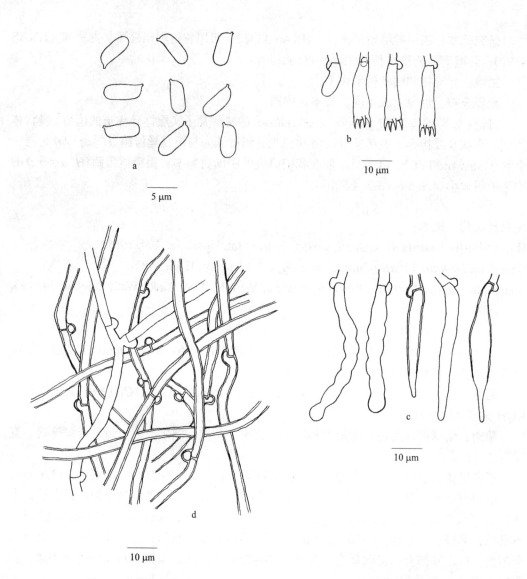

图 50　尖囊丝齿菌 *Hyphodontia hastata* (Litsch.) J. Erikss. 的解剖结构图

a. 担孢子；b. 担子和拟担子；c. 囊状体；d. 菌肉菌丝

羊毛状丝齿菌　图 51

Hyphodontia lanata Burds. & Nakasone, Mycologia 73: 461, 1981.

Grandinia lanata (Burds. & Nakasone) Nakasone, Mycol. Mem. 15: 135, 1990.

　　子实体：担子果一年生，平伏，贴生，疏松膜质，干后较脆，厚不到 1 mm；子实层体表面浅黄色，稠密小齿状，小齿锥形，每毫米 10~20 个；边缘渐薄，流苏状或蛛网状；菌肉层极薄。

　　菌丝结构：菌丝系统一体系；生殖菌丝具锁状联合，IKI–，CB+；菌丝组织在 KOH 试剂中无变化。

　　菌肉：菌肉菌丝无色，厚壁，频繁分枝，弯曲，偶尔被有小颗粒状结晶，幼时疏松交织排列，老后紧密交织排列，直径为 2.4~5 μm。

子实层体：近子实层菌丝无色，稍厚壁，频繁分枝，紧密交织排列，直径为 2~4 μm；菌齿顶端菌丝薄壁，近平行于菌齿排列，被有大量结晶，其余菌丝稍厚壁；子实层中有菌丝钉存在；子实层有头状囊状体，被有结晶；菌肉囊状体头状，光滑，薄壁至稍厚壁，大小为 15~26×6~8 μm；担子短棍棒状或短圆柱状，基部稍厚壁，顶部有 4 个担孢子梗，基部有一锁状联合，大小为 15~25×3.5~5 μm；拟担子较多，形状与担子相似，但比担子明显小。

担孢子：担孢子椭圆形，无色，薄壁，光滑，IKI–，CB–，大小为 (5.3~)5.5~6.2(~6.5)×3~3.5 μm，平均长为 5.67 μm，平均宽为 3.34 μm，长宽比为 1.7 (*n*=30/1)。

研究标本：云南省昆明安宁市，TNM 14733，云南省西双版纳勐远南贡山自然保护区，TNM 20246；台湾南投县，TNM 2849，TNM 10237，TNM 2850，台湾台北市，TNM 13439，台湾宜兰县福山植物园，TNM 13465 台湾高雄县，TNM 5007，台湾苗栗狮头山，TNM 19982，台湾新竹县，TNM 20351，台湾台中县，TNM 9359。

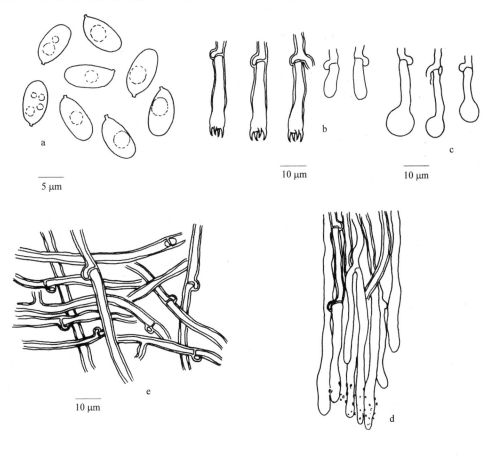

图 51　羊毛状丝齿菌 *Hyphodontia lanata* Burds. & Nakasone 的解剖结构图

a. 担孢子；b. 担子和拟担子；c. 囊状体；d. 菌齿末端菌丝；e. 菌肉菌丝

生境：阔叶树落枝上。

世界分布：巴西，美国，尼泊尔，新西兰，中国。

讨论：羊毛状丝齿菌（*Hyphodontia lanata*）主要分布在亚热带至热带，质地变化多样，由松软膜质到近蜡质；有时老后很脆。该种与开裂丝齿菌（*H. rimosissima*）具有相似的囊状体和担孢子，但后者的子实层体为瘤状或小颗粒状，子实层中无菌丝钉，囊状体光滑，无结晶。

隐囊丝齿菌 图 52

Hyphodontia latitans (Bourdot & Galzin) Ginns & M.N.L. Lefebvre, Mycol. Mem. 19: 89, 1993.

Chaetoporellus latitans (Bourdot & Galzin) Bondartsev & Singer ex Singer, Mycologia 36: 67, 1944.

Chaetoporus latitans (Bourdot & Galzin) Parmasto, Tartu R. Ülik. Toim.136（Bot. 6）: 113, 1963.

Grandinia latitans (Bourdot & Galzin) Jülich, Int. J. Mycol. Lichenol. 1: 36, 1982.

Poria latitans Bourdot & Galzin, Bull. Soc. Mycol. Fr. 41: 226, 1925.

子实体：担子果一年生至多年生，平伏，贴生，紧贴于基物上，新鲜时无特殊气味，软，干后软木栓质；子实层体孔状，孔口表面新鲜时奶油色，干后奶油色至黄褐色，有折光反应；孔口多角形，每毫米 3~6 个；管口边缘薄，全缘，偶尔撕裂；菌肉层很薄，厚不到 1 mm，奶油色，木栓质；菌管奶油色，木栓质，长可达 2 mm。

菌丝结构：菌丝系统一体系；生殖菌丝具锁状联合，IKI–，CB+；菌丝组织在 KOH 试剂中无变化。

菌肉：生殖菌丝无色，稍厚壁，光滑，平直，偶尔分枝，疏松交织排列，直径为 1.5~3 μm。

菌管：菌髓菌丝与菌肉菌丝相似，稍厚壁，光滑，平直，偶尔有分枝，紧密交织排列，直径为 1.5~3 μm；子实层中囊状体圆柱形，无色，薄壁，光滑，由菌髓菌丝发育而来，大小为 22~38 × 4~5 μm；担子棍棒形，顶部有 4 个担孢子梗，基部有一锁状联合，大小为 5.8~7.5×2.7~3 μm；拟担子形状与担子相似，但略小。

孢子：担孢子窄腊肠形，无色，薄壁，光滑，IKI–，CB–，大小为 3~4 × 0.5~0.8 μm，平均长为 3.49 μm，平均宽为 0.71 μm，长宽比 4.92（*n*=30/1）。

研究标本：河南省信阳市鸡公山风景区，IFP 10072，IFP 10073，IFP 10074，IFP 10075；河南省内乡县宝天曼自然保护区，IFP 10469；湖北省丹江口市武当山风景区，IFP 10076，IFP 10077；湖北省神农架自然保护区，IFP 10078，IFP 10079，IFP 10080，IFP 10081；湖北省通山县，IFP 10470，IFP 10471；海南省五指山市五指山自然保护区，IFP 10541，IFP 10542，IFP10543，IFP 10544，IFP 10545，IFP 10546，IFP 10547，IFP 10548。

生境：阔叶树倒木上。

世界分布：美国，日本，俄罗斯，中国。

讨论：隐囊丝齿菌（*Hyphodontia latitans*）与丝齿菌属（*Hyphodontia*）中其他种的区别是子实层体孔状，囊状体圆柱形，担孢子腊肠状，且宽度小于 1 μm，因此该种的担孢子在同属中最窄。虽然隐囊丝齿菌具有典型的孔状子实层体，且其担孢子非常小，曾经被处理在一个独立的属（*Chaetoporellus latitans*），但它的菌丝结构更接近丝齿菌属，所有我们还是处理为隐囊丝齿菌。

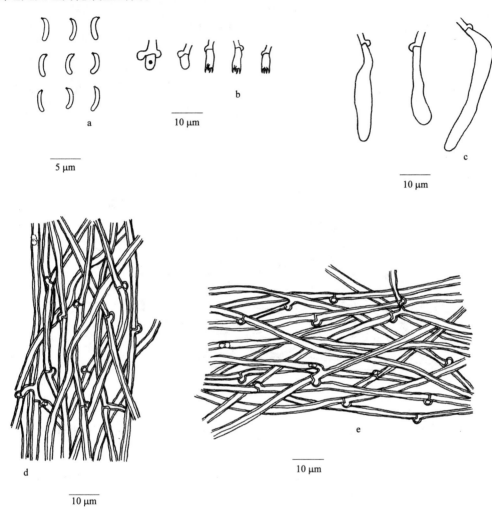

图 52　隐囊丝齿菌 *Hyphodontia latitans*（Bourdot & Galzin）Ginns & M.N.L. Lefebvre 的
显微结构图
a. 担孢子；b. 担子和拟担子；c. 囊状体；d. 菌髓菌丝；e. 菌肉菌丝

圆柱孢丝齿菌　图 53

Hyphodontia nespori（Bres.）J. Erikss. & Hjortstam, The Corticiaceae of North Europe 4, p. 655, 1976.

Grandinia nespori（Bres.）Cejp, Monogr. Hydn., p. 27, 1928.

Kneiffiella nespori（Bres.）Jülich & Stalpers, Verh. K. Ned. Akad. Wet., 2 Sectie 74: 134, 1980.

Odontia nespori Bres., Annls Mycol. 26（1/2）: 43, 1928.

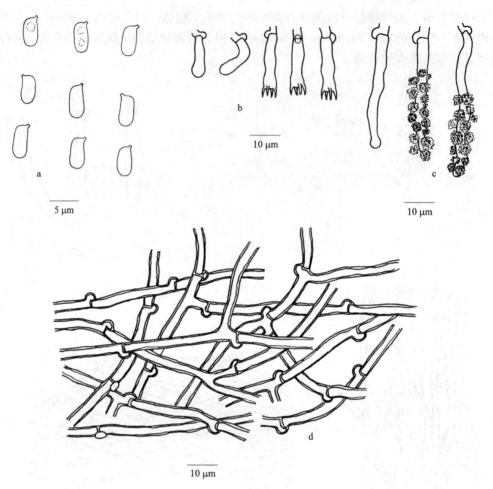

图 53　圆柱孢丝齿菌 *Hyphodontia nespori*（Bres.）J. Erikss. & Hjortstam 的解剖结构图

a. 担孢子；b. 担子和拟担子；c. 囊状体；d. 菌肉菌丝

子实体：担子果一年生，平伏，贴生，较薄，不到 1 mm；子实层体奶油色至浅黄色，在解剖镜下有稀疏的小刺或瘤状物；边缘不明显。

菌丝结构：菌丝系统一体系；生殖菌丝具锁状联合，IKI–, CB（+）；菌丝组织在 KOH 试剂中无变化。

菌肉：生殖菌丝无色，稍厚壁，光滑，弯曲，大量分枝，分枝通常呈直角，疏松交织排列，直径为 2~4 μm。

子实层体：近子实层菌丝与菌肉菌丝相似，稍细，被有少量结晶，紧密交织排列，直径为 2~3.8 μm；子实层中有头状囊状体，无色，薄壁或稍厚壁，光滑，顶端球状，被大量圆形结晶，由菌丝末端膨大而成，基部有一锁状联合，大小为 20~43 × 3~5 μm；担子长棍棒状，薄壁或稍厚壁，中部稍缢缩，顶端有 4 个担孢子梗，基部有一锁状联合，大小为 14~25 × 3~4.5 μm；拟担子形状与担子相似，但比担子明显短。

孢子：担孢子圆柱形，无色，薄壁，光滑，通常有 1 或 2 个小液泡，IKI–, CB–，大小为 4.5~5（~5.3）× 2~3 μm，平均长为 4.89 μm，平均宽为 2.66 μm，长宽比为 1.84

（n=30/1）。

研究标本：河南省内乡县宝天曼自然保护区，IFP 10406，IFP 10407；湖北省神农架自然保护区，IFP 10408，IFP 10409；四川省都江堰市青城山风景区，HKAS 47874，四川省眉山洪雅县，HKAS 47935，四川省乐山县峨眉山，HKAS 48056；云南省丽江市玉龙县，TNM 3962，云南省文山市，TNM 3936，TNM 3932，TNM 3912；台湾南投县，TNM 20332，TNM 21767，台湾台中县，TNM 22404，TNM 22226，台湾玉山公园，TNM 21713，台湾毕禄，TNM 1025，台湾嘉义县阿里山，TNM 1071，台湾台中县，TNM 3628，台湾高雄县，TNM 2958，台湾宜兰县，TNM 469。

生境：针阔叶树倒木上。

世界分布：阿根廷，丹麦，法国，芬兰，捷克，美国，西班牙，伊朗，以色列，日本，瑞典，中国，中欧。

讨论：圆柱孢丝齿菌（*Hyphodontia nespori*）的宏观特征是子实层体齿状，显微特征是具有头状的囊状体且被有圆形结晶，担孢子圆柱形。该种与尖囊丝齿菌（*H. hastata*）具有相似的担孢子，但后者有 2 种囊状体，且其担孢子较长（5.1~6.9×2~3 μm）。

涅氏丝齿菌　图 54

Hyphodontia niemelaei Sheng H. Wu, Acta Bot. Fenn. 142: 98, 1990.

子实体：担子果一年生，平伏，膜质，贴生，较薄；子实层体孔状，干后浅黄色；孔口多角形，较浅，管口撕裂状，每毫米 2~4 个；边缘灰白色，渐薄。

菌丝结构：菌丝系统一体系；生殖菌丝具锁状联合，IKI–，CB（+）；菌丝组织在 KOH 试剂中无变化。

菌肉：生殖菌丝无色，稍厚壁，光滑，平直，偶尔分枝，偶尔被有结晶，疏松交织排列，直径为 2~3.8 μm。

菌管：菌髓菌丝无色，薄壁至稍厚壁，平直，偶尔分枝，紧密交织排列，通常被有大量结晶，直径为 2~3 μm；子实层中有大量伸出子实层的结晶菌丝；子实层中有 2 种囊状体，一种头状，顶端膨大成球状，无色，薄壁，光滑，由菌髓或子实层中伸出，大小为 20~38×2.4~3.5 μm；另一种尖顶囊状体，顶端较尖，薄壁，光滑，由子实层中伸出，大小为 15.9~25×4.3~6.2 μm；担子棍棒状，顶部有 4 个担孢子梗，基部有一锁状联合，大小为 15~22.5×4~5.8 μm；拟担子形状与担子相似，但明显比担子小。

孢子：担孢子宽椭圆形至卵圆形，无色，薄壁，光滑，有一个大液泡，IKI–，CB–，大小为 5~6×（3.2~）3.3~4.1（~4.2）μm，平均长为 5.38 μm，平均宽为 3.84 μm，长宽比为 1.4（n=30/1）。

研究标本：云南省永善县，TNM 9214，云南省西双版纳勐仑热带植物园，TNM 4023，TNM 4021；台湾台北，HMAS 66531，HMAS 66523，台湾台北市，TNM 427，TNM 21810，台湾台北县，TNM 14926，TNM 21692，台湾台中市，TNM 16549，台湾南投县，TNM 16510，台湾花莲县，TNM 13862，台湾宜兰县福山植物园，TNM 13470，台湾南投县，TNM 1072，TNM 2858，台湾兰屿，TNM 8620，台湾台中县，TNM 3596。

生境：阔叶树倒木上。

世界分布：中国。

讨论：涅氏丝齿菌（*Hyphodontia niemelaei*）与奇形丝齿菌（*H. paradoxa*）、热带丝齿菌（*H. tropica*）及浅黄丝齿菌（*H. flavipora*）具有相似的子实层体，且担孢子均为宽椭圆形至卵圆形，但后三种具有明显的骨架菌丝，且无尖顶囊状体(Maekawa 1999；Wu 1990)。

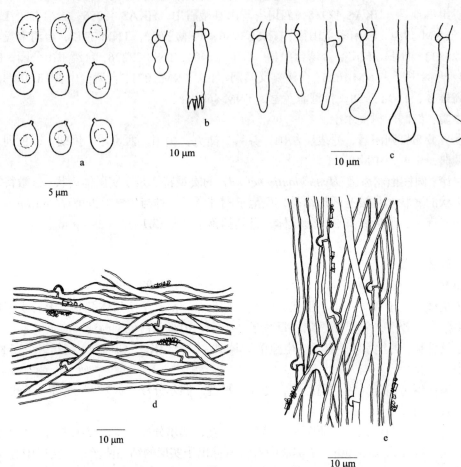

图 54　涅氏丝齿菌 *Hyphodontia niemelaei* Sheng H. Wu 的解剖结构图

a. 担孢子；b. 担子和拟担子；c. 囊状体；d. 菌肉菌丝；e. 菌髓菌丝

丝齿菌　图 55

Hyphodontia pallidula (Bres.) J. Erikss., Symb. Bot. Upsal. 16: 104, 1958.

Gloeocystidium pallidulum (Bres.) Höhn. & Litsch., Sber. Akad. Wiss. Wien, Math.-Naturw. Kl., Abt. 1, 117: 1096, 1908.

Gonatobotrys pallidula Bres., Annls Mycol. 1 (1/2): 127, 1903.

Grandinia pallidula (Bres.) Jülich, Int. J. Mycol. Lichenol. 1: 36, 1982.

Kneiffiella pallidula (Bres.) Jülich & Stalpers, Verh. K. Ned. Akad. Wet., 2 Sectie 74: 131, 1980.

Peniophora pallidula (Bres.) Bres., in Bourdot & Galzin, Bull. Soc. Mycol. Fr. 28 (4): 390, 1913.

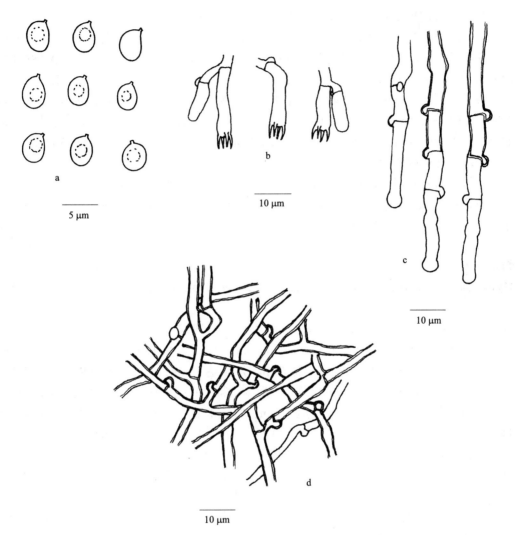

图 55　丝齿菌 *Hyphodontia pallidula* (Bres.) J. Erikss. 的解剖结构图

a. 担孢子；b. 担子和拟担子；c. 囊状体；d. 菌肉菌丝

子实体：担子果一年生，平伏，紧贴于基物上，较薄；子实层体浅黄色至浅土黄色，光滑或瘤状；菌肉层薄；边缘不明显。

菌丝结构：菌丝系统一体系；生殖菌丝具锁状联合，IKI–，CB+；菌丝组织在 KOH 试剂中无变化。

菌肉：生殖菌丝无色，薄壁至稍厚壁，通常稍厚壁，光滑，弯曲，频繁分枝，疏松交织排列，直径为 2~3.5 μm。

子实层体：近子实层菌丝无色，薄壁，频繁分枝，紧密交织排列，直径为 2~3 μm；子实层中有大量囊状体，头状，下部稍厚壁，顶部薄壁，有一或数个锁状联合，顶端一般膨大呈球形，CB+，大小为 55~120 × 4~6 μm；担子幼时棍棒状，成熟后圆柱状，顶部有 4 个担孢子梗，基部有一锁状联合，大小为 10~18 × 3~4 μm；拟担子形状与担子相似，但略小。

孢子：担孢子宽椭圆形，无色，薄壁，光滑，通常有一个液泡，IKI–，CB–，大小为 3.8~4.1×2.5~3 μm，平均长为 3.92 μm，平均宽为 2.83 μm，长宽比为 1.03（n=30/1）。

研究标本：吉林省安图县长白山自然保护区，IFP 10422，IFP 10423；HMAS 56592，HMAS 56647，HMAS 56613，TNM 15289；河南省内乡县宝天曼自然保护区，IFP 10421；四川省灵山西昌市，HKAS 48008，四川省阿坝州松潘县九寨沟，HKAS 47931，HKAS 47817，HKAS 47865，四川都江堰市青城前山，TNM 12179；云南省昆明黑龙潭，TNM 4225，云南省丽江市玉龙县，TNM 3982，TNM 3988；台湾台中县，TNM 13828。

生境：松树或阔叶树腐朽木上。

世界分布：阿根廷，丹麦，芬兰，加拿大，美国，挪威，日本，瑞典，中国。

讨论：丝齿菌（*Hyphodontia pallidula*）与黄褐丝齿菌（*H. alutaria*）相近，但后者的担孢子较大（4.5~5.2×3.1~3.9 μm）。

奇形丝齿菌　图 56

Hyphodontia paradoxa (Schrad.) Langer & Vesterh., in Knudsen & Hansen, Nordic J. Bot. 16: 211, 1996.

Schizopora paradoxa (Schrad.) Donk, Persoonia 5: 76, 1967.

子实体：担子果一年生，平伏，不易与基物剥离，新鲜时革质，无嗅无味，干后软木栓质；担子果长可达 16 cm，宽可达 5 cm，厚可达 5 mm；子实层体幼时孔状，成熟后一般齿状，新鲜时为奶油色浅黄褐色，干后为黄褐色；孔口极端撕裂状，无明显孔口形状，边缘稍厚，菌齿不规则，长可达 3 mm，每毫米 2~3 个；边缘奶油色，浅孔状；菌肉层黄褐色，厚约 1 mm；菌管与菌肉层同色，干后木栓质，长约 3 mm。

菌丝结构：菌丝系统假二体系；生殖菌丝具锁状联合；骨架菌丝厚壁，偶尔有锁状联合；所有菌丝 IKI–，CB+；菌丝组织在 KOH 试剂中无变化。

菌肉：生殖菌丝无色，薄壁至稍厚壁，光滑，平直，频繁分枝，直径为 2.2~3.7 μm；骨架菌丝无色，厚壁，具狭窄至宽的内腔，不分枝，有时被有晶状体，平直，强烈交织排列，直径为 2.8~4 μm。

子实层体：菌髓菌丝与菌肉菌丝相似；生殖菌丝无色，薄壁至稍厚壁，偶尔分枝，直径为 2~3.7 μm；骨架菌丝无色，厚壁，平直，不分枝，菌齿顶端的菌丝被有晶状，沿菌齿呈亚平行至疏松交织排列，直径为 2.6~4 μm；子实层中有头状囊状体，无色，薄壁至稍厚壁，大小为 8.3~24×3~5 μm；担子棍棒状，顶部有 4 个担孢子梗，基部有一锁状联合，大小为 12~17×4.2~5.1 μm；拟担子形状与担子相似，但略小。

担孢子：担孢子宽椭圆形，无色，薄壁，光滑，IKI–，CB–，大小为 5~6.2(~6.5)×3.9~4.5 μm，平均长为 5.6 μm，平均宽为 4.14 μm，长宽比为 1.35（n=30/1）。

研究标本：黑龙江省呼玛县，IFP 10037；浙江省临安天目山自然保护区，IFP 10550，IFP 10551；安徽省黄山，IFP 10549；福建省武夷山自然保护区，IFP 10552；河南省信阳鸡公山风景区，IFP 10300，河南省内乡县宝天曼自然保护区，IFP 10301；湖北省通山县，IFP 10473，IFP 10474，湖北省神农架自然保护区，IFP 10038，IFP 10472，湖北省利川县，IFP 10514，IFP 10515；湖南省宜章县莽山国家森林公园，IFP 10452；云南省楚雄市，TNM 13724，TNM 13725，TNM 13716，云南深省永善县，TNM 9202，TNM 9205，TNM

9254，TNM 9244；西藏自治区林芝，IFP 10309，IFP 10310，IFP 10311。

生境：阔叶树死树，倒木，腐朽木上。

世界分布：丹麦，芬兰，挪威，瑞典，中国。

讨论：奇形丝齿菌（*Hyphodontia paradoxa*）与同属其他具孔状子实层体种类的区别是担孢子较大，其他种类的担孢子长度一般小于 5.5 μm。另外，该种初期子实层体为孔状，后期变为裂齿状，且子实体厚可达 5 mm，也是同属中子实体最厚的种类。

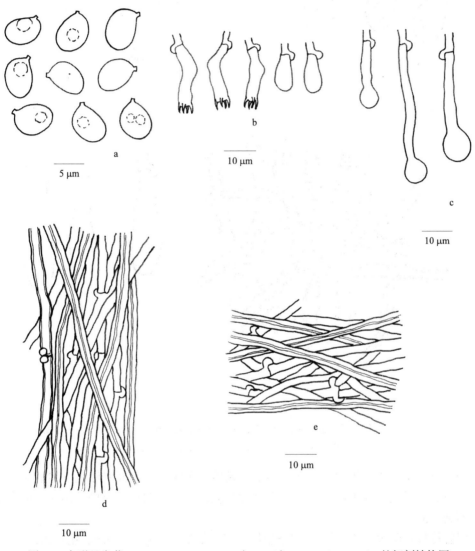

图 56　奇形丝齿菌 *Hyphodontia paradoxa* (Schrad.) Langer & Vesterh. 的解剖结构图

a. 担孢子；b. 担子和拟担子；c. 囊状体；d. 菌髓菌丝；e. 菌肉菌丝

膜质丝齿菌　图 57

Hyphodontia pelliculae (H. Furuk.) N. Maek., Rep. Tottori Mycol. Inst. 31: 14, 1993.

Odontia pelliculae H. Furuk., Bull. Govt. Forest Exp. Stn. Meguro 261: 41, 1974.

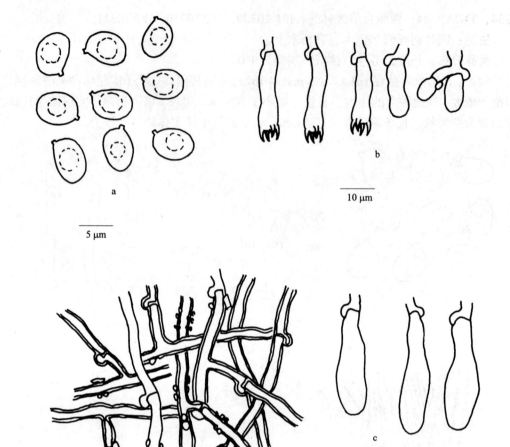

图 57　膜质丝齿菌 *Hyphodontia pelliculae* (H. Furuk.) N. Maek. 的解剖结构图

a. 担孢子；b. 担子和拟担子；c. 囊状体；d. 菌肉菌丝

子实体：担子果一年生，平伏，贴生，膜质；子实层体表面奶油色，稀疏颗粒状小齿，小齿之间子实层体表面光滑，干后有时开裂；边缘不明显，疏松蛛网状；菌肉层极薄，不到 0.5 mm。

菌丝结构：菌丝系统一体系；生殖菌丝具锁状联合，IKI–，CB+；菌丝组织在 KOH 试剂中无变化。

菌肉：菌肉菌丝无色，薄壁至稍厚壁，弯曲，频繁分枝，通常被有大量结晶，疏松交织排列，直径为 2~4 μm。

子实层体：近子实层菌丝无色，薄壁至稍厚壁，大量分枝，被有大量结晶，紧密规则排列，直径为 2~3 μm；子实层具有棍棒状囊状体，薄壁，光滑，基部有一锁状联合，大小为 20~35×5~7 μm；担子短棍棒状或短圆柱状，顶部有 4 个担孢子梗，基部有一锁状联合，大小为 15~20×3.5~4 µm；拟担子较多，形状与担子相似，但略小。

担孢子：担孢子宽椭圆形，无色，薄壁，光滑，通常有一个液泡，IKI–，CB–，大小为 4.2~5 × 3~3.5 µm，平均长为 4.62 µm，平均宽为 3.22 µm，长宽比为 1.43（*n*=30/1）。

研究标本：云南省楚雄市，TNM 13696，TNM 4155，TNM 20469，云南省西双版纳勐仑镇，TNM 7924；台湾宜兰县福山植物园，TNM 13466。

生境：阔叶树落枝上。

世界分布：日本，中国。

讨论：膜质丝齿菌（*Hyphodontia pelliculae*）与软毛丝齿菌（*H. mollis*）较相似，它们都具有薄壁、棍棒状囊状体和形状及大小相似的担孢子，区别在于后者的囊状体顶端较尖。

无锁丝齿菌　图 58

Hyphodontia poroideoefibulata Sheng H. Wu, Mycologia 93: 1021, 2001.

子实体：担子果一年生，平伏，紧贴于基物上，新鲜时无特殊气味，软木质，干后变为木栓质，子实层体孔状，孔口表面新鲜时白色至奶油色，干后变为奶油色至淡土黄色，无折光反应；孔口多角形或圆形，每毫米 4~5 个；菌肉层很薄，奶油色，木栓质，厚不到 1 mm；菌管单层，奶油色至淡黄色，木栓质，长可达 1 mm。

菌丝结构：菌丝系统一体系；生殖菌丝具简单分隔，IKI–，CB+；菌丝组织在 KOH 试剂中无变化。

菌肉：菌肉菌丝无色，厚壁（壁厚约 1 µm），平直，光滑，偶尔分枝，疏松交织排列，直径为 2.5~5 µm。

菌管：菌髓菌丝无色，薄壁至稍厚壁，偶尔分枝，疏松交织排列，直径为 2~4 µm；子实层中有大量拟囊状体，头状，顶端被有黄色的物质，厚壁，基部有一简单分隔，大小为 15~32×5~7 µm；担子棍棒状至头状，顶部有 4 个担孢子梗，基部有一简单分隔，大小为 11~25×5.5~7 µm；拟担子较多，形状与担子相似，但略小。

担孢子：担孢子近球形，无色，薄壁，光滑，有一到多个液泡，IKI–，CB–，大小为 5~5.7×4~4.5 µm，平均长为 5.41 µm，平均宽为 4.32µm，长宽比为 1.25（*n*=30/1）。

研究标本：湖北省武汉市，TNM 20830，TNM 20912；台湾莲花县，TNM 13776，台湾台中市，TNM 14691，台湾兰屿，TNM 13855，台湾花莲县，TNM 13843。

生境：阔叶树腐烂倒木上。

世界分布：中国。

讨论：无锁丝齿菌（*Hyphodontia poroideoefibulata*）的主要特征是子实层体表面孔状，并且生殖菌丝具简单分隔。该种与奇形丝齿菌（*H. paradoxa*）具有相似的菌丝结构和担孢子，但是后者的菌丝具有锁状联合。

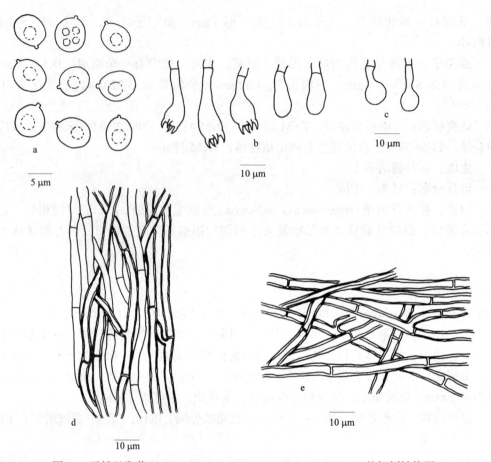

图 58　无锁丝齿菌 *Hyphodontia poroideoefibulata* Sheng H. Wu 的解剖结构图

a. 担孢子；b. 担子和拟担子；c. 囊状体；d. 菌髓菌丝；e. 菌肉菌丝

李丝齿菌　图 59

Hyphodontia pruni（Lasch）Svrcek, Česká Mykol. 27: 204, 1973.

Grandinia pruni（Lasch）Jülich, Int. J. Mycol. Lichenol. 1: 36, 1982.

Hyphoderma pruni（Lasch）Jülich, Persoonia 8: 80, 1974.

Phanerochaete pruni（Lasch）S.S. Rattan, Biblthca Mycol. 60: 258, 1977.

　　子实体：担子果一年生，平伏，贴生，较薄，不到 1 mm；子实层体奶油色到赭色，呈稠密的齿状，菌齿锥形，每毫米 3~5 个；边缘不明显。

　　菌丝结构：菌丝系统一体系；生殖菌丝具锁状联合，IKI–，CB（+）；菌丝组织在 KOH 试剂中无变化。

　　菌肉：生殖菌丝无色，薄壁至稍厚壁，光滑，弯曲，偶尔分枝，有时被有结晶，有时黏结在一起，但通常疏松交织排列，直径为 2~4 μm。

　　菌齿：菌髓菌丝无色，薄壁至稍厚壁，光滑，弯曲，频繁分枝，被有大量结晶，紧密交织排列，直径为 2~3 μm；子实层中有囊状体，由菌丝末端膨大形成，球状，无色，顶部薄壁，其余部分厚壁，光滑，基部有一锁联合，大小为 23~52 × 3.2~4.9 μm；担子细长棍棒状或近圆柱形，薄壁，光滑，中部有时稍缢缩，顶端有 4 个担孢子梗，基部有一锁状联合，大小为 20~32×4~5 μm；拟担子形状与担子相似，但明显比担子小。

担孢子：担孢子宽椭圆形，无色，薄壁，光滑，IKI–，CB–，大小为（5.4~）5.5~7（~7.5）×（3.9~）4~4.5（~4.7）μm，平均长为 6.18 μm，平均宽为 4.24 μm，长宽比为 1.46（n=30/1）。

研究标本：吉林省安图县长白山自然保护区，TNM 166990，TNM 16985；四川省阿坝州松潘县黄龙风景区，HKAS 47841；四川省乐山县峨眉山风景区，HKAS 48054；云南省香格里拉县，HKAS 48174；台湾台中县，TNM 3608，TNM 22530。

生境：阔叶树树腐朽木上。

世界分布：阿根廷，丹麦，芬兰，美国，挪威，日本，瑞典，中国。

讨论：李丝齿菌（*Hyphodontia pruni*）与粗糙丝齿菌（*H. aspera*）和毛缘丝齿菌（*H. fimbriata*）的区别见后两种中的讨论。另外，李丝齿菌与奇形丝齿菌（*H. paradoxa*）具有相似的担孢子和囊状体，但后者的子实层体为孔状至裂齿状。

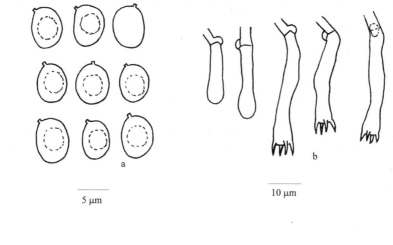

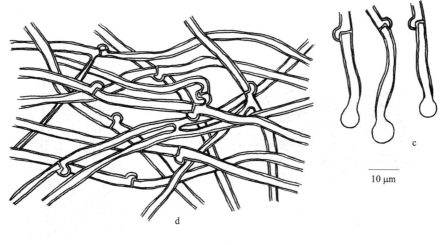

图 59　李丝齿菌 *Hyphodontia pruni*（Lasch）Svrcek 的解剖结构图

a. 担孢子；b. 担子和拟担子；c. 囊状体；d. 菌肉菌丝

宽齿丝齿菌 图 60

Hyphodontia radula (Pers.) Langer & Vesterh., in Knudsen & Hansen, Nordic J. Bot. 16: 212, 1996.

Boletus radula (Pers.) Pers., Syn. Meth. Fung. (Göttingen) 1: 547, 1801.

Chaetoporus radula (Pers.) Bondartsev & Singer, Annls Mycol. 39: 51, 1941.

Physisporus radula (Pers.) Chevall., Fl. Gén. Env. Paris 1: 262, 1826.

Polyporus radula (Pers.) Fr., Syst. Mycol. (Lundae) 1: 383, 1821.

Poria radula Pers., Observ. Mycol. (Lipsiae) 2: 14, 1800.

Schizopora radula (Pers.) Hallenb., Mycotaxon 18: 308, 1983.

子实体：担子果一年生，平伏，不易与基物剥离，新鲜时革质，无嗅无味，干后软木栓质；平伏的担子果长可达 6 cm，宽可达 2 cm，厚可达 1 mm；边缘不明显；子实层体表面孔状，孔口表面新鲜时为乳黄色至淡黄褐色，干燥后为浅黄色至黄褐色；孔口多角形，每毫米 2~4 个；孔口边缘撕裂状；菌肉层黄褐色，极薄；菌管与菌肉层同色，干后软木栓质，长约 0.9 mm。

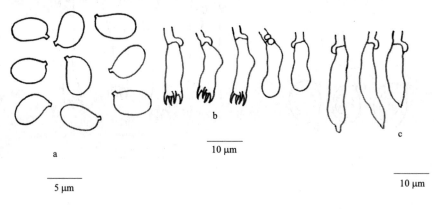

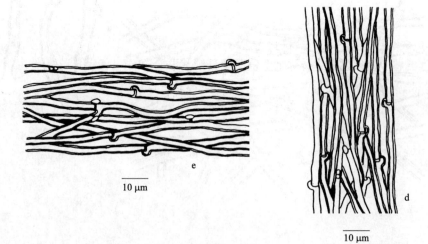

图 60 宽齿丝齿菌 *Hyphodontia radula* (Pers.) Langer & Vesterh. 的解剖结构图

a. 担孢子；b. 担子和拟担子；c. 拟囊状体；d. 菌髓菌丝；e. 菌肉菌丝

菌丝结构：菌丝系统一体系；生殖菌丝具锁状联合，IKI–，CB+；菌丝组织在 KOH 试剂中无变化。

　　菌肉：生殖菌丝无色，稍厚壁，光滑，平直，偶尔分枝，有时塌陷，疏松交织排列，直径为 2.5~4 μm。

　　子实层体：菌髓菌丝无色，薄壁至稍厚壁，偶尔分枝，疏松交织排列，直径为 2.2~4 μm；菌管末端菌丝被有少量结晶；子实层中有拟囊状体，顶端尖，无色，薄壁，光滑，大小为 10~18 × 3.8~4 μm；担子棍棒状，中部稍缢缩，顶部有 4 个担孢子梗，基部有一锁状联合，大小为 7.5~17.4 × 4~4.5 μm；拟担子形状与担子相似，但略小。

　　担孢子：担孢子宽椭圆形至卵圆形，无色，薄壁，光滑，IKI–，CB–，大小为 (4.3~)4.6~5.5 × 3~3.6(~3.8) μm，平均长为 5.02 μm，平均宽为 3.19 μm，长宽比为 1.57 (*n*=30/1)。

　　研究标本：北京，IFP 10342；吉林省汪清兰县，IFP 10068；黑龙江省宁安市镜泊湖风景区，IFP 10553，IFP 10554；河南省信阳市鸡公山风景区，IFP 10069，IFP 10071，IFP 10302，IFP 10303，IFP 10304；湖北省通山县，IFP 10107；湖北省神农架自然保护区，IFP 10472，IFP 10473；云南永善县，TNM 9289，TNM 9294，TNM 9271，云南省楚雄市，TNM 13702；西藏自治区林芝，IFP 10312，IFP 10313。

　　生境：阔叶树倒木或落枝。

　　世界分布：丹麦，芬兰，挪威，瑞典，中国。

　　讨论：宽齿丝齿菌 (*Hyphodontia radula*) 与浅黄丝齿菌 (*H. flavipora*) 和奇形丝齿菌 (*H. paradoxa*) 相似，特别是与后者还有相似的子实层体，但宽齿丝齿菌基本不具骨架菌丝，头状囊状体稀少，而具有尖顶的拟囊状体。

开裂丝齿菌　图 61

Hyphodontia rimosissima (Peck) Gilb., Mycologia 54: 667, 1962.

Grandinia rimosissima (Peck) H.S. Jung, Biblthca Mycol. 119: 79, 1987.

Odontia rimosissima Peck , Rep. N.Y. St. Mus. Nat. Hist. 50: 114, 1897.

　　子实体：担子果一年生，平伏，贴生，较薄，不到 1 mm，新鲜时软，膜质，干后脆；子实层体浅黄色，瘤状、小颗粒状；边缘明显，极薄。

　　菌丝结构：菌丝系统一体系；生殖菌丝具锁状联合，IKI–，CB(+)；菌丝组织在 KOH 试剂中无变化。

　　菌肉：生殖菌丝无色，稍厚壁至厚壁，多数稍厚壁，中间有一个很窄的内腔，光滑，稍弯曲，偶尔有分枝，疏松交织排列，直径为 1.9~4 μm。

　　子实层体：近子实层菌丝无色，薄壁，光滑，被有结晶，紧密交织排列，直径为 1.8~3.5 μm；子实层中有大量囊状体，头状，无色，薄壁，光滑，顶端膨大成球形，无结晶，大小为 19~35 × 2.4~3.9 μm；担子长圆柱状，顶部有 4 个担孢子梗，基部有一锁状联合，大小为 19~27.5 × 3.6~4.5 μm；拟担子形状与担子相似，但略小。

　　孢子：担孢子宽椭圆形，无色，薄壁，光滑，IKI–，CB(+)，大小为 5~6.1(~7) × 3~4 μm，平均长为 5.61 μm，平均宽为 3.52 μm，长宽比为 1.59 (*n*=30/1)。

　　研究标本：吉林省安图县长白山自然保护区，HMAS 56589；四川省阿坝州汶川县，

TNM 12106，四川省都江堰市青城前山，TNM 12180，四川省都江堰市青城后山，TNM 12154；云南省丽江，HMAS 61292，云南省西双版纳勐仑自然保护区，TNM 7870，云南省永善县，TNM 9198，TNM 9280，TNM 9235，TNM 9292，云南省云县，TNM 3992；台湾南投县，TNM 356，TNM 14925，台湾嘉义县，TNM 2863，台湾苗栗县，TNM 1959，台湾毕禄，TNM 1073。

生境：阔叶树倒木或腐朽木上。

世界分布：阿根廷，澳大利亚，丹麦，德国，芬兰，加拿大，卢旺达，美国，挪威，日本，瑞典，中国。

讨论：开裂丝齿菌（*Hyphodontia rimosissima*）与疣状丝齿菌（*H. verruculosa* J. Erikss. & Hjortstam）非常相似，以致 Hallenberg（1984）认为两者为同一种。我国目前还没有后者的报道，需要研究更多的材料后才能确定两者的关系。

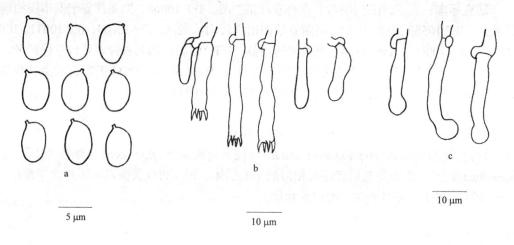

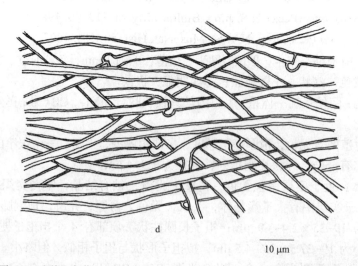

图 61　开裂丝齿菌 *Hyphodontia rimosissima* (Peck) Gilb. 的解剖结构图

a. 担孢子；b. 担子和拟担子；c. 囊状体；d. 菌肉菌丝

接骨木丝齿菌 图 62

Hyphodontia sambuci (Pers.) J. Erikss., Symb. Bot. Upsal. 16: 104, 1958.

Corticium sambuci Pers., Neues Mag. Bot. 1: 111, 1794.

Grandinia sambuci (Pers.) Jülich, in Cannon & Hawksworth, Taxon 32: 482, 1983.

Hyphoderma sambuci (Pers.) Jülich, Persoonia 8: 80, 1974.

Hypochnus sambuci (Pers.) Fr., Handb. Allgem. Mykol. (Stuttgart), p. 159, 1851.

Peniophora sambuci (Pers.) Burt, Ann. Mo. Bot. Gdn. 12 (3): 233, 1925.

Rogersella sambuci (Pers.) Liberta & A.J. Navas, Can. J. Bot. 56: 1781, 1978.

子实体：担子果一年生，平伏，贴生，较薄，不到 1 mm；子实层体乳白色或奶油色，光滑或有稀少菌刺；边缘不明显。

菌丝结构：菌丝系统一体系；生殖菌丝具锁状联合，IKI–，CB(+)；菌丝组织在 KOH 试剂中无变化。

菌肉：生殖菌丝无色，薄壁，弯曲，频繁分枝，通常在锁状联合处分枝，菌丝末端通常头状，疏松交织排列，直径为 1.8~3.5 μm。

子实层体：近子实层菌丝无色，薄壁，弯曲，通常分枝，被有结晶，交织排列，直径 2~3 μm；子实层中有囊状体，形状多样，通常为棍棒状至头状，有时上部特别膨大，薄壁，有时顶端被有结晶，大小为 16~31 × 4~7 μm；担子圆柱形或纺锤形，顶部有 4 个担孢子梗，基部有一锁状联合，大小为 15~2.5 × 3.5~5 μm；拟担子形状与担子相似，但略小。

孢子：担孢子宽椭圆形，无色；薄壁，光滑，通常有一个液泡，IKI–，CB–，大小为 (4.9~)5~5.9(~6) × (3.1~) 3.3~4.1 μm，平均长为 5.3 μm，平均宽为 3.83 μm，长宽比为 1.38 (*n*=30/1)。

研究标本：吉林省安图县长白山自然保护区，HMAS 56695，HMAS 88171，TNM 17171，TNM 17149，TNM 15307，TNM 15301；湖北省礼山县，TNM 20900；四川省都江堰市青城山，HKAS 47884，HKAS 47900，四川省都江堰市青城后山，TNM 12148，TNM 12159，四川省阿坝州松潘县九寨沟，HKAS 47866；云南省永善县，TNM 9209，TNM 9275，TNM 9228，云南省西双版纳勐仑镇，TNM 7936，云南省西双版纳勐仑热带植物园，TNM 4013，TNM 4040，TNM 4047，TNM 4140，TNM 4020，云南省西双版纳翠屏山自然保护区，TNM4098，云南省昆明西山，TNM 4232，云南省景洪市，TNM 20427，TNM 20423，云南省文山市，TNM 14698；台湾南投县，HMAS 66529，TNM 2871，TNM 33，TNM 102，TNM 100，台湾高雄县，TNM 1329，TNM 2882，台湾玉山公园，TNM 2873，台湾台北县，TNM 5，台湾兰屿，TNM 8613，台湾宜兰县福山植物园，TNM 20085。

生境：针阔叶树落枝上。

世界分布：阿根廷，冰岛，丹麦，芬兰，挪威，日本，瑞典，中国。

讨论：接骨木丝齿菌(*Hyphodontia sambuci*)是一个世界广布种，也是个复合种(Wu 1990)，因此中国可能还有其他种类，需要进一步研究。接骨木丝齿菌具有形状多样的囊状体及宽椭圆形的担孢子，这两个特征可以很容易将该种同其他种区分。该种与东亚丝齿菌(*H. boninensis*)非常相近，两者的区别见东亚丝齿菌的讨论部分。

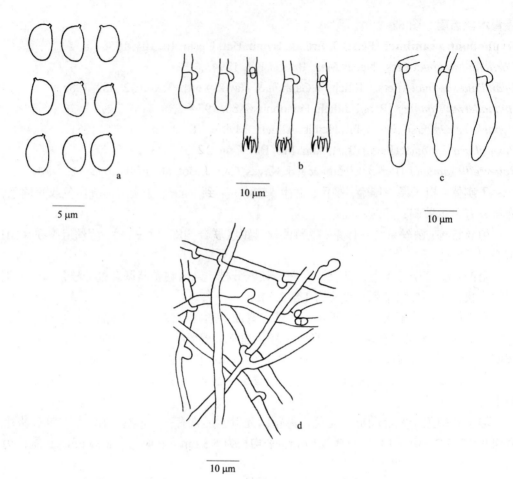

图 62 接骨木丝齿菌 *Hyphodontia sambuci*（Pers.）J. Erikss. 的解剖结构图

a. 担孢子；b. 担子和拟担子；c. 囊状体；d. 菌肉菌丝

勺形丝齿菌 图 63

Hyphodontia spathulata（Schrad.）Parmasto, Conspectus Systematis Corticiacearum, p. 123, 1968.

Grandinia spathulata（Schrad.）Jülich, Int. J. Mycol. Lichenol. 1: 36, 1982.

Hydnum spathulatum Schrad., Spicil. Fl. Germ. 1: 178, 1794.

Kneiffiella spathulata（Schrad.）Jülich & Stalpers, Verh. K. Ned. Akad. Wet., 2 Sectie 74: 132, 1980.

Radulum spathulatum（Schrad.）Bres., Annls Mycol. 1: 89, 1903.

Xylodon spathulatus（Schrad.）Kuntze, Revis. Gen. Pl.（Leipzig）3（2）: 541, 1898.

　　子实体：担子果一年生，平伏，贴生，干后开裂；子实层体粉黄色，具有稠密的菌齿，菌齿长可达 1 mm；边缘颜色渐淡，从中心向边缘渐薄。

　　菌丝结构：菌丝系统一体系；生殖菌丝具锁状联合；IKI–，CB（+）；菌丝组织在 KOH 试剂中无变化。

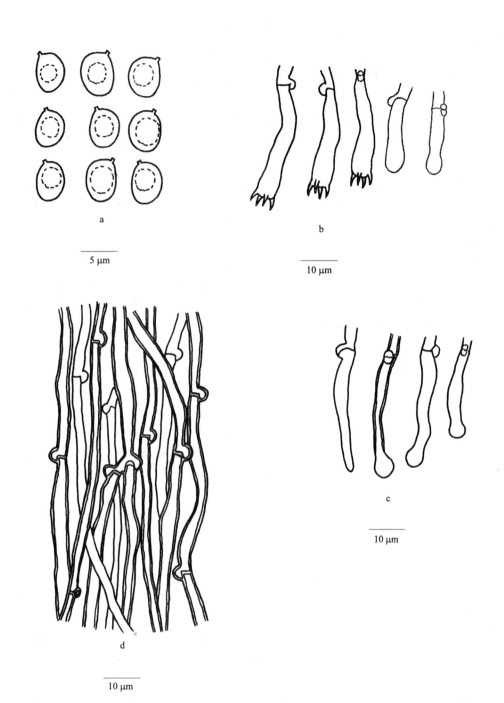

a

5 μm

b

10 μm

c

10 μm

d

10 μm

图 63　勺形丝齿菌 *Hyphodontia spathulata*（Schrad.）Parmasto 的解剖结构图

a. 担孢子；b. 担子和拟担子；c. 囊状体；d. 菌髓菌丝

　　菌肉：生殖菌丝无色，薄壁至稍厚壁，光滑，附有结晶，有时膨大，通常分枝，交织排列，直径为 2~4 μm。

　　子实层体：菌髓菌丝与菌肉菌丝相似，通常被有大量结晶，沿菌齿平行排列，菌齿顶端菌丝变细；子实层中两种囊状体：一种为头状囊状体，无色，薄壁，光滑，顶端膨大为球形，基部有一锁状联合，大小为 20~30×3~5 μm；另一种为尖顶囊状体，无色，薄壁，光滑，少见，大小为 15~26×4~5 μm；担子细长棍棒状到圆柱形，中部稍缢缩，顶部有 4 个担孢子梗，基部有一锁状联合，大小为 20~29×4~5 μm；拟担子形状与担子相似，但比担子明显小。

孢子：担孢子宽椭圆形或近球形，无色，薄壁，光滑，通常有 1 或 2 个液泡，IKI–，CB–，大小为 5~6(~6.7)×(3.8~)3.9~4.3(~4.5) μm，平均长为 5.33 μm，平均宽为 4.05 μm，长宽比为 1.32 (*n* = 30/1)。

研究标本：吉林省安图县长白山自然保护区，HMAS 56680；四川省攀枝花市盐边县，HKAS 47877，HKAS 48046，四川省都江堰市青城前山，TNM 12189；云南省香格里拉县，HKAS 48199，云南省昆明黑龙潭，TNM 13490。

生境：阔叶树腐烂落枝上。

世界分布：波兰，加拿大，捷克，斯洛伐克，美国，日本，瑞典，中国。

讨论：勺形丝齿菌(*Hyphodontia spathulata*)与同属其他种的主要区别是具有头状和尖顶两种囊状体。该种与锐丝齿菌(*H. arguta*)都具有齿状的子实层体和宽椭圆形的担孢子，但后者的尖顶囊状体具有结晶。

软革丝齿菌　图 64

Hyphodontia subalutacea (P. Karst.) J. Erikss., Symb. Bot. Upsal. 16: 104, 1958.

Corticium subalutaceum P. Karst., Meddn Soc. Fauna Flora Fenn. 9: 65, 1882.

Grandinia subalutacea (P. Karst.) Jülich, Int. J. Mycol. Lichenol. 1: 36, 1982.

Kneiffia subalutacea (P. Karst.) Bres., Annls Mycol. 1(2): 104, 1903.

Kneiffiella subalutacea (P. Karst.) Jülich & Stalpers, Verh. K. Ned. Akad. Wet., 2 Sectie 74: 131, 1980.

Peniophora subalutacea (P. Karst.) Höhn. & Litsch., Sber. Akad. Wiss. Wien, Math.-Naturw. Kl., Abt. 1, 115: 601, 1906.

子实体：担子果一年生，平伏，贴生，较薄，不到 1mm；子实层体浅黄色，光滑；边缘不明显。

菌丝结构：菌丝系统一体系；生殖菌丝具锁状联合，IKI–，CB(+)；菌丝组织在 KOH 试剂中无变化。

菌肉：生殖菌丝无色，薄壁至稍厚壁，多数薄壁，光滑，稍弯曲，频繁分枝，疏松交织排列，直径为 2~3.5 μm。

子实层体：近子实层菌丝比菌肉菌丝稍细，紧密交织排列，直径为 2~3.2 μm；子实层中有大量棍棒状囊状体，无色，顶端薄壁，其余部分厚壁，光滑，通常伸出子实层，基部有一锁状联合，CB+，通常超过 100 μm，直径为 5~8 μm；担子近棍棒状，薄壁或稍厚壁，有时中部稍缢缩，顶部有 4 个担孢子梗，基部有一锁状联合，大小为 12.5~18×4~5 μm；拟担子形状与担子相似，但略小。

孢子：担孢子圆柱形至近腊肠形，无色，薄壁，光滑，IKI–，CB–，大小为 6~8×(1.5~)1.7~2(~2.1) μm，平均长为 6.88 μm，平均宽为 1.94 μm，长宽比为 3.55 (*n*=30/1)。

研究标本：四川省阿坝州松潘县九寨沟，HKAS 48109；云南省香格里拉县，HKAS 48197，云南省大理鹤庆县，TNM 13625；台湾南投县，TNM 519。

生境：叶阔树腐朽木或落枝上。

世界分布：冰岛，丹麦，芬兰，加拿大，美国，挪威，日本，瑞典，中国。

讨论：该种与丛毛丝齿菌（*Hyphodontia floccosa*）的区别见后者的讨论部分。软革丝齿菌（*H. subalutacea*）与阿尔泰丝齿菌（*H. altaica*）都具有平滑的子实层体，棍棒状、厚壁的囊状体和腊肠形的担孢子，但后者的担孢子较小（4.3~5.1 × 1.8~2 μm）。

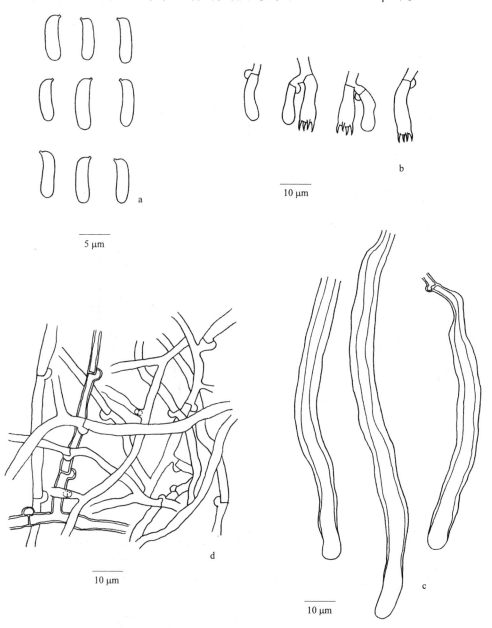

图 64　软革丝齿菌 *Hyphodontia subalutacea* (P. Karst.) J. Erikss. 的解剖结构图

a. 担孢子；b. 担子和拟担子；c. 囊状体；d. 菌肉菌丝

近球孢丝齿菌　图 65

Hyphodontia subglobasa Sheng H. Wu, Acta Bot. Fenn. 142: 106, 1990.

Botryodontia subglobosa（Sheng H. Wu）Hjortstam, Kew Bull., Addit. Ser. 53: 810, 1998.

Kneiffiella subglobosa（Sheng H. Wu）Hjortstam, in Hjortstam & Ryvarden, Syn. Fung. 15: 16, 2002.

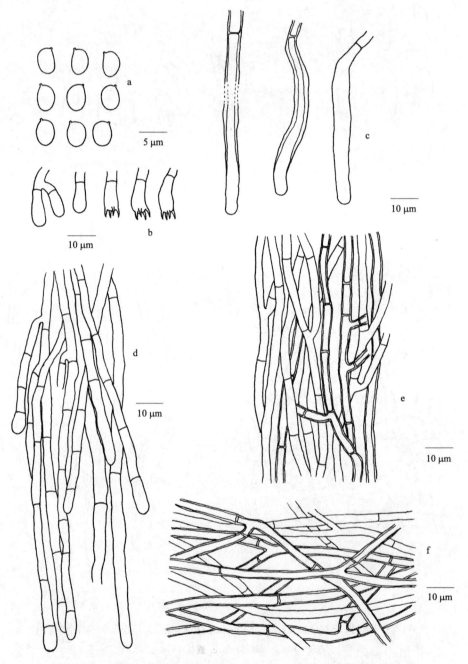

图 65　近球孢丝齿菌 *Hyphodontia subglobasa* Sheng H. Wu 的解剖结构图

a. 担孢子；b. 担子和拟担子；c.囊状体；d. 菌齿末端菌丝；e. 菌髓菌丝；f. 菌肉菌丝

子实体：担子果一年生，平伏，贴生，较薄，不到 1 mm，质地较软，干后没有特殊的气味，不开裂；子实层体奶油色至浅黄色，齿状；菌齿锥形，菌齿表面流苏状，每毫米 3~6 个；边缘极薄。

菌丝结构：菌丝系统一体系；生殖菌丝具简单分隔，IKI–，CB（+）；菌丝组织在 KOH 试剂中无变化。

菌肉：生殖菌丝无色，薄壁至稍厚壁，光滑，略平直，通常分枝，疏松交织排列，直径为 1.9~4 μm。

子实层体：菌髓菌丝无色，薄壁至稍厚壁，偶尔分枝，疏松交织排列或与菌齿近平行排列，直径为 2~4.5 μm；子实层中有大量囊状体，管状，无色，薄壁或稍厚壁，光滑，有时弯曲，长度有时可达 100 μm，直径为 4.8~7 μm；担子短棍棒状，有时中部稍缢缩，顶部有 4 个担孢子梗，基部有一简单分隔，大小为 8~17 × 4.7~5 μm；拟担子形状与担子相似，但略小。

孢子：担孢子宽椭圆形或近球形，无色，薄壁，光滑，有时有一个小液泡，IKI–，CB–，大小为 4~5 × 3~3.6（~3.9）μm，平均长为 4.46 μm，平均宽为 3.26 μm，长宽比为 1.37（n=30/1）。

研究标本：吉林省安图县长白山自然保护区，IFP 10392；湖北省神农架自然保护区，IFP 10391；云南省西双版纳勐仑镇，TNM 20478；台湾台北市，HMAS 66513，台湾南投县，HMAS 66533，TNM 313，台湾台中市，TNM 21838，TNM 1969，台湾台北市阳明山公园，TNM 13445，台湾台北县，TNM 260，台湾苗栗县，TNM 3102。

生境：阔叶树倒木上。

世界分布：中国。

讨论：近球孢丝齿菌（*Hyphodontia subglobasa*）的主要特征是子实层体表面齿状，生殖菌丝具简单分隔，尤其是菌齿末端菌丝强烈简单分隔，担孢子近球形。目前在中国发现的丝齿菌中，无锁丝齿菌（*H. poroideoefibulata*）和台湾丝齿菌（*H. formosana*）的菌丝也具有简单分隔，但前者的子实层体为孔状，囊状体为头状，担孢子较大（5~5.7×4~4.5 μm）；但前者的子实层体为蛛网状，担孢子也较大（5~7×4~5 μm）。

丁香丝齿菌　图 66

Hyphodontia syringae E. Langer, in Langer & Dai, Mycotaxon 67: 182, 1998.

子实体：担子果一年生，平伏，紧贴于基物上，新鲜时无特殊气味，软木质，干后变为木栓质，平伏的担子果长可达 20 cm，宽可达 3.5 cm；子实层体新鲜时白色至奶油色，干后变为奶油色至淡黄色，无折光反应，多呈齿状，偶尔呈孔状；菌齿形状不规则，每毫米 1~2 个；菌肉层很薄，奶油色，木栓质，厚不到 1 mm；菌齿单层，奶油色至淡黄色，木栓质，长可达 5 mm。

菌丝结构：菌丝系统一体系；生殖菌丝具锁状联合，IKI–，CB（+）；菌丝组织在 KOH 试剂中无变化。

菌肉：生殖菌丝无色，薄壁至稍厚壁，光滑，偶尔分枝，交织排列，直径为 2~4.2 μm。

子实层体：生殖菌丝无色，薄壁至稍厚壁，偶尔分枝，近规则排列，直径为 2~3.6 μm；子实层中有囊状体，长棍棒形，无色，薄壁，光滑，大小为 30.6~52×5~9.3 μm；担子棍棒状，顶部有 4 个担孢子梗，基部有一锁状联合，大小为 20~32.4×4.3~5.2 μm；拟担子占多数，形状与担子相似，但略小。

孢子：担孢子近腊肠形，无色，薄壁，光滑，IKI–，CB–，大小为 (7~) 7.3~8.7 (~9) × (2.6~) 2.7~3.1 (~3.3) μm，平均长为 8.05 μm，平均宽为 2.93 μm，长宽比为 2.75（n=30/1）。

研究标本：吉林省安图县长白山自然保护区，IFP 10039，IFP 10041；吉林省汪清县，IFP 10040。

生境：丁香腐朽木或倒木上。

世界分布：中国。

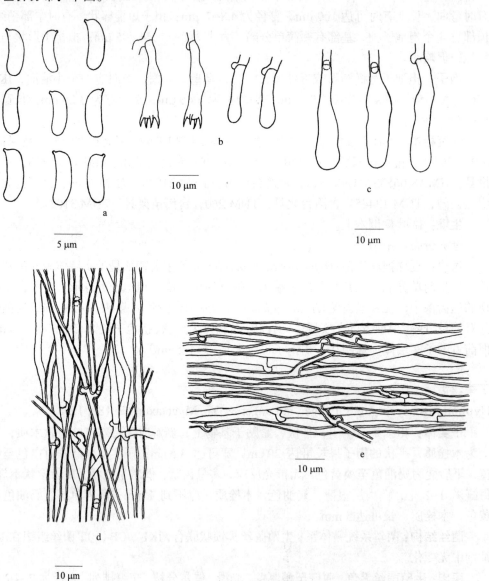

图 66 丁香丝齿菌 *Hyphodontia syringae* E. Langer 的解剖结构图
a. 担孢子；b. 担子和拟担子；c. 囊状体；d. 菌髓菌丝；e. 菌肉菌丝

讨论：丁香丝齿菌（*Hyphodontia syringae*）与假山毛榉丝齿菌（*H. nothofagi* (G. Cunn.) Langer）最为接近，它们都具孔状子实层体及腊肠状担孢子，但是假山毛榉丝齿菌的担子及担孢子都较丁香丝齿菌小（20~24×4~5 μm，6.5~8×2.5~3 μm，Langer 1994），同时丁香丝齿菌囊状体大小及形状都与假山毛榉丝齿菌显著不同，假山毛榉丝齿菌的囊状体头状，大小为 30 × 5 μm（Langer and Dai 1998）。

热带丝齿菌　图 67
Hyphodontia tropica Sheng H. Wu, Mycotaxon 76: 62, 2000.

子实体：担子果一年生，平伏，紧贴于基物上，新鲜时无特殊气味，软木质，干燥后变为木栓质，长可达 18 cm，宽可达 6 cm，厚可达 6 mm；子实层体孔状，新鲜时白色至奶油色，干后变为奶油色至浅黄色，有折光反应；不育的边缘明显，白色至奶油色，宽可达 2 mm；孔口圆形或近圆形至不规则形，每毫米 6~8 个；管口边缘薄，全缘，偶尔撕裂；菌肉层奶油色，木栓质，很薄，厚不到 1 mm；菌管奶油色至淡黄色，木栓质，长可达 5 mm。

菌丝结构：菌丝系统二体系；生殖菌丝具锁状联合；所有菌丝 IKI–，CB（+）；菌丝组织在 KOH 试剂中无变化。

菌肉：生殖菌丝无色，薄壁至稍厚壁，偶尔分枝，直径为 2.3~4.2 μm；骨架菌丝占多数，无色，厚壁，有一或宽或窄的内腔，平直，交织排列，少分枝，直径为 2.5~5.4 μm。

菌管：生殖菌丝在菌髓边缘常见，无色，薄壁至稍厚壁，偶尔分枝，有时被有结晶，直径为 2~3.8 μm；骨架菌丝无色，厚壁，有一或宽或窄的内腔，平直，少分枝，与菌管近平行排列，直径为 2.5~5.1 μm。子实层中有头状囊状体，无色，薄壁或稍厚壁，光滑或被有结晶，大小为 23.4~38.7×5~9.8 μm；担子棍棒状，顶部有 4 个担孢子梗，基部有一锁状联合，大小为 10.4~17.8×4.2~5.3 μm；拟担子形状与担子相似，但略小。

孢子：担孢子宽椭圆形至近球形，无色，薄壁，平滑，IKI–，CB–，大小为 (3.5~)3.7~4.1(~4.3)×(2.8~)2.9~3.2(~3.3) μm，平均长为 3.89 μm，平均宽为 3.05 μm，长宽比为 1.26~1.3（*n*=60/2）。

研究标本：浙江省临安县天目山自然保护区，IFP 10042，浙江省杭州西湖，IFP 10043；海南省五指山市五指山自然保护区，IFP 10233，IFP 10558，IFP 10559，IFP 10560，海南省陵水县吊罗山国家森林公园，IFP 10561，海南省乐东县尖峰岭自然保护区，IFP 10555，IFP 10556，海南省琼中县黎母山国家森林公园，IFP 10557；四川省都江堰市青城前山，TNM 12169；云南省景洪市，TNM 20426，台湾南投县，TNM 20331，TNM 10364，TNM 10241，台湾台中市，TNM 10356，TNM 10336，TNM 10362，TNM 10352，台湾兰屿，TNM 10365，台湾台中县，TNM 20361，TNM 10363，台湾高雄县，TNM 10360，TNM 18735，台湾台北县，TNM 19025，台湾台东县，TNM 10566，台湾花莲县，TNM 10555。

生境：阔叶树倒木、落枝。

世界分布：中国。

讨论：热带丝齿菌（*Hyphodontia tropica*）最初报道于台湾（Wu 2000b），是热带地区一个常见种，该种与浅黄丝齿菌（*H. flavipora*）易混淆，区别在于热带丝齿菌有较小的

孔口 (6~8 per mm vs. 3~6 per mm) 及较小的担孢子 (3.7~4.1×2.9~3.2 μm vs. 4~5.1 × 2.9~3.7 μm) (Wu 2000b)。另外，热带丝齿菌只发生在亚热带及热带地区，而浅黄丝齿菌是世界广布种。

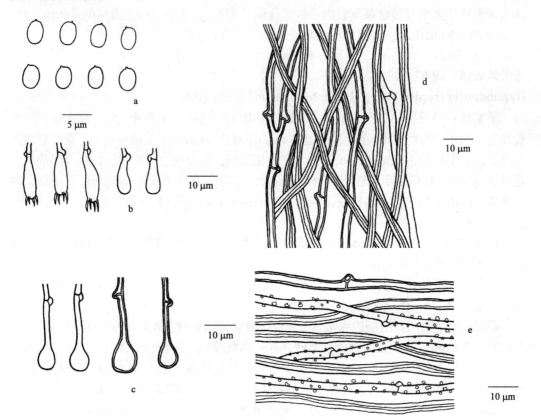

图 67　热带丝齿菌 *Hyphodontia tropica* Sheng H. Wu 的解剖结构图

a. 担孢子；b. 担子和拟担子；c. 囊状体；d. 菌髓菌丝；e. 菌肉菌丝

管形丝齿菌　图 68

Hyphodontia tubuliformis Sheng H. Wu, Mycotaxon 95: 185, 2006.

　　子实体：担子果一年生，平伏，软，疏松膜质状，厚不到 0.5 mm；子实层体表面土黄色至赭色，稠密颗粒状小齿，干后不开裂；边缘不明显。

　　菌丝结构：菌丝系统一体系；生殖菌丝具锁状联合，IKI–，CB (+)；菌丝组织在 KOH 试剂中无变化。

　　菌肉：菌肉菌丝无色，厚壁 (厚约 1 μm)，光滑，弯曲，频繁分枝，疏松交织排列，直径为 2~4.6 μm。

　　子实层体：菌髓菌丝薄壁至稍厚壁，少分枝，近平直，疏松交织排列，直径为 2~3.6 μm；近子实层菌丝无色，薄壁至稍厚壁，光滑，大量分枝，紧密交织排列，直径为 2~3 μm；囊状体长管状，除顶端外，其余部分厚壁，无色，光滑，长度超过 100 μm，直径为 5~9 μm；担子短棍棒状或短圆柱状，中部稍缢缩，顶部有 4 个担孢子梗，基部有一锁状联合，大小为 8~13×3.7~5.5 μm；拟担子较多，形状与担子相似，但略小。

担孢子：担孢子圆柱形至近腊肠状，无色，薄壁，光滑，IKI–，CB–，大小为
(4~)4.2~5.5×(1.6~)1.9~2.1 μm，平均长为 4.92 μm，平均宽为 1.99 μm，长宽比为 2.47
(*n*=30/1)。

研究标本：台湾台北市，TNM 18973。

生境：松树枝。

世界分布：中国。

讨论：管形丝齿菌(*Hyphodontia tubuliformis*)属于软革丝齿菌复合群(*H. subalutacea*
complex)，该复合群的主要特征是具有长管状的囊状体及腊肠形的担孢子，但是管形丝
齿菌与该复合群其他种类的区别是其担孢子较短。

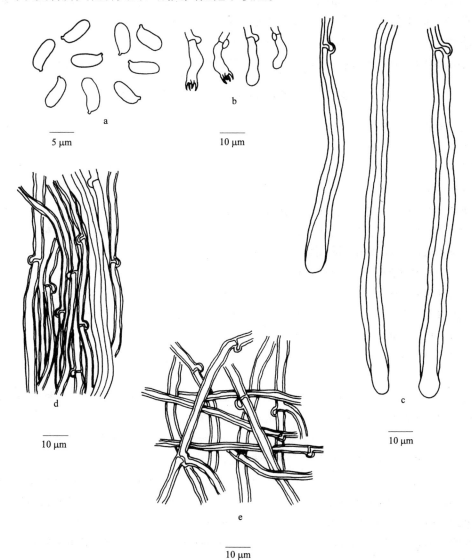

图 68　管形丝齿菌 *Hyphodontia tubuliformis* Sheng H. Wu 的解剖结构图

a. 担孢子；b. 担子和拟担子；c. 囊状体；d. 菌髓菌丝；e. 菌肉菌丝

原毛平革菌属 *Phanerochaete* P. Karst.

Bidr. Känn. Finl. Nat. Folk 48: 426, 1889.

担子果一年生，平伏，贴生，膜质，革质或壳质；子实层体表面光滑，瘤状，或齿状；边缘有时有菌丝束或菌索。菌丝系统一体系；生殖菌丝常具简单分隔，个别种类的菌肉菌丝具锁状联合，有时在一个分隔处有 1 或 2 个锁状联合存在；菌丝上常被有大量结晶；囊状体存在于绝大多数种类中；担子长棍棒状，一般顶端具 4 个担孢子梗；担孢子椭圆形至近圆柱形，无色，薄壁，光滑，在梅试剂和棉蓝试剂中无变色反应。

模式种：*Phanerochaete velutina*（DC.）Parmasto。

讨论：原毛平革菌属（*Phanerochaete*）与其他革菌属之间的区别是具有膜质的子实体；生殖菌丝具简单分隔，少数种类的菌肉菌丝在一个分隔处有一个或多个锁状联合。该属的分类地位到目前为止还不确定。由于该属的有些种类菌丝既有简单分隔又具锁状联合，与阿泰菌属（*Athelia*）较接近，但阿泰菌属的多数种类具锁状联合，且没有囊状体。

原毛平革菌属 *Phanerochaete* 分种检索表

1. 菌肉菌丝褐色 ··· 革质原毛平革菌 *Ph. stereoides*
1. 菌肉菌丝无色 ··· 2
2. 囊状体不存在 ··· 3
2. 囊状体存在 ··· 4
3. 拟囊状体不存在，担孢子窄椭圆形至圆柱形；分布于温带 ············ 乳白原毛平革菌 *Ph. galactites*
3. 拟囊状体存在，担孢子宽椭圆形，分布于亚热带 ····················· 热带原毛平革菌 *Ph. tropica*
4. 囊状体不被有结晶或被有少量的结晶 ··· 5
4. 囊状体被有大量结晶 ··· 12
5. 子实层体表面齿状 ······································· 金根原毛平革菌 *Ph. chrysorhiza*
5. 子实层体表面光滑 ··· 6
6. 担孢子长度 >6 μm ··· 7
6. 担孢子长度 <6 μm ··· 9
7. 担孢子宽度 >3 μm ··· 8
7. 担孢子宽度 <3 μm ··· 肉原毛平革菌 *Ph. carnosa*
8. 子实层体表面在 KOH 试剂中变成红色；囊状体厚壁，菌肉菌丝薄壁 ···························
   ·· 橙色原毛平革菌 *Ph. viticola*
8. 子实层体表面在 KOH 试剂中不变色；囊状体薄壁，菌肉菌丝厚壁 ···························
   ··· 玛梯里原毛平革菌 *Ph. martelliana*
9. 边缘无菌索；菌肉菌丝无锁状联合 ··························· 污原毛平革菌 *Ph. sordida*
9. 边缘有菌索；菌肉菌丝偶尔具锁状联合 ····································· 10
10. 菌索在 KOH 试剂中变为红色 ··························· 伯特原毛平革菌 *Ph. burtii*
10. 菌索在 KOH 试剂中不变色 ·· 11
11. 子实层体表面橘红色，子实层体表面在 KOH 试剂中变为橄榄绿色 ···························

近缘原毛平革菌　图 69

Phanerochaete affinis (Burt) Parmasto, Consp. System. Corticiac. (Tartu): 84, 1968.

Membranicium affinis (Burt) J. Erikss., Bull. Gov. Forest Exp. St. Tokyo 260: 36, 1974.

Peniophora affinis Burt, Ann. Mo. Bot. Gdn. 12: 266, 1926.

Peniophora laevis var. *affinis* (Burt) Litsch., Öst. Bot. Z. 88: 117, 1939.

　　子实体：担子果一年生，平伏，贴生，与基质易分离，膜质，厚不到 1 mm；子实层体表面浅土黄色，光滑，在 KOH 试剂中无变色反应；边缘渐薄，不明显。

　　菌丝结构：菌丝系统一体系；生殖菌丝具简单分隔，菌肉菌丝偶尔具锁状联合，IKI–，CB–；菌丝组织在 KOH 试剂中无变化。

　　菌肉：菌肉菌丝无色，厚壁(壁厚约 1 μm)，光滑，平直，常具简单分隔，偶尔有锁状联合，大量分枝，有的在分隔处稍缢缩，近规则紧密排列或疏松交织排列，直径为 3~7 μm。

　　子实层体：近子实层菌丝无色，薄壁，光滑，大量分枝，偶尔被有结晶，直径为 3~4 μm；囊状体锥形，无色，厚壁，上部被有结晶，突出或埋入子实层，基部有一简单分隔，大小为 50~68×5.6~8 μm；担子棍棒状，顶部有 4 个担孢子梗，基部有一简单分隔，大小为 34~45×5~6 μm；拟担子较多，形状与担子相似，但略小。

　　担孢子：担孢子椭圆形，近轴边平扁或稍弯曲，无色，薄壁，光滑，通常有一液泡，IKI–，CB–，大小为 5~6.4(~6.6)×2.7~3(~3.2) μm，平均长为 5.58 μm，平均宽为 2.96 μm，长宽比为 1.89（*n*=30/1）。

研究标本：广西壮族自治区隆林县，HMAS 34837；台湾南投县，TNM 21765。

生境：阔叶树倒木。

世界分布：澳大利亚，加拿大，美国，日本，委内瑞拉，印度，中国。

讨论：近缘原毛平革菌(*Phanerochaete affinis*)的特征是担子果在 KOH 试剂中无变色反应，具有厚壁、上部结晶的囊状体，担孢子椭圆形，但近轴边平扁或稍弯曲。该种与纤毛原毛平革菌(*Ph. calotricha*)具有相似的担孢子，但后者的囊状体为薄壁、光滑，且其子实体边缘菌索状。

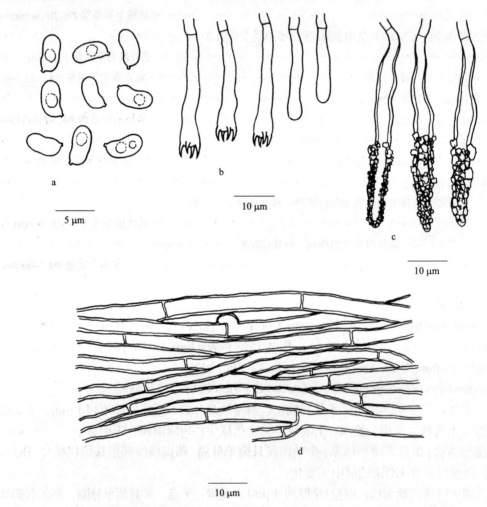

图 69　近缘原毛平革菌 *Phanerochaete affinis*（Burt）Parmasto 的解剖结构图

a. 担孢子；b. 担子和拟担子；c. 囊状体；d. 菌肉菌丝

南方原毛平革菌　图 70

Phanerochaete australis Jülich, in Jermy, J. Linn. Soc., Bot. 81: 43, 1980.

Grandiniella australis（Jülich）Zmitr. & Spirin, Mycena 6: 37, 2006.

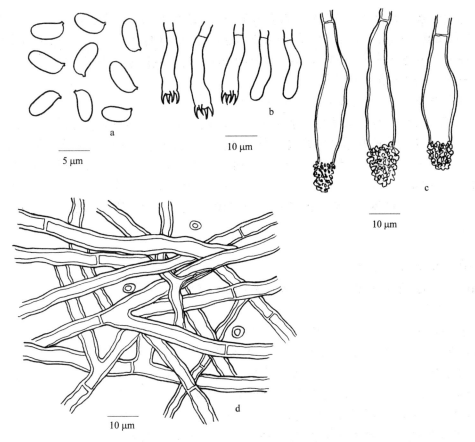

图 70　南方原毛平革菌 *Phanerochaete australis* Jülich 的解剖结构图

a. 担孢子；b. 担子和拟担子；c. 囊状体；d. 菌肉菌丝

子实体：担子果一年生，平伏，贴生，与基质不易分离，厚可达 1 mm，新鲜时无特殊的气味；子实层体表面奶油色至浅黄色，光滑，干后稍微开裂，脆，在 KOH 试剂中无变色反应；边缘白色，流苏状；菌肉层奶油色，棉絮状，较薄，厚不到 1 mm。

菌丝结构：菌丝系统一体系；生殖菌丝具简单分隔，菌肉菌丝偶尔具锁状联合，IKI–，CB–；菌丝组织在 KOH 试剂中无变化。

菌肉：菌肉菌丝强烈交织排列，无色，厚壁（壁厚约 1 μm），光滑，弯曲，常具简单分隔，偶尔具锁状联合，经常分枝，直径为 4~8 μm；近基质的菌丝无色，厚壁，有时被有结晶，规则排列，直径为 4~7.6 μm。

子实层体：近子实层菌丝紧密交织排列，无色，厚壁，光滑，经常分枝，直径为 2.5~5.7 μm。整个子实层 CB（+）；囊状体近锥形或腹鼓状，顶端较钝，无色，稍厚壁，顶端被有结晶，幼时囊状体无结晶，埋入或突出子实层，基部有一简单分隔，大小为 38~56×7~10.8 μm；担子棍棒状，顶部有 4 个担孢子梗，基部有一简单分隔，大小为 20~25.8×4.3~5 μm；拟担子较多，形状与担子相似，但略小。

担孢子：担孢子窄椭圆形，近轴边平扁，无色，薄壁，光滑，IKI–，CB–，大小为 (4.2~)4.5~5.8(~6)×(2~)2.2~3 μm，平均长为 5.08 μm，平均宽为 2.61 μm，长宽比为 1.92~1.98（n=60/2）。

研究标本：吉林省安图县长白山自然保护区，IFP 10437；河南省鲁山县石人山自然保护区，IFP 10234，IFP 10235，河南省信阳市鸡公山自然保护区，IFP 10476；湖南省宜章县莽山国家森林公园，IFP 10456，湖南省衡山市南岳风景区，IFP 10457。

生境：阔叶树倒木或落枝。

世界分布：马来西亚，印度尼西亚，中国。

讨论：南方原毛平革菌(*Phanerochaete australis*)的主要特征是光滑的子实层体表面，近锥形且顶端被有结晶的囊状体及窄椭圆形、近轴边平扁的担孢子。该种与污原毛平革菌(*Ph. sordida*)有相似的子实体和担孢子，但是后者无顶端被有结晶的囊状体(Eriksson *et al.* 1978)。另外，南方原毛平革菌与厚层原毛平革菌(*Ph. crassa*)具有相似的担孢子和囊状体，但后者的子实体具有菌盖，且囊状体顶部尖锐，长度通常大于60 μm。

伯特原毛平革菌　图 71

Phanerochaete burtii (Romell ex Burt) Parmasto, Eesti NSV Tead. Akad. Toim., Biol. Seer 16(4): 338, 1967.

Grandiniella burtii (Romell ex Burt) Burds., Taxon 26: 329, 1977.

Peniophora burtii Romell ex Burt, in Burt, Ann. Mo. Bot. Gdn. 12: 278, 1926.

子实体：担子果一年生，平伏，贴生，膜质，与基质易分离；子实层体表面浅黄色至奶油黄色，光滑，在 KOH 试剂中无变化；边缘流苏状，有时呈菌索状，与子实层体表面同色；边缘的菌索在 KOH 试剂中呈红色；菌肉层极薄，厚不到 1 mm。

菌丝结构：菌丝系统一体系；生殖菌丝具简单分隔，菌肉菌丝偶尔具锁状联合，IKI–，CB–；菌丝组织在 KOH 试剂中无变化。

菌肉：菌肉菌丝无色，薄壁至稍厚壁，多数稍厚壁，光滑，略弯曲，常具简单分隔，偶尔有锁状联合，频繁分枝，有时菌丝上被有大量结晶体，有些菌丝缢缩至塌陷，疏松交织排列，直径为 3~7 μm。

子实层体：近子实层菌丝无色，薄壁，光滑，大量分枝，通常被有结晶，强烈交织排列，直径为 3~5 μm；囊状体圆柱形、棍棒状，顶端较尖，无色，薄壁，少数稍厚壁，基部有一简单分隔，大小为 35~51×4~6 μm；担子棍棒状，顶部有 4 个担孢子梗，基部有一简单分隔，大小为 23~33×4~5 μm；拟担子较多，形状与担子相似，但略小。

担孢子：担孢子窄椭圆形至圆柱形，近轴边平扁，无色，薄壁，光滑，有时有一个液泡，IKI–，CB–，大小为 4~5.1(~5.8)×2~2.5(~2.6) μm，平均长为 4.83 μm，平均宽为 2.24 μm，长宽比为 2.16 (*n* = 30/1)。

研究标本：河南省内乡县，IFP 10246；云南省勐海县，HKAS 48237；HKAS 48230。

生境：阔叶树倒木。

世界分布：澳大利亚，加拿大，美国，日本，中国。

讨论：伯特原毛平革菌(*Phanerochaete burtii*)与血红原毛平革菌(*Ph. sanguinea*)具有相似的担孢子和囊状体，但血红原毛平革菌成熟后子实层体表面一般为橘红色，并且其边缘菌索在 KOH 试剂中不变色，同时它的担孢子较伯特原毛平革菌的宽(4.4~6×2.5~3 μm)。

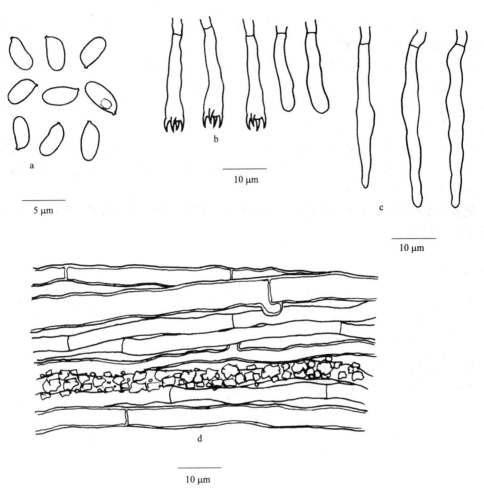

图 71　伯特原毛平革菌 *Phanerochaete burtii*（Romell ex Burt）Parmasto 的解剖结构图

a. 担孢子；b. 担子和拟担子；c. 囊状体；d. 菌肉菌丝

纤毛原毛平革菌　图 72

Phanerochaete calotricha（P. Karst.）J. Erikss. & Ryvarden, The Corticiaceae of North
　　Europe 5, p. 997, 1978.

Corticium calotrichum P. Karst., Revue Mycol., Toulouse 10: 73, 1888.

Grandiniella calotricha（P. Karst.）Burds., Taxon 26: 329, 1977.

Leptochaete calotricha（P. Karst.）Zmitr. & Spirin, Mycena 6: 39, 2006.

Terana calotricha（P. Karst.）Kuntze, Revis. Gen. Pl.（Leipzig）2: 872, 1891.

　　子实体：担子果一年生，平伏，与基质可分离，膜质，厚不到 1 mm；子实层体表面
新鲜时白色，干后奶油色至浅黄色，光滑，在 KOH 试剂中无变色反应；边缘与子实层
体表面同色，纤丝状至菌索状；菌肉层奶油色，极薄，厚不到 1 mm。

　　菌丝结构：菌丝系统一体系；生殖菌丝具简单分隔，菌肉菌丝偶尔具锁状联合，IKI−，
CB−；菌丝组织在 KOH 试剂中无变化。

菌肉：菌肉菌丝无色，稍厚壁，光滑，弯曲，常具简单分隔，偶尔具锁状联合，偶尔分枝，有时塌陷，近规则排列，直径为 3.6~11 μm。

子实层体：近子实层菌丝无色，稍厚壁，光滑，经常分枝，紧密交织排列，直径为 3~4 μm；囊状体锥形，薄壁，基部有一简单分隔，大小为 40~60×4~5.9 μm；担子棍棒状，中部稍缢缩，顶部有 4 个担孢子梗，基部有一简单分隔，大小为 25~32.5×5~6 μm；拟担子较多，形状与担子相似，但略小。

担孢子：担孢子窄椭圆形至近圆柱形，无色，薄壁，光滑，通常有 1 或 2 个液泡，IKI–，CB–，大小为 （5~）5.1~6（~6.5）×（2.4~）2.5~3 μm，平均长为 5.62 μm，平均宽为 2.76 μm，长宽比为 2.04（n = 30/1）。

研究标本：吉林省安图县长白山自然保护区，IFP 10236，IFP 10237，IFP 10238；台湾台中县，TNM 22522。

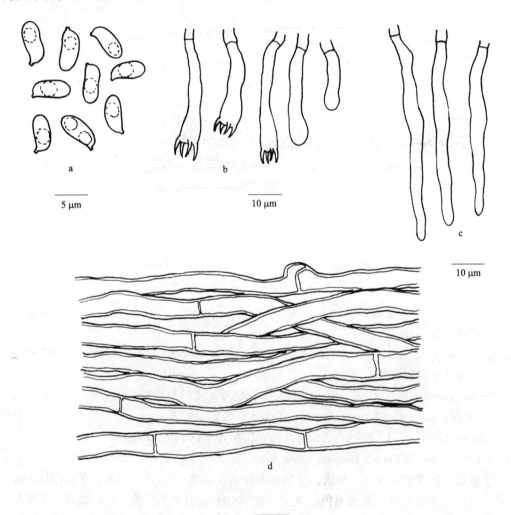

5 μm

10 μm

10 μm

10 μm

10 μm

图 72　纤毛原毛平革菌 *Phanerochaete calotricha* (P. Karst.) J. Erikss. & Ryvarden 的解剖结构图
a. 担孢子；b. 担子和拟担子；c. 囊状体；d. 菌肉菌丝

生境：阔叶树倒木。

世界分布：芬兰，挪威，瑞典，中国。

讨论：纤毛原毛平革菌（*Phanerochaete calotricha*）与乳白原毛平革菌（*Ph. galactites*）具有相似的担孢子，但是后者的子实体红褐色，边缘非菌索状；另外，乳白原毛平革菌还具有大量带有结晶的囊状体。

肉原毛平革菌　图 73

Phanerochaete carnosa (Burt) Parmasto, Eesti NSV Tead. Akad. Toim., Biol. Seer 16 (4): 388, 1967.

Grandiniella carnosa (Burt) Burds., Taxon 26: 329, 1977.

Leptochaete carnosa (Burt) Zmitr. & Spirin, in Zmitrovich, Malysheva & Spirin, Mycena 6: 39, 2006.

Membranicium carnosum (Burt) Y. Hayashi, Bull. Govt Forest Exp. Stn Meguro 260: 70, 1974.

Peniophora carnosa Burt, Ann. Mo. Bot. Gdn. 12: 325, 1926 [1925].

子实体：担子多一年生，平伏，贴生，较薄，厚不到 1 mm，膜质；子实层体表面赭色，光滑，干后不开裂，在 KOH 试剂中变为黑绿色；边缘流苏状，与子实层体表面同色。

菌丝结构：菌丝系统一体系；生殖菌丝具简单分隔，菌肉菌丝偶尔具锁状联合，IKI–，CB–；菌丝组织在 KOH 试剂中变黑褐色。

菌肉：菌肉菌丝无色，厚壁，平直，偶尔分枝，疏松交织排列，被有大量黄色结晶和无色结晶，黄色结晶在 KOH 试剂中溶解，直径为 3~6 μm。

子实层体：近子实层菌丝无色，薄壁，大量分枝，直径为 3 ~4 μm；子实层中有锥状囊状体，顶端较尖，有时稍弯曲，薄壁，一般伸出子实层，基部有一简单分隔，大小为 40~56×4~5 μm；担子棍棒状，顶部有 4 个担孢子梗，基部有一简单分隔，有时弯曲，中部稍缢缩，大小为 25~35×5~6 μm；拟担子较多，形状与担子相似，但略小。

担孢子：担孢子窄椭圆形至纺锤形，无色，薄壁，光滑，通常有 2 个小液泡，IKI–，CB–，大小为 6~8×2.5~3 (~3.1) μm，平均长为 6.86 μm，平均宽为 2.93 μm，长宽比为 2.34 (*n*=30/1)。

研究标本：广东省广州市，TNM 20930；台湾南投县，TNM 1488，台湾高雄县，TNM 1326。

生境：阔叶树落枝。

世界分布：加拿大，美国，日本，中国。

讨论：肉原毛平革菌（*Phanerochaete carnosa*）与伯特原毛平革菌（*Ph. burtii*）较为接近，区别在于后者边缘具有黄色的菌索，并在 KOH 试剂中变为红色，且其担孢子较小 (4~5.1×2~2.5 μm)。另外，肉原毛平革菌与薄原毛平革菌（*Ph. leptoderma*）具有相似的担孢子，但后者具有结晶的囊状体，且菌肉菌丝通常薄壁。

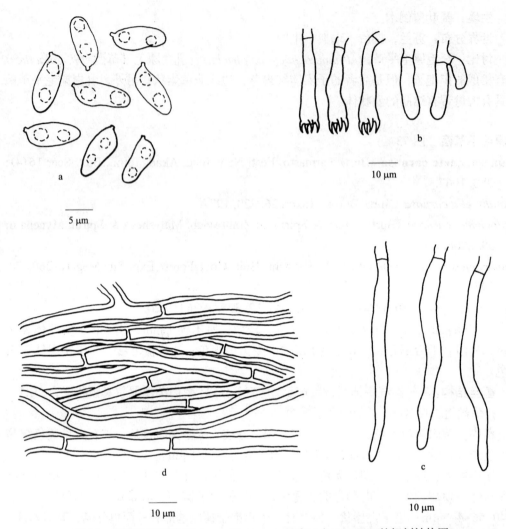

图 73　肉原毛平革菌 *Phanerochaete carnosa*（Burt）Parmasto 的解剖结构图

a. 担孢子；b. 担子和拟担子；c. 囊状体；d. 菌肉菌丝

金根原毛平革菌　图 74

Phanerochaete chrysorhiza（Torr.）Budington & Gilb., Southwest Naturalist 17（4）：417, 1973.

Grandiniella chrysorhizon（Torr.）Burds., Taxon 26: 329, 1977.

Hydnophlebia chrysorhiza（Torr.）Parmasto, Eesti NSV Tead. Akad. Toim., Biol. Seer 16（4）: 384, 1967.

Hydnum chrysorhizon Torr., Man. Bot., Edn 3: 309, 1822.

Mycoacia chrysorhiza（Torr.）Aoshima & H. Furuk., Trans. Mycol. Soc. Japan 7（2-3）: 135, 1966.

Oxydontia chrysorhiza（Torr.）D.P. Rogers & G.W. Martin, Mycologia 50: 308, 1958.

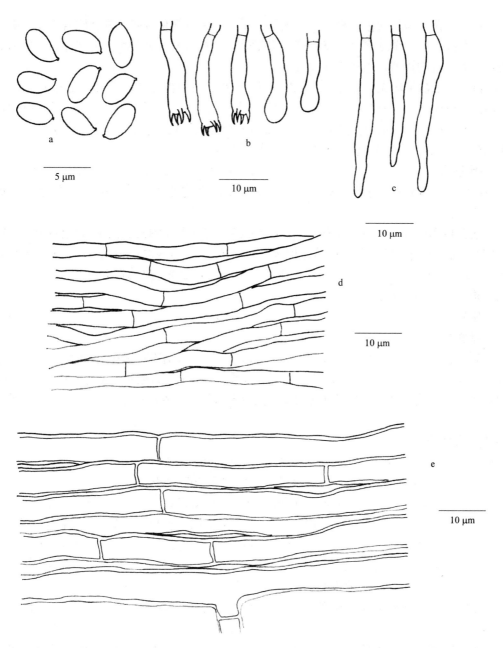

图 74　金根原毛平革菌 *Phanerochaete chrysorhiza* (Torr.) Budington & Gilb. 的解剖结构图

a. 担孢子；b. 担子和拟担子；c. 囊状体；d. 菌髓菌丝；e. 菌肉菌丝

子实体：担子果一年生，平伏，贴生，与基质易分离，极薄，膜质，长可达 50 cm，宽可达 8 cm，厚可达 2 mm；子实层体表面新鲜时橘红色，干后浅黄褐色至橘红褐色，齿状，菌齿圆柱形，顶端较尖，长约 1.5 mm，在 KOH 试剂中无变色反应；不育边缘明显，呈羽毛状或菌索状，浅橘黄色。

菌丝结构：菌丝系统一体系；生殖菌丝具简单分隔，菌肉菌丝有时具锁状联合，IKI–，CB–；菌丝组织在 KOH 试剂中无变化。

菌肉：菌肉菌丝无色，稍厚壁，光滑，平直，常具简单分隔，锁状联合少见，有时在一个分隔处有一个或多个锁状联合，大量分枝，有时被有大量块状的结晶，个别菌丝塌陷，紧密规则排列，直径为 4~11 μm。

菌齿：菌髓菌丝无色，薄壁，光滑，偶尔分枝，与菌齿近平行排列或疏松交织排列，比菌肉菌丝明显细，直径为 3~5 μm；囊状体棍棒状，薄壁，光滑，基部有一简单分隔，大小为 35~43×4~5 μm；担子棍棒状，顶部有 4 个担孢子梗，基部有一简单分隔，大小为 20~25×4.2~6 μm；拟担子较多，头状，比担子略小。

担孢子：担孢子椭圆形，无色，薄壁，光滑，IKI–，CB–，大小为 (4~)4.1~5.2(~5.5)×2~3 μm，平均长为 4.88 μm，平均宽为 2.49 μm，长宽比为 1.96 (*n*=30/1)。

研究标本：辽宁省丹东宽甸县，IFP 10569；吉林省安图县长白山自然保护区，IFP 10570；河南省内乡县宝天曼自然保护区 IFP 10480，IFP 10481；湖北省神农架自然保护区，IFP 10478，IFP 10479；四川省盐边县，HKAS 48029；陕西省宝鸡市眉县太白山自然保护区，IFP 10571。

生境：多种阔叶树倒木。

世界分布：美国，日本，中国。

讨论：金根原毛平革菌（*Phanerochaete chrysorhiza*）区别于同属其他种的特征是子实层体表面橘红色、齿状。因此，该种在野外很容易识别。金根原毛平革菌与伯特原毛平革菌（*Ph. burtii*）具有相似的担孢子和囊状体，但后者的子实层体表面光滑、浅黄色至奶油色。

厚层原毛平革菌　图 75

Phanerochaete crassa (Lév.) Burds., Mycol. Mem. 10: 67, 1985.

Thelephora crassa Lév., Annls Sci. Nat., Bot., Sér. 3 2: 209, 1844.

Lopharia crassa (Lév.) Boidin, Bull. Trimest. Soc. Mycol. Fr. 74: 479, 1959.

子实体：担子果一年生，平伏、平伏反卷至盖形，与基质不易分离，干后革质；菌盖扇形，左右连生，长可达 3 cm，宽可达 2 cm，厚可达 3 mm；菌盖表面灰白色，被密绒毛，具同心环纹；边缘钝；子实层体表面咖啡色，光滑，干后有裂纹，在 KOH 试剂中无变色反应；菌肉层同菌盖颜色，革质，厚约 1 mm。

菌丝结构：菌丝系统一体系；生殖菌丝具简单分隔，IKI–，CB–；菌丝组织在 KOH 试剂中无变化。

菌肉：菌肉菌丝无色，厚壁（壁厚约 1.5 μm），光滑，弯曲，偶尔分枝，疏松交织排列，直径为 4~9 μm。

子实层体：近子实层菌丝无色，稍厚壁，光滑，大量分枝，强烈紧密交织排列，直径为 3~4 μm；囊状体锥形，黄褐色，厚壁，上部被有结晶，伸出或埋入子实层，有的由菌肉中的菌丝发育而来，长度可超过 100 μm，直径为 8~11 μm，基部有一简单分隔；未见担子；拟担子较多，棍棒状。

担孢子：担孢子椭圆形，无色，薄壁，光滑，IKI–，CB–，大小为 (4.9~)5~6.5(~7)×(2.6~)2.7~3.1(~3.5) μm，平均长为 5.71 μm，平均宽为 2.95 μm，长宽比 1.94 (*n*=30/1)。

研究标本：浙江省临安县天目山自然保护区，HMAS 47061；福建省崇安县，HMAS 31796；河南省鲁山县石人山风景区，IFP 10419；湖北省神农架自然保护区，HAMS 54060，HMAS 54060；湖南省宜章县莽山国家森林公园，IFP 10241，IFP 10240；广西壮族自治区武鸣县，IFP 10242，广西壮族自治区百色市田林县，HMAS 25002；海南省昌江县霸王岭自然保护区，HMAS 46407；四川省都江堰市青城山，HMAS 31674；贵州省册亨县，HMAS 26374；云南省普洱市，HMAS 20400，HMAS 20398，云南省西盟县，TNM 18694，TNM 18719，TNM 18695；西藏自治区墨脱县，HMAS 51758；陕西省宝鸡市眉县太白山自然保护区，HMAS 33880，HMAS 33884，HMAS 33885，HMAS 33881；台湾高雄县，TNM 5077，台湾兰屿，TNM 12023。

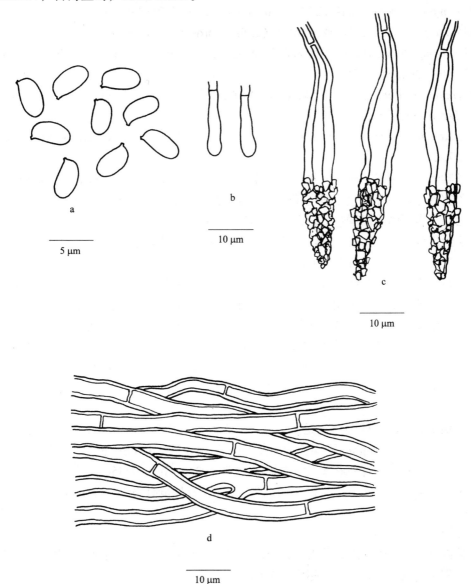

图 75　厚层原毛平革菌 *Phanerochaete crassa* (Lév.) Burds. 的解剖结构图

a. 担孢子；b. 拟担子；c. 囊状体；d. 菌肉菌丝

生境：阔叶树倒木。

世界分布：澳大利亚，比利时，美国，越南，中国。

讨论：厚层原毛平革菌（*Phanerochaete crassa*）与该属中其他种类的区别在于它具有平伏至盖状的子实体和黄褐色被有结晶的囊状体。该种与原毛平革菌（*Ph. velutina*）具有相似的担孢子和囊状体，但后者的担子果平伏，担孢子较宽（5~6.5×3~3.5 μm）。

丝状原毛平革菌　图 76

Phanerochaete filamentosa（Berk. & M.A. Curtis）Burds., in Parker & Roane, Distr. Hist. Biota S. Appal. 4: 278, 1977.

Corticium filamentosum Berk. & M.A. Curtis, Grevillea 1 (12): 178, 1873.

Grandiniella filamentosa（Berk. & M.A. Curtis）Burds., Taxon 26: 329, 1977.

Membranicium filamentosum（Berk. & M.A. Curtis）Y. Hayashi, Bull. Govt Forest Exp. Stn Meguro 260: 61, 1974.

Phanerochaete filamentosa（Berk. & M.A. Curtis）Parmasto, Consp. System. Corticiac. (Tartu): 83, 1968.

Rhizochaete filamentosa（Berk. & M.A. Curtis）Gresl., Nakasone & Rajchenb., Mycologia 96: 267, 2004.

子实体：担子果一年生，平伏，贴生，与基质易分离；新鲜时较软，干后膜质，较脆；子实层体表面深赭色至浅土黄色，光滑，在 KOH 试剂中变为紫色；边缘有菌索；菌肉层与子实层体表面同色，较薄，厚不到 1 mm。

菌丝结构：菌丝系统一体系；生殖菌丝具简单分隔，菌肉菌丝偶尔具锁状联合，IKI–，CB–；菌丝组织在 KOH 试剂中无变化。

菌肉：菌肉菌丝无色，薄壁至稍厚壁，经常具简单分隔，偶尔具锁状联合，有分枝，被有大量的黄色结晶，近规则排列，直径通常为 3~7 μm，有时可达 9 μm。

子实层体：近子实层菌丝无色，稍厚壁，大量分枝，被有大量的黄色结晶，紧密交织排列，直径为 2~5 μm；黄色的结晶在 KOH 试剂中溶解；囊状体大量存在，锥形，被有结晶，厚壁，基部有一简单分隔，大小为 59~80×5~7 μm；担子棒棒状，顶部有 4 个担孢子梗，基部有一简单分隔，大小为 20~31×5~6 μm；拟担子较多，形状与担子相似，但略小。

担孢子：担孢子椭圆形，无色，薄壁，光滑，通常有一液泡，IKI–，CB–，大小为 3~4.7 (~5)×(2~) 2.2~3 μm，平均长为 4.02 μm，平均宽为 2.65 μm，长宽比 1.52 (*n*=30/1)。

研究标本：湖北省神农架自然保护区，IFP 10244，IFP 10245；广西壮族自治区龙州县，IFP 10243；台湾高雄县，TNM 1327。该种在吉林也有报道（Hjortstam and Ryvarden 1988）。

生境：阔叶树倒木。

世界分布：澳大利亚，丹麦，德国，俄罗斯，芬兰，古巴，美国，墨西哥，尼泊尔，日本，瑞典，新西兰，印度，越南，中国。

讨论：丝状原毛平革菌（*Phanerochaete filamentosa*）很容易辨认，深赭色至浅土黄色的子实层体表面，边缘具有菌索，子实层体表面在 KOH 试剂中变为紫色。微观上来说，该种的担孢子较小，并且菌丝被有大量黄色结晶。丝状原毛平革菌与变红原毛平革菌（*Ph. rubescens*）具有相似的担孢子，但后者的子实层体在 KOH 试剂中变为红色，且其囊状体短且粗（20~50×7~12 μm）。

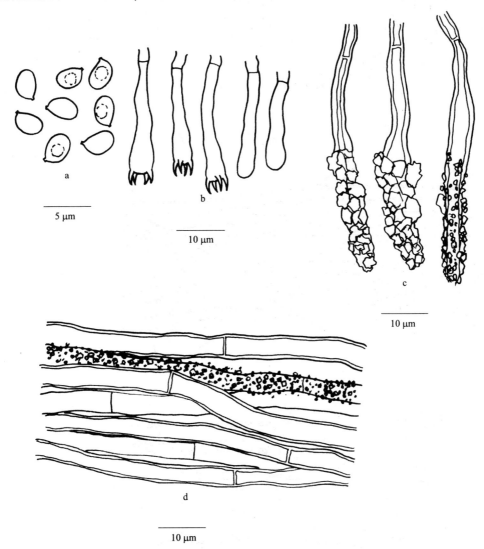

图 76　丝状原毛平革菌 *Phanerochaete filamentosa*（Berk. & M.A. Curtis）Burds. 的解剖结构图
a. 担孢子；b. 担子和拟担子；c. 囊状体；d. 菌肉菌丝

乳白原毛平革菌　图 77

Phanerochaete galactites（Bourdot & Galzin）J. Erikss. & Ryvarden, The Corticiaceae of North Europe 5, p. 1005, 1978.

Corticium rhodoleucum subsp. *galactites* Bourdot & Galzin, Hyménomyc. de France, p. 189, 1928.

Leptochaete galactites（Bourdot & Galzin）Zmitr. & Spirin, Mycena 6: 39, 2006.

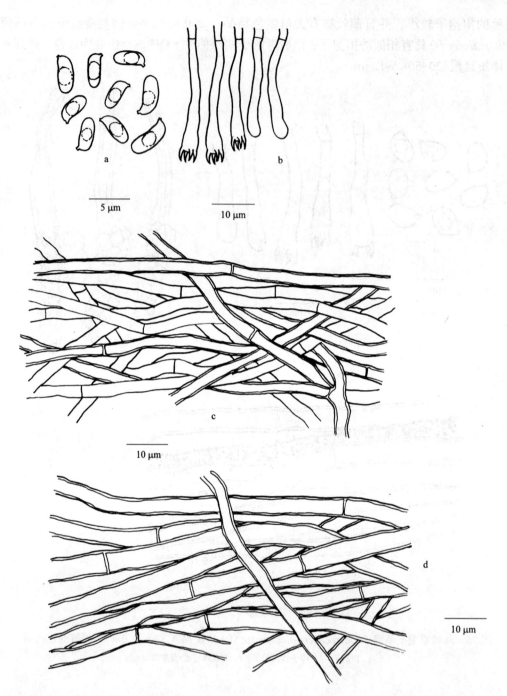

图 77　乳白原毛平革菌 *Phanerochaete galactites* (Bourdot & Galzin) J. Erikss. & Ryvarden 的
显微结构图

a. 担孢子；b. 担子和拟担子；c. 菌肉菌丝；d. 近基质菌肉菌丝

　　子实体：担子果一年生，平伏，贴生，与基质不易分离，韧革质，厚约 1.5 mm；子实层体表面黄褐色至红褐色，光滑至瘤状，干后稍微裂开，在 KOH 试剂中不变色；边缘渐薄，不明显；菌肉层褐色，厚约 1 mm，木栓质。

菌丝结构：菌丝系统一体系；生殖菌丝具简单分隔，菌肉菌丝有时也具锁状联合，IKI−，CB−；菌丝组织在 KOH 试剂中无变化。

菌肉：菌肉菌丝无色，薄壁至稍厚壁，光滑，弯曲，大量分枝，经常具简单分隔，偶尔具锁状联合，有时菌丝塌陷，疏松交织排列，直径为 2.8~5 μm；近基质的菌丝黄褐色，厚壁，平直，具简单分隔，偶尔具锁状联合，偶尔分枝，疏松交织排列，直径为 4~8 μm。

子实层体：近子实层菌丝无色，薄壁，光滑，大量分枝，紧密交织排列，直径为 2.8~4 μm；子实层中无囊状体和拟囊状体；担子棍棒状，顶部有 4 个担孢子梗，基部有一简单分隔，大小为 29~38×4~5 μm；拟担子较多，形状与担子相似，但略小。

担孢子：担孢子窄椭圆形至圆柱形，在梗端略弯曲，无色，薄壁，光滑，通常有一液泡，IKI−，CB−，大小为（4~）4.1~6（~8）×2~3 μm，平均长为 5.04 μm，平均宽为 2.29 μm，长宽比为 2.14~2.27（n=63/2）。

研究标本：吉林省桦甸县，IFP 10247，吉林省安图县长白山自然保护区，IFP 10248；IFP 10445，IFP 10446，IFP 10447，IFP 10448，IFP 10449，IFP 10450。

生境：阔叶树腐朽木、倒木。

世界分布：法国，美国，挪威，日本，瑞典，中国。

讨论：乳白原毛平革菌（*Phanerochaete galactites*）的特征是黄褐色至红褐色、光滑至瘤状的子实层体表面。该种是原毛平革菌属在中国发现种类中 2 个无囊状体的种类之一，另一个种类是热带原毛平革菌（*Ph. tropica*），但后者有拟囊状体，且其担孢子较大（7~8.5×4.5~5.5 μm），比乳白原毛平革菌的担孢子明显大。

薄原毛平革菌　图 78

Phanerochaete leptoderma Sheng H. Wu, Acta Bot. Fenn. 142: 45, 1990.

子实体：担子果一年生，平伏，贴生，与基质不易分离，近蜡质，很薄，厚 100~220 μm；子实层体表面奶油色，光滑，干后有时会开裂，在 KOH 试剂中不变色；边缘与子实层体表面同色或稍浅，蛛网状或菌丝状。

菌丝结构：菌丝系统一体系；生殖菌丝具简单分隔，IKI−，CB−；菌丝组织在 KOH 试剂中无变化。

菌肉：菌肉菌丝无色，薄壁至稍厚壁，多数薄壁，光滑，平直，偶尔分枝，疏松交织排列，直径为 2.5~4.5 μm。

子实层体：近子实层菌丝无色，薄壁，大量分枝，紧密交织排列，直径为 2~4 μm；囊状体大量存在，棍棒形，顶端钝或较尖，厚壁，一般上半部分被有结晶，伸出或埋入子实层，基部有一简单分隔，大小为 35~65×4~6 μm；担子棍棒状，顶部有 4 个担孢子梗，基部有一简单分隔，大小为 21~28×4~5 μm；拟担子较多，形状与担子相似，但比担子明显小。

担孢子：担孢子圆柱形，无色，薄壁，光滑，通常有多个液泡，IKI−，CB−，大小为（6~）6.5~7.8（~8）×2.8~3.2 μm，平均长为 6.95 μm，平均宽为 3.03 μm，长宽比为 2.29（n=30/1）。

研究标本：云南省西盟县，TNM 18718，云南省西双版纳勐仑镇，TNM 20480；台湾玉山公园，TNM 2403，台湾台北县，TNM 264，TNM 2392，TNM 22178，台湾台东县，TNM 5117，台湾兰屿，TNM 12024，台湾南投县，TNM 14911，台湾宜兰县，TNM 124，台湾台东县，TNM 22185，台湾屏东县，TNM 395。

生境：阔叶树落枝。

世界分布：中国。

讨论：薄原毛平革菌（*Phanerochaete leptoderma*）的主要特征是具有光滑、蜡质的子实层体，圆柱形且较大的担孢子。该种与光滑原毛平革菌（*Ph. laevis*（Fr.）J. Erikss. & Ryvarden）较相似，但是后者的担孢子较前者的明显短（4.5~6 μm）（Eriksson *et al.* 1978）。

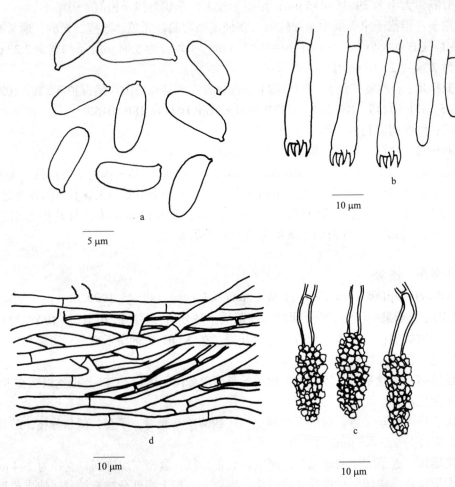

图 78 薄原毛平革菌 *Phanerochaete leptoderma* Sheng H. Wu 的解剖结构图
a. 担孢子；b. 担子和拟担子；c. 囊状体；d. 菌肉菌丝

玛梯里原毛平革菌 图 79

Phanerochaete martelliana (Bres.) J. Erikss. & Ryvarden, The Corticiaceae of North Europe 5, p. 1011, 1978.

Corticium martellianum Bres., Boll. Soc. Bot. Ital. 22: 258, 1890.

Grandiniella martelliana (Bres.) Zmitr. & Spirin, in Zmitrovich, Malysheva & Spirin,

Mycena 6: 37, 2006.

Peniophora martelliana（Bres.）Sacc., Syll. Fung.（Abellini）9: 239, 1891.

Phanerochaete martelliana（Bres.）Parmasto, Consp. System. Corticiac.（Tartu）: 84, 1968.

子实体：担子果一年生，平伏，贴生，较薄，厚约 0.5 mm；子实层体表面肉红褐色，光滑，干后有裂纹，在 KOH 试剂中不变色；边缘窄流苏状；菌肉层奶油色，木栓质，厚不到 0.5 mm。

菌丝结构：菌丝系统一体系；生殖菌丝具简单分隔，菌肉菌丝有时也具锁状联合，IKI–，CB–；菌丝组织在 KOH 试剂中无变化。

菌肉：菌肉菌丝无色，稍厚壁至厚壁(壁厚可达 2 μm)，有一宽的内腔，光滑，有时被有颗粒状的结晶，弯曲，频繁分枝，经常具简单分隔，偶尔具锁状联合，疏松交织排列，直径为 4~8 μm。

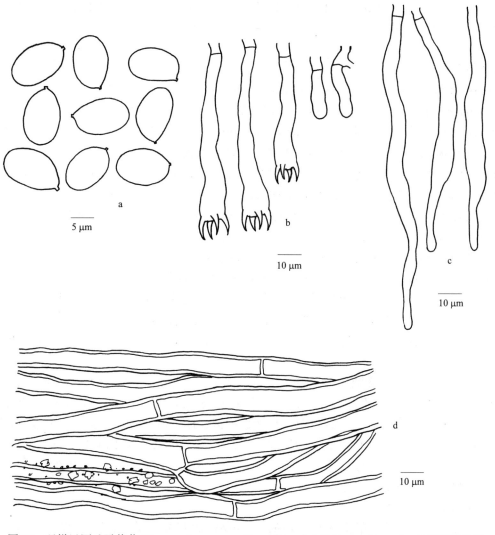

图 79　玛梯里原毛平革菌 *Phanerochaete martelliana*（Bres.）J. Erikss. & Ryvarden 的解剖结构图

a. 担孢子；b. 担子和拟担子；c. 囊状体；d. 菌肉菌丝

子实层体：近子实层菌丝无色，稍厚壁，光滑，频繁分枝，紧密交织排列，直径为 2.8~4 μm；囊状体细圆柱状，顶端较尖，从中部到基部稍厚壁，基部有一简单分隔，大小为 50~80×5~6 μm；担子棍棒状，顶部有 4 个担孢子梗，基部有一简单分隔，大小为 35~45×6~8 μm；拟担子较多，形状与担子相似，但比担子明显小。

担孢子：担孢子宽椭圆形，无色，薄壁，光滑，IKI–，CB–，大小为 7.1~9 × 4.5~6 μm，平均长为 8.05 μm，平均宽为 5.09 μm，长宽比为 1.58（n=30/1）。

研究标本：四川省盐边县，HKAS 48042，HKAS 48041。

生境：阔叶树倒木。

世界分布：澳大利亚，法国，西班牙，意大利，伊朗，中国。

讨论：玛梯里原毛平革菌（*Phanerochaete martelliana*）的主要特征是具有较大、宽椭圆形的担孢子和尖顶、圆柱状的囊状体。在原毛平革菌属中国发现的种类中，只有热带原毛平革菌（*Ph. Tropica*）的担孢子与玛梯里原毛平革菌的相近，但热带原毛平革菌无囊状体，而只有拟囊状体。

拉氏原毛平革菌　图 80

Phanerochaete ravenelii（Cooke）Burds., Mycol. Mem. 10: 104, 1985.

Peniophora ravenelii Cooke, Grevillea 8: 21, 1879.

Phlebiopsis ravenelii（Cooke）Hjortstam, Windahlia 17: 58, 1987.

子实体：担子果一年生，平伏，贴生，与基质不宜分离，较薄，不到 1 mm；子实层体表面棕褐色至污黄褐色，光滑，偶尔裂开，在 KOH 试剂中不变色；子实层表面硬；边缘不明显；菌肉层较子实层体表面颜色浅，木栓质，厚不到 1 mm。

菌丝结构：菌丝系统一体系；生殖菌丝具简单分隔，IKI–，CB–；菌丝组织在 KOH 试剂中无变化。

菌肉：菌肉菌丝无色，厚壁，有一个较宽的内腔，光滑，平直，偶尔分枝，有的菌丝塌陷，所有菌丝黏结在一起，紧密交织排列或近规则排列，直径为 2.5~9 μm。

子实层体：近子实层菌丝无色，薄壁，光滑，大量分枝，紧密交织排列，直径为 2.5~9 μm；囊状体锥形，无色，薄壁至稍厚壁，被有大量结晶，伸出或埋入子实层，基部有一简单分隔，长度可超过 100 μm，直径为 8~12 μm；未见担子；有大量的拟担子，短棍棒状。

担孢子：担孢子椭圆形，近轴边较直，无色，薄壁，光滑，IKI–，CB–，大小为 (4.9~)5~6×3~3.5 μm，平均长为 5.23 μm，平均宽为 3.12 μm，长宽比为 1.68（n=30/1）。

研究标本：吉林省安图县长白山自然保护区，HMAS 56697；安徽合肥市，TNM 10426；台湾兰屿，TNM 10028，台湾南投县，TNM 14908，TNM 14915。该种在山西、江苏、浙江、安徽、河南、湖南、广东、广西和云南也有报道（Dai *et al.* 2004）。

生境：阔叶树倒木或落枝。

世界分布：中国。

讨论：拉氏原毛平革菌（*Phanerochaete ravenelii*）与黄白原毛平革菌（*Ph. flavidoalba*（Cooke）S.S. Rattan）很相似，但区别在于后者的担孢子较前者的大（5.5~7.5×3.5~4.5 μm，Burdsall 1985）。拉氏原毛平革菌与原毛平革菌（*Ph. velutina*）具有相似的担孢子和结晶囊状体，但是后者的担子果膜质，菌肉菌丝疏松交织排列，囊状体通常厚壁。

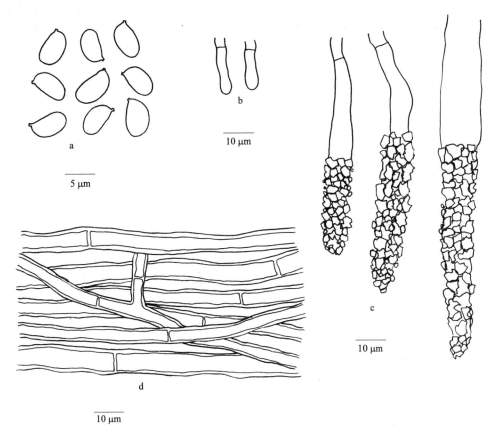

图 80　拉氏原毛平革菌 *Phanerochaete ravenelii*（Cooke）Burds. 的解剖结构图

a. 担孢子；b. 拟担子；c. 囊状体；d. 菌肉菌丝

变红原毛平革菌　图 81

Phanerochaete rubescens Sheng H. Wu, Mycol. Res. 102: 1131, 1998.

　　子实体：担子果一年生，平伏，贴生，膜质，较薄，厚 200~500 μm；子实层体表面奶油色，光滑，在 KOH 试剂中变为红色，偶尔裂开；边缘硫磺色，菌丝状。

　　菌丝结构：菌丝系统一体系；生殖菌丝具简单分隔，偶尔具锁状联合，IKI–，CB–；菌丝组织在 KOH 试剂中无变化。

　　菌肉：菌肉菌丝无色，厚壁（壁厚可达 1.5 μm），弯曲，偶尔分枝，并被有大量黄色和无色的结晶，黄色结晶在 KOH 试剂中溶解，疏松交织排列，直径为 3~6 μm。

　　子实层体：近子实层菌丝无色，稍厚壁，大量分枝，并被有结晶，紧密交织排列，直径为 3~5 μm；囊状体大量存在，锥形或圆柱形，厚壁，顶端被有大量结晶，伸出或埋入子实层，基部有一简单分隔，大小为 20~50×7~12 μm；担子棍棒状，顶部有 4 个担孢子梗，基部有一简单分隔，大小为 20~30×5~6 μm；拟担子较多，形状与担子相似，但略小。

担孢子：担孢子宽椭圆形，无色，薄壁，光滑，通常有一个液泡，IKI–，CB–，大小为 3.5~4.6×2.8~3 μm，平均长为 4.13 μm，平均宽为 2.91 μm，长宽比为 1.42（$n=30/1$）。

研究标本：广东省广州市，TNM 20296；台湾玉山公园，TNM 7664，台湾桃园县，TNM 11344，台湾台北市，TNM 10425，台湾南投县，TNM 7665。

生境：阔叶树树桩或倒木上。

世界分布：中国。

讨论：变红原毛平革菌（*Phanerochaete rubescens*）与鲑黄原毛平革菌（*Ph. salmoneolutea* Burds. & Gilb.）较相似，它们的边缘都有菌丝束，子实层体表面在 KOH 试剂中都变为红色，也都具有被有结晶的囊状体及具有大小接近的担孢子，但是后者具有橘色的子实层体表面（Burdsall 1985）。

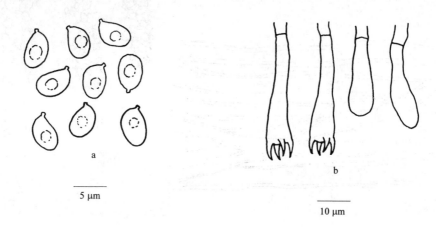

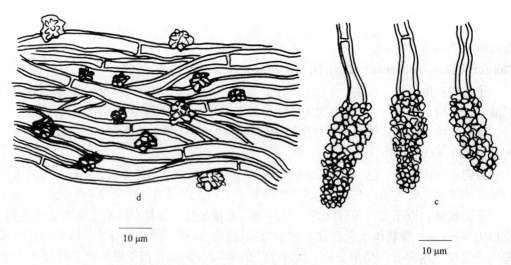

图 81　变红原毛平革菌 *Phanerochaete rubescens* Sheng H. Wu 的解剖结构图

a. 担孢子；b. 担子和拟担子；c. 囊状体；d. 菌肉菌丝

血红原毛平革菌　图 82

Phanerochaete sanguinea (Fr.) Pouzar, Česká Mykol. 27: 26, 1973.

Corticium sanguineum (Fr.) Fr., Epicr. Syst. Mycol. (Upsaliae): 561, 1838.

Grandiniella sanguinea (Fr.) Burds., Taxon 26: 329, 1977.

Kneiffia sanguinea (Fr.) Bres., Annls Mycol. 1(1/2): 101, 1903.

Leptochaete sanguinea (Fr.) Zmitr. & Spirin, Mycena 6: 39, 2006.

Membranicium sanguineum (Fr.) Y. Hayashi, Bull. Govt Forest Exp. Stn Meguro 260: 66, 1974.

Peniophora sanguinea (Fr.) Höhn. & Litsch., Sber. Akad. Wiss. Wien, Math.-Naturw. Kl., Abt. 1, 115: 1588, 1907.

Terana sanguinea (Fr.) Kuntze, Revis. Gen. Pl. (Leipzig) 2: 872, 1891.

Thelephora sanguinea Fr., Elench. Fung. (Greifswald) 1: 203, 1828.

子实体：担子果一年生，平伏，与基质易分离，膜质；子实层体表面浅橘黄色至橘红色，成熟的子实层体表面有时有红色斑点，光滑，干后偶尔有开裂，在 KOH 试剂中变成橄榄绿；边缘流苏状或成菌索，奶油色；菌肉层橘红色，较薄，厚不到 1 mm。

菌丝结构：菌丝系统一体系；生殖菌丝具简单分隔，菌肉菌丝有时也具锁状联合，IKI–，CB–；菌丝组织在 KOH 试剂中变为褐色。

菌肉：菌肉菌丝无色，稍厚壁，弯曲，偶尔分枝，常具简单分隔，有时有锁状联合存在，偶尔在一个分隔处有 2 个锁状联合，有的菌丝上被有大量颗粒状结晶，近规则排列或疏松交织排列，直径为 4~11 μm。

子实层体：近子实层菌丝无色，薄壁，光滑，频繁分枝，强烈交织排列，直径为 3~4 μm；囊状体圆柱形，顶端稍尖，薄壁至稍厚壁，光滑，突出子实层，基部有一简单分隔，大小为 37~45 × 4~5.1 μm；担子棍棒状，顶部有 4 个担孢子梗，基部有一简单分隔，大小为 25~30 × 4~5.7 μm；拟担子较多，形状与担子相似，但略小。

担孢子：担孢子窄椭圆形，无色，薄壁，光滑，通常有 1 或 2 个液泡，IKI–，CB–，大小为 4.4~6 × (2.4~)2.5~3(~3.1) μm，平均长为 5.26 μm，平均宽为 2.79 μm，长宽比为 1.87 (*n*=30/1)。

研究标本：吉林省安图县长白山自然保护区，HMAS 88162，IFP 10438，IFP 10439，TNM 15264；台湾高雄县，TNM 14914。该种在四川也有分布 (Maekawa *et al.* 2002)。

生境：阔叶树倒木或落枝。

世界分布：丹麦，芬兰，加拿大，美国，挪威，日本，瑞典，中国。

讨论：血红原毛平革菌 (*Phanerochaete sanguinea*) 最明显的特征是子实层体表面光滑、橘红色。Eriksson 等 (1978) 认为有的囊状体被有结晶，但是在中国的材料中没有发现此类囊状体。金根原毛平革菌 (*Ph. chrysorhiza*) 也具有橘红色子实层体，但该种子实层体表面为齿状。橙色原毛平革菌 (*Ph. viticola*) 的子实层体有时也为暗橘红色，但它的囊状体通常厚壁，担孢子大 (8.1~11 × 4~5 μm)。

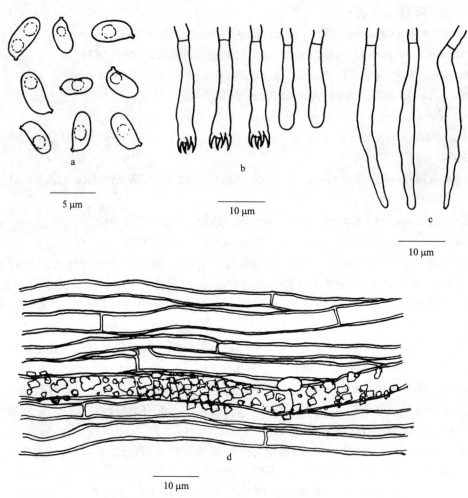

图 82　血红原毛平革菌 *Phanerochaete sanguinea*（Fr.）Pouzar 的解剖结构图

a. 担孢子；b. 担子和拟担子；c. 囊状体；d. 菌肉菌丝

污原毛平革菌　图 83

Phanerochaete sordida（P. Karst.）J. Erikss. & Ryvarden, The Corticiaceae of North Europe 5, p. 1023, 1978.

Corticium sordidum P. Karst., Meddn Soc. Fauna Flora Fenn. 9: 65, 1882.

Grandiniella sordida（P. Karst.）Zmitr. & Spirin, Mycena 6: 37, 2006.

Peniophora sordida（P. Karst.）Burt, Ann. Mo. Bot. Gdn. 12: 280, 1926.

Peniophora sordida（P. Karst.）Höhn. & Litsch., Sber. Akad. Wiss. Wien, Math.-Naturw. Kl., Abt. 1115: 1559, 1906.

Terana sordida（P. Karst.）Kuntze, Revis. Gen. Pl.（Leipzig）2: 872, 1891.

　　子实体：担子果一年生，平伏，贴生，与基质不易分离，韧革质，中度厚，约 1 mm；子实层体表面新鲜时奶油色，干后浅赭色，光滑，在 KOH 试剂中无变色反应；边缘不明显；菌肉层浅赭色，棉絮状，厚不到 1 mm。

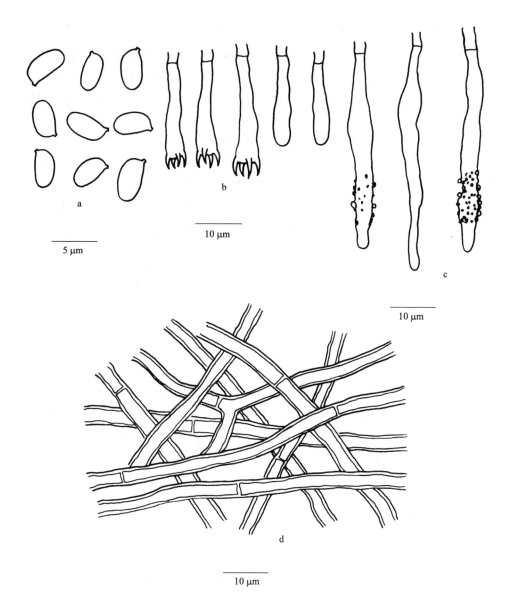

图 83　污原毛平革菌 *Phanerochaete sordida*（P. Karst.）J. Erikss. & Ryvarden 的解剖结构图

a. 担孢子；b. 担子和拟担子；c. 囊状体；d. 菌肉菌丝

菌丝结构： 菌丝系统一体系；生殖菌丝具简单分隔，菌肉菌丝无锁状联合，IKI–，CB–；菌丝组织在 KOH 试剂中无变化。

菌肉： 菌肉菌丝无色，厚壁（壁厚约 1 μm），光滑，大量分枝，有的菌丝缢缩，平直，疏松交织排列，直径为 3~7 μm。

子实层体： 近子实层菌丝无色，薄壁，光滑，大量分枝，紧密交织排列，直径为 3~5 μm；囊状体圆柱状、近纺锤状、锥状，薄壁至稍厚壁，光滑或中部被有结晶，基部有一简单分隔，大小为 52~64 × 5~6 μm；担子长棍棒状，顶部有 4 个担孢子梗，基部有一简单分隔，大小为 25~31×5.5~6 μm；拟担子较多，形状与担子相似，但略小。

担孢子： 担孢子椭圆形，无色，薄壁，光滑，IKI–，CB–，大小为

4.9~6×(2.5~)2.8~3.1 μm，平均长为 5.41 μm，平均宽为 2.97 μm，长宽比为 1.82（n=30/1）。

研究标本：河南省内乡县宝天曼自然保护区，IFP 10249；湖北省武汉市，TNM 20824，TNM 20919，TNM 20911，TNM 20889，TNM 20887，TNM 20845，TNM 20839，TNM 20838；四川省阿坝州松潘县九寨沟，HKAS 47794，HKAS 47795，四川省西昌市，HKAS 47944，HKAS 47966，四川省盐边县，HKAS 48032，四川省名山县，HKAS 48080，HKAS 48082，HKAS 48083，四川省都江堰市青城前山，TNM 12166，TNM 12192，TNM 12178；云南省文山市西华山，TNM 14701，云南省西双版纳勐仑自然保护区，TNM 7880，云南省西双版纳勐远南贡山自然保护区，TNM 20468，云南省昆明西山，TNM 13728，云南省楚雄市，TNM 13670；台湾玉山公园，TNM 377，台湾台北市阳明山公园，TNM 13451，台湾宜兰县，TNM 15088，TNM 14843，台湾台东县，TNM 10562，台湾台中县，TNM 10543，TNM 22351，台湾高雄县，TNM 1535，TNM 14895，TNM 18743，台湾新竹县，TNM 17071，台湾南投县，TNM 10397，TNM 10246，TNM 14899，TNM 8598，台湾莲花县，TNM 13770。该种在江苏、浙江、福建、广东、广西、海南、贵州和西藏也有报道（Dai *et al.* 2004）。

生境：阔叶树倒木、落枝。

世界分布：澳大利亚，丹麦，芬兰，加拿大，美国，尼泊尔，挪威，日本，瑞典，泰国，伊朗，中国。

讨论：从外部形态来看，污原毛平革菌（*Phanerochaete sordida*）与南方原毛平革菌（*Ph. australis*）很相似，它们都具有韧革质和光滑的子实层体，棉絮状的菌肉层，但是在微观上，污原毛平革菌的菌肉菌丝中无锁状联合，囊状体光滑或仅中部被有结晶。污原毛平革菌与血红原毛平革菌（*Ph. sanguinea*）具有相似的担孢子和囊状体，但后者子实体为橘红色，且菌肉菌丝有时有锁状联合。

革质原毛平革菌　图 84

Phanerochaete stereoides Sheng H. Wu, Mycotaxon 54: 168, 1995.

子实体：担子果一年生，平伏，贴生，中度厚，约 1 mm，新鲜时无特殊气味；子实层体表面灰色至灰红色，光滑，在 KOH 试剂中无变色反应；边缘明显，奶油色，渐薄，宽不到 1 mm；菌肉层浅褐色，较薄，厚不到 1 mm。

菌丝结构：菌丝系统一体系；生殖菌丝具简单分隔，菌肉菌丝有时也具锁状联合，IKI−，CB−；菌丝组织在 KOH 试剂中无变化。

菌肉：菌肉菌丝浅褐色，厚壁（壁厚约 1 μm），光滑，常具简单分隔，偶尔具锁状联合，偶尔有分枝，有时塌陷，近规则排列或疏松交织排列，直径为 3~6 μm。

子实层体：近子实层菌丝紧密交织排列，无色，厚壁，光滑，频繁分枝，直径为 2~3 μm；囊状体近圆柱形至近纺锤形，薄壁，基部有一简单分隔，大小为 38~56×7~10.8 μm；担子长棍棒状，顶部有 4 个担孢子梗，基部有一简单分隔，大小为 27~36×5~6 μm；拟担子较多，形状与担子相似，但比担子明显小。

担孢子：担孢子圆柱形至近腊肠形，无色，薄壁，光滑，IKI−，CB−，大小为 (5.9~)6~7(~7.2)×(2.9~)3~3.5(~4) μm，平均长为 6.27 μm，平均宽为 3.07 μm，长宽比为 2.04（n=30/1）。

研究标本：湖北省神农架自然保护区，IFP 10239；云南省西双版纳勐养，TNM 7801；台湾台北县，TNM 2751。

生境：阔叶树倒木。

世界分布：日本，中国。

讨论：革质原毛平革菌（*Phanerochaete stereoides*）与褐色原毛平革菌（*Ph. brunnea* Sheng H. Wu）较相似，它们都有褐色的菌肉菌丝，但是后者没有囊状体，担孢子也较小（4.5~5.5×2.3~3 μm，Wu 1990）。革质原毛平革菌与薄原毛平革菌（*Ph. leptoderma*）的担孢子大小相近，但后者的担孢子不弯曲、典型圆柱状，其菌丝为无色，囊状体锥形、厚壁、有结晶。

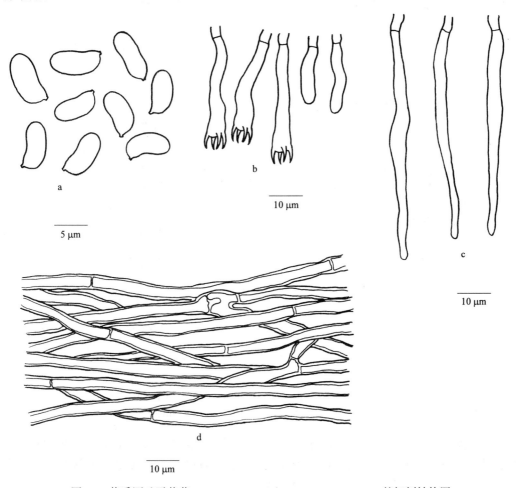

图 84　革质原毛平革菌 *Phanerochaete stereoides* Sheng H. Wu 的解剖结构图

a. 担孢子；b. 担子和拟担子；c. 囊状体；d. 菌肉菌丝

热带原毛平革菌　图 85

Phanerochaete tropica（Sheng H. Wu）Hjortstam, Mycotaxon 54: 189, 1995.

Efibula tropica Sheng H. Wu, Acta Bot. Fenn. 142: 25, 1990.

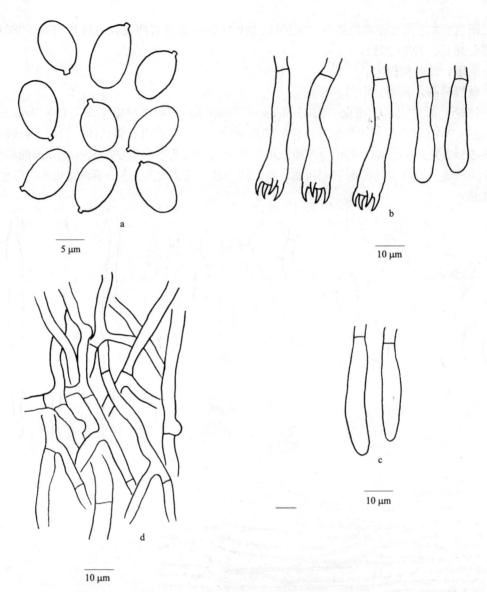

图 85 热带原毛平革菌 *Phanerochaete tropica* (Sheng H. Wu) Hjortstam 的解剖结构图

a. 担孢子；b. 担子和拟担子；c. 拟囊状体；d. 菌肉菌丝

子实体：担子果一年生，平伏，贴生，蜡质，不易与基质分离，极薄，厚 50~150 μm；子实层体表面浅土黄色至浅黄褐色，光滑或瘤状，后期裂开，在 KOH 试剂中无变色反应；边缘颜色较浅，渐薄，蛛网状或粉末状。

菌丝结构：菌丝系统一体系；生殖菌丝具简单分隔，无锁状联合，IKI–，CB–；菌丝组织在 KOH 试剂中无变化。

菌肉：菌肉层有明显的 2 层，基部菌丝无色，薄壁，光滑，弯曲，频繁分枝，近规则排列，直径为 2.5~4.5 μm；中部菌丝无色，薄壁，光滑，弯曲，大量分枝，分枝通常呈直角，疏松交织排列，直径为 1.5~4 μm。

子实层体：近子实层菌丝不明显；子实层中无囊状体，有大量拟囊状体，圆柱形，薄壁，基部有一简单分隔，大小为 16~23×4.5~6 μm；担子长棍棒状，顶部有 4 个担孢子梗，基部有一简单分隔，大小为 24~37×5~6 μm；拟担子较多，形状与担子相似，但略小。

担孢子：担孢子宽椭圆形，无色，薄壁，光滑，有时有液泡，IKI–，CB–，大小为 (6.8~)7~8.5(~9)×(4.3~)4.5~5.5(~6) μm，平均长为 7.64 μm，平均宽为 5.12 μm，长宽比为 1.49（$n=30/1$）。

研究标本：云南省文山市，TNM 14700，TNM 14699；台湾兰屿，TNM 12051，台湾连江县，TNM 20388，台湾屏东县，TNM 9893。

生境：阔叶树落枝。

世界分布：中国。

讨论：热带原毛平革菌（*Phanerochaete tropica*）的特征是无囊状体，担孢子宽椭圆形。该种与橙色原毛平革菌（*Ph. viticola*）都具有宽椭圆形的担孢子，但是后者的担孢子较长（8.1~11 μm），同时后者具有圆柱形的囊状体，并且它的子实层体表面在 KOH 试剂中变为浅红色。

原毛平革菌　图 86

Phanerochaete velutina (DC.) Parmasto, Consp. System. Corticiac. (Tartu)：82, 1968.

Athelia velutina（DC.）Pers., Mycol. Eur. (Erlanga) 1: 85, 1822.

Corticium velutinum（DC.）Fr., Epicr. Syst. Mycol. (Upsaliae)：561, 1838.

Grandiniella velutina（DC.）Burds., Taxon 26: 329, 1977.

Hymenochaete velutina（DC.）Lév., Annls Sci. Nat., Bot., Sér. 3 5: 152, 1846.

Hypochnus velutinus（DC.）Wallr., Fl. Crypt. Germ. (Nürnberg) 2: 310, 1833.

Kneiffia velutina（DC.）Bres., Annls Mycol. 1(1/2)：101, 1903.

Membranicium velutina（DC.）J. Erikss. ex Y. Hayashi, Bull. Govt Forest Exp. Stn Meguro 260: 39, 1974.

Peniophora velutina（DC.）Cooke, Grevillea 8(45)：21, 1879.

Thelephora velutina DC., in de Candolle & Lamarck, Fl. Franç., Edn 3 (Paris) 5/6: 33, 1815.

子实体：担子果一年生，平伏，贴生，膜质，较薄，厚不到 1 mm；子实层体表面红褐色至咖啡色，光滑，在 KOH 试剂中无变色反应；边缘不明显；菌肉层极薄。

菌丝结构：菌丝系统一体系；生殖菌丝具简单分隔，菌肉菌丝有时也具锁状联合，IKI–，CB–；菌丝组织在 KOH 试剂中无变化。

菌肉：菌肉菌丝无色，厚壁（壁厚约 1 μm），光滑，弯曲，常具简单分隔，偶尔具锁状联合，偶尔分枝，有时被有结晶，近规则排列或疏松交织排列，直径为 5~9 μm。

子实层体：近子实层菌丝无色，薄壁，光滑，大量分枝，紧密交织排列，直径为 4~5.5 μm；囊状体圆柱形、棍棒形、锥形，顶端较尖，无色，厚壁，上部被有大量结晶，基部有一简单分隔，长度可超过 100 μm，直径为 9~15 μm；担子长棍棒状，顶部有 4 个担孢子梗，基部有一简单分隔，大小为 25~35×5~6 μm；拟担子较多，形状与担子相似，但大小也相近。

担孢子：担孢子椭圆形，近梗略弯曲，无色，薄壁，光滑，IKI–，CB–，大小为 (4.2~)5~6.5×3~3.5 μm，平均长为 5.66 μm，平均宽为 3.12 μm，长宽比为 1.81（$n=31/1$）。

研究标本：吉林省安图县长白山自然保护区，HMAS 88161，TNM 15347；台湾玉山公园，TNM 1397。该种在辽宁、江苏、浙江、安徽、江西、广西、贵州、云南和陕西也有报道（Dai *et al.* 2004）。

生境：针叶树倒木或落枝。

世界分布：丹麦，芬兰，加拿大，美国，挪威，日本，瑞典，伊朗，中国。

讨论：原毛平革菌（*Phanerochaete velutina*）与光滑原毛平革菌（*Ph. laevis*）较相似，但是后者的囊状体一般薄壁，偶尔被有少量的结晶，较前者的囊状体小，其担孢子较前者的窄（5~6.5×2.5~3 μm）（Maekawa 1993）。

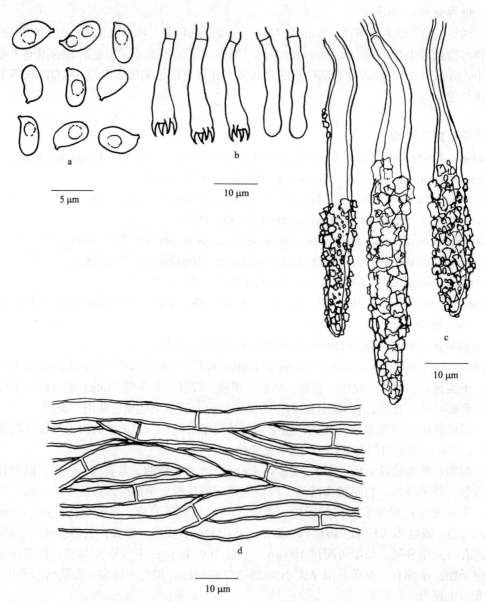

图 86　原毛平革菌 *Phanerochaete velutina*（DC.）Parmasto 的解剖结构图

a. 担孢子；b. 担子和拟担子；c. 囊状体；d. 菌肉菌丝

橙色原毛平革菌 图87

Phanerochaete viticola (Schwein.) Parmasto, Eesti NSV Tead. Akad. Toim., Biol. Seer 16(4): 389, 1967.

Corticium viticola (Schwein.) Fr., Epicr. Syst. Mycol. (Upsaliae): 561, 1838.

Erythricium viticola (Schwein.) Zmitr. & Spirin, Mycena 6: 37, 2006.

Membranicium viticola (Schwein.) Y. Hayashi, Bull. Govt Forest Exp. Stn Meguro 260: 68, 1974.

Peniophora viticola (Schwein.) Höhn. & Litsch., Sber. Akad. Wiss. Wien, Math.-Naturw. Kl., Abt. 1 116: 779, 1907.

Poria viticola (Schwein.) Cooke, in Fries, Grevillea 14(72): 114, 1886.

Terana viticola (Schwein.) Kuntze, Revis. Gen. Pl. (Leipzig) 2: 873, 1891.

Thelephora viticola Schwein., Schr. Naturf. Ges. Leipzig 1: 107, 1822.

子实体：担子果一年生，平伏，贴生，与基质易分离，幼时片状，成熟后连成片，膜质，厚不到1 mm；子实层体表面土黄色至灰白橘红色，光滑，干后较脆，在 KOH 试剂中变为浅红色；边缘与子实层体表面同色，棉絮状，在 KOH 试剂中变为浅红色；菌肉层锈褐色，棉絮状，在 KOH 试剂中变为浅红色。

菌丝结构：菌丝系统一体系；生殖菌丝具简单分隔，菌肉菌丝偶尔具锁状联合，IKI–，CB–；菌丝组织在 KOH 变黑。

菌肉：菌肉菌丝无色，薄壁，光滑，平直或略弯曲，频繁简单分隔，偶尔具锁状联合，大量分枝，有时被有大量结晶，疏松交织排列，直径为2.5~5 μm。

子实层体：近子实层菌丝无色，薄壁，光滑，大量分枝，被有大量结晶，紧密交织排列，直径为2~4 μm；囊状体圆柱形、棍棒状、纺锤状，顶端较钝，无色，薄壁至厚壁，光滑，长度可超过100 μm，直径为7~10 μm；担子长棍棒状，顶部有4个担孢子梗，基部有一简单分隔，大小为25~50×5~9 μm；拟担子较多，形状与担子相似，但略小。

担孢子：担孢子宽椭圆形，无色，薄壁，光滑，IKI–，CB–，大小为 (7.2~)8.1~11×4~5(~5.2) μm，平均长为 9.43 μm，平均宽为 4.67 μm，长宽比为 2.29 (*n*=30/1)。

研究标本：吉林省安图县长白山自然保护区，HMAS 35575，HMAS 35579；广西壮族自治区隆林县，HMAS 34856；四川省洪雅县，HKAS 47940，HKAS 47941，HKAS 47942，四川省阿坝州汶川县，TNM 12116，TNM 12105，TNM 12094，TNM 12111；云南省玉龙县，TNM 13537；台湾毕禄，TNM 1081，台湾宜兰县，TNM 542，台湾嘉义县，TNM 21368，台湾高雄县，TNM 18749，台湾玉山公园，TNM 1523，台湾屏东县，TNM 2967，台湾南投县，TNM 358。

生境：阔叶树倒木或落枝。

世界分布：丹麦，俄罗斯，美国，日本，中国。

讨论：橙色原毛平革菌(*Phanerochaete viticola*)的主要特征是子实体在 KOH 试剂中变为浅红色，具有较大的担孢子，较长的担子，以及圆柱形、厚壁、光滑的囊状体。中国目前发现的原毛平革菌属种类中伯特原毛平革菌(*Ph. burtii*)和变红原毛平革菌(*Ph. rubescens*)的子实体在 KOH 试剂中也变为红色，但伯特原毛平革菌的担孢子明显小

(4~5.1×2.5)μm，其囊状体顶端尖锐、较细(4~6 μm)；变红原毛平革菌的囊状体被有结晶，担孢子明显小(3.5~4.6×2.8~3 μm)。

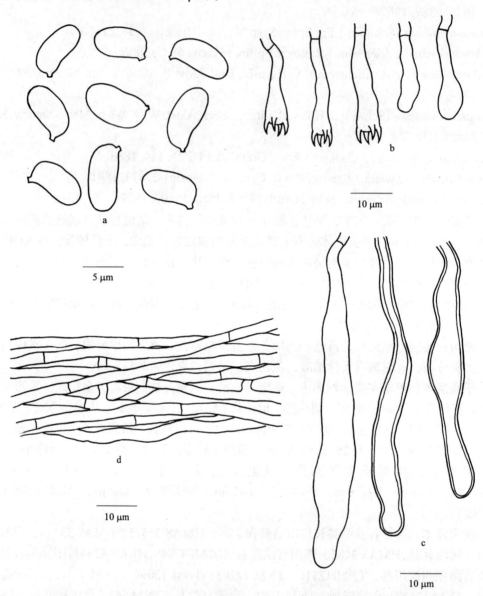

图 87 橙色原毛平革菌 *Phanerochaete viticola* (Schwein.) Parmasto 的解剖结构图

a. 担孢子；b. 担子和拟担子；c. 囊状体；d. 菌肉菌丝

射脉革菌属 *Phlebia* Fr.

Sys. Mycol. 1: 426, 1821.

子实体平伏、平伏至反卷或盖状，脆骨质、近胶质、革质；子实层体表面光滑、瘤状、齿状、射脉状或皱孔菌状；菌丝系统一体系；生殖菌丝通常具锁状联合，少数种类具简单分隔；菌肉菌丝紧密交织排列，菌丝经常黏结在一起；囊状体有或无；担子细长棍棒状，顶部有 4 个担孢子梗，呈紧密栅栏状；担孢子椭圆形或腊肠形，无色，薄壁，光滑，在梅试剂和棉蓝试剂中均无变色反应。

模式种：*Phlebia radiata* Fr.。

讨论：目前射脉菌属约有 60 个种，我国有 10 个种。该属种类的外部形态变化多样，但是菌丝特征却比较一致。吴声华(1990)建立了一个新属无锁属(*Efibula* Sheng H. Wu)，把射脉菌属那些无锁状联合的种类归入该属中，后来，他又把 *Phlebia cretacea* (Romell ex Bourdot & Galzin) J. Erikss. & Hjortstam 类群归入杰克革菌属(*Jacksonomyces* Jülich)中 (Wu and Chen 1992)。Maekawa(1993)认为干朽菌属(*Merulius* Fr.)与射脉革菌属为同物异名，但在本书中还是将两者分别处理。

射脉革菌属 *Phlebia* 分种检索表

1. 生殖菌丝具简单分隔 ·· 大伏革菌 *P. gigantea*
1. 生殖菌丝锁状联合 ·· 2
2. 囊状体不存在 ··· 3
2. 囊状体存在 ·· 6
3. 子实体平伏至盖状，子实层体表面橘红色；担孢子窄腊肠形 ············· 胶质射脉革菌 *P. tremellosa*
3. 子实体平伏，子实层体表面非橘红色；担孢子圆柱形或椭圆形 ····················· 4
4. 子实层体表面射脉状或皱褶状 ······························· 离心射脉革菌 *P. centrifuga*
4. 子实层体表面光滑或瘤状 ·· 5
5. 担孢子大，6~8 × 2.9~3.5 μm ······························· 白射脉革菌 *P. albida*
5. 担孢子小，4~5 × 2.5~3 μm ······························· 紫色射脉革菌 *P. lilascens*
6. 子实层有 2 种囊状体 ·· 异囊射脉革菌 *P. heterocystidia*
6. 子实层只有 1 种囊状体 ·· 7
7. 担孢子圆柱形或椭圆形，宽度>2 μm ·· 8
7. 担孢子腊肠形，宽度<2 μm ··· 9
8. 子实层体表面网纹状；担孢子圆柱形，囊状体长度<45 μm ············· 枫生射脉革菌 *P. acerina*
8. 子实层体表面光滑或瘤状；担孢子椭圆形，囊状体长度>45 μm ··
   ·· 蓝色射脉革菌 *P. livida*
9. 子实层体表面皱孔状；囊状体顶部明显膨大 ················· 红褐射脉革菌 *P. rufa*
9. 子实层体表面辐射射脉状；囊状体顶部不膨大 ················· 射脉革菌 *P. radiata*

枫生射脉革菌 图 88

Phlebia acerina Peck, Ann. Rep. N. Y. State Mus. 42: 123, 1889.

Merulius acerinus (Peck) Spirin & Zmitr., Nov. Sist. Niz. Rast. 37: 181, 2004.

子实体：担子果一年生，平伏，贴生，不易与基质分离，非常薄，厚约 0.5 mm；子实层体表面黄褐色至橘红色，网纹状；边缘灰白色，不育，宽约 1 mm；菌肉层较薄。

菌丝结构：菌丝系统一体系；生殖菌丝具锁状联合，IKI–，CB–；菌丝组织在 KOH

试剂中无变化。

菌肉：菌肉菌丝无色，薄壁到厚壁（壁厚达 1 μm），多数厚壁，光滑，弯曲，常分枝，有时黏结在一起，通常有大块结晶，近规则排列或疏松交织排列，直径为 2.1~6 μm。

子实层体：近子实层菌丝无色，薄壁，光滑，紧密交织排列，较菌肉菌丝细，直径为 2~3 μm；子实层有囊状体，囊状体棍棒状，顶部膨大，下端较细，无色，薄壁，光滑，一般不伸出子实层，基部有一锁状联合，大小为 29~42.2 × 8.2~10 μm；担子细长棍棒状，顶部有 4 个担孢子梗，基部有一锁状联合，大小为 21.8~39.5 × 4~5 μm；拟担子形状与担子相似，但略小；子实层排列成紧密的栅栏状。

担孢子：担孢子圆柱形或近腊肠形，无色，薄壁，光滑，有 1 或 2 个液泡，IKI–，CB–，大小为 4~5（~5.2）× 2~2.5 μm，平均长为 4.54 μm，平均宽为 2.21 μm，长宽比为 2.05（*n*=30/1）。

标本研究：四川省西昌市，HKAS 47984，HKAS 47982，HKAS 47983，四川省都江堰市青城前山，TNM 16176；云南省昆明西山，TNM 13729；台湾花莲县，TNM 14952，台湾台中县，TNM 22463，TNM 3626，台湾台北市，TNM 19027，台湾屏东县，TNM 21008，台湾南投县，TNM 20027，TNM 19991。

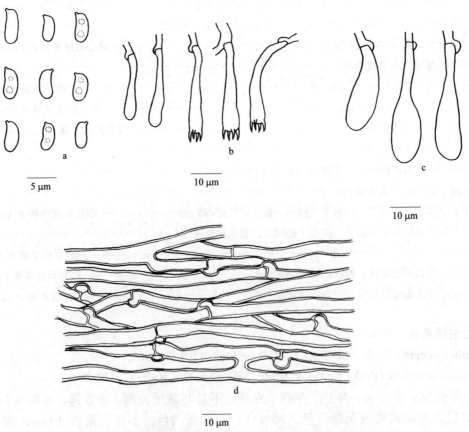

图 88　枫生射脉革菌 *Phlebia acerina* Peck 的解剖结构图
a. 担孢子；b. 担子和拟担子；c. 囊状体；d. 菌肉菌丝

生境：阔叶树腐烂落枝上。

世界分布：美国，中国。

讨论：枫生射脉革菌(*Phlebia acerina*)与胶质射脉革菌(*P. tremellosa*)都具有橘红色的子实层体表面，但是后者的担子果具菌盖，担孢子较窄，大小为 4~4.5×1~1.5 μm，而且其子实层中无囊状体。枫生射脉革菌与异囊射脉革菌(*P. heterocystidia*)具有相似的担孢子，但后者的子实层体为齿状，子实层中有 2 种囊状体。

白射脉革菌 图 89

Phlebia albida H. Post, Monogr. Hymenomyc. Suec. 2: 280, 1863.

子实体：担子果一年生，平伏，贴生，圆形，较小，一般数个连生，干后脆，较薄，厚不到 1 mm；子实层体表面肉桂色，表面光滑；边缘明显，颜色较浅。

菌丝结构：菌丝系统一体系；生殖菌丝具锁状联合，IKI–，CB–；菌丝组织在 KOH 试剂中无变化。

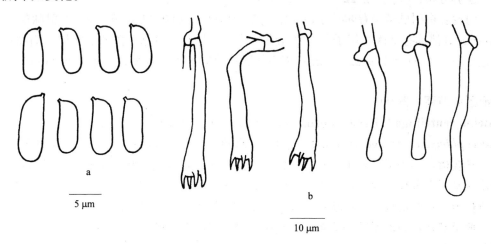

a

5 μm

b

10 μm

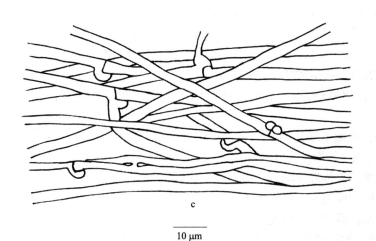

c

10 μm

图 89　白射脉革菌 *Phlebia albida* H. Post 的解剖结构图

a. 担孢子；b. 担子和拟担子；c. 菌肉菌丝

菌肉：菌肉菌丝无色，薄壁到稍厚壁，多数薄壁，光滑，平直，频繁分枝，分枝一般由锁状联合处伸出，有时黏结在一起，偶尔被有微小的结晶，疏松交织排列，直径为2~4 μm。

子实层体：近子实层菌丝无色，薄壁，光滑，大量分枝，紧密交织排列，直径为1.5~3 μm；子实层无囊状体和拟囊状体；担子细长棍棒状，顶部有 4 个担孢子梗，基部有一锁状联合，大小为 25~38 × 4~6.7 μm；拟担子形状与担子相似，但略小；子实层排列成紧密的栅栏状。

担孢子：担孢子长窄椭圆形或圆柱形，无色，薄壁，光滑，IKI–，CB–，大小为 6~8(~10) ×(2.8~)2.9~3.5 μm，平均长为 7.21 μm，平均宽为 3.02 μm，长宽比为 2.39 (*n*=30/1)。

标本研究：四川省阿坝州松潘县川西寺，HKAS 47854；云南省香格里拉县大宝寺，HKAS 48195。

生境：腐烂的云杉小枝上。

世界分布：芬兰，加拿大，美国，挪威，瑞典，中国。

讨论：白射脉革菌(*Phlebia albida*)与紫色射脉革菌(*P. lilascens*)和离心射脉革菌(*P. centrifuga*)都具有平伏的担子果，且无囊状体，但是紫色射脉革菌的子实层表面瘤状，担孢子较小 4~5(~5.1) × 2.5~3 μm；离心射脉革菌的子实层体表面射脉状或皱褶状。

离心射脉革菌　图 90

Phlebia centrifuga P. Karst., Meddn Soc. Fauna Flora Fenn. 6: 10, 1881.
Lilaceophlebia centrifuga (P. Karst.) Spirin & Zmitr., Nov. sist. Niz. Rast. 37: 178, 2004.

子实体：担子果一年生，平伏，贴生；新鲜时无特殊的气味，蜡质，干后为胶质，很难从基质上分离，脆；边缘不育，纤维状；子实层体表面新鲜时奶油色，干后赭色至浅黄褐色，疣状或放射皱褶状；菌肉层较薄，质地脆，厚不到 1 mm。

菌丝结构：菌丝系统一体系；生殖菌丝具锁状联合，IKI–，CB–；菌丝组织在 KOH 试剂中无变化。

菌肉：菌肉菌丝无色，薄壁，光滑，弯曲，近规则排列或疏松交织排列，直径为 3~5 μm；近基质菌丝无色，厚壁，光滑，频繁分枝，交织排列，直径为 4~5 μm。

子实层体：近子实层菌丝无色，薄壁，光滑，频繁分枝，紧密交织排列，直径为 2~4 μm；子实层中无囊状体和拟囊状体；担子细长棍棒状，顶部有 4 个担孢子梗，基部有一锁状联合，大小为 38~43 × 4.9~6 μm；拟担子形状与担子相似，但略小；子实层排列成紧密的栅栏状。

担孢子：担孢子圆柱形，无色，薄壁，光滑，IKI–，CB–，大小为 6~7.2(~7.6) ×2.5~3(~3.2) μm，平均长为 6.61 μm，平均宽为 2.86 μm，长宽比为 2.31 (*n*=30/1)。

研究标本：吉林省安图县长白山自然保护区，IFP 10228。

生境：针叶树倒木、腐烂木上。

世界分布：芬兰，加拿大，美国，挪威，瑞典，中国。

讨论：离心射脉革菌(*Phlebia centrifuga*)的外部形态特征与射脉革菌(*P. radiata*)比较相似，子实层体表面都呈射脉状，但是后者通常生长在阔叶树倒木上，子实层具有棍棒状的囊状体，担孢子腊肠状(4.2~5.1 × 1.5~2 μm)。

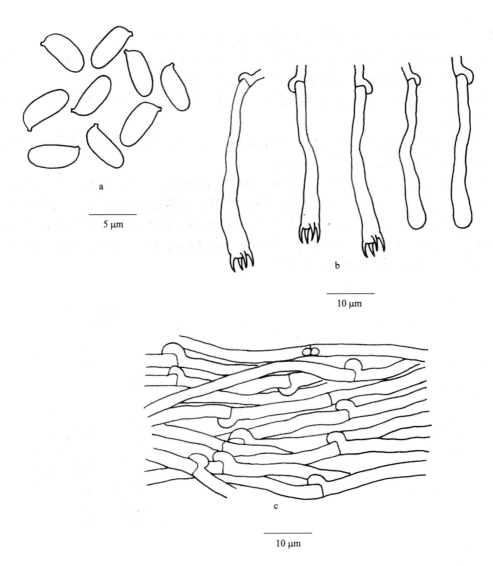

图 90　离心射脉革菌 *Phlebia centrifuga* P. Karst. 的解剖结构图

a. 担孢子；b. 担子和拟担子；c. 菌肉菌丝

大伏革菌　图 91

Phlebia gigantea (Fr.) Donk, Fungus Wageningen 27: 12, 1957.

Corticium giganteum (Fr.) Fr., Epicr. Syst. Mycol. (Upsaliae), p. 559, 1838.

Kneiffia gigantea (Fr.) Bres., Annls Mycol. 1 (2) : 99, 1903.

Peniophora gigantea (Fr.) Massee, British Fungus Flora. Agarics and Boleti (London) 1: 110, 1892.

Phanerochaete gigantea (Fr.) S.S. Rattan, Biblthca Mycol. 60: 260, 1977.

Scopuloides gigantea (Fr.) Spirin & Zmitr., Nov. Sist. Niz. Rast. 37: 184, 2004.

Terana gigantea (Fr.) Kuntze, Revis. Gen. Pl. (Leipzig) 2: 872, 1891.

Thelephora gigantea Fr., Observ. Mycol.（Havniae）1: 152, 1815.

子实体：担子果一年生，平伏，贴生，不易与基质分离，较薄，不到 1 mm，干后胶质；子实层体表面淡烟灰色或灰白色，光滑；边缘不明显。

菌丝结构：菌丝系统一体系；生殖菌丝具简单分隔，IKI–，CB–；菌丝组织在 KOH 试剂中无变化。

菌肉：菌肉菌丝无色，薄壁到稍厚壁，光滑，略弯曲，偶尔分枝，频繁分隔，近规则排列或疏松交织排列，直径为 2~4 μm。

子实层体：近子实层菌丝无色，薄壁，与菌肉菌丝相似，稍细，直径为 2~3 μm；子实层中具有囊状体，囊状体锥形，无色，薄壁或厚壁，顶端较尖，中间有一个很窄的腔，被有结晶，基部有一简单分隔，大小为 55~86 × 8~11 μm；担子棍棒状或近圆柱状，顶部有 4 个担孢子梗，基部有一简单分隔，大小为 20.6~29 × 4~5 μm；拟担子形状与担子相似，但略小；子实层排列成紧密的栅栏状。

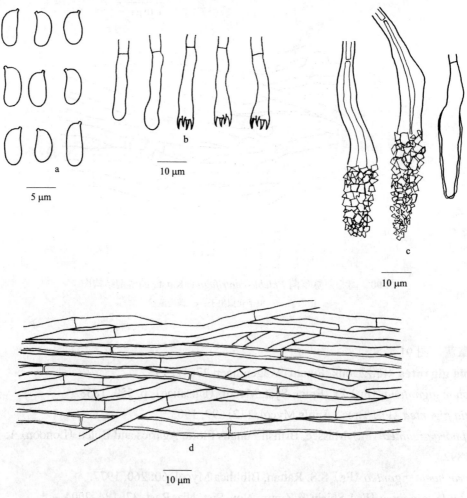

图 91　大伏革菌 *Phlebia gigantea*（Fr.）Donk 的解剖结构图
a. 担孢子；b. 担子和拟担子；c. 囊状体；d. 菌肉菌丝

担孢子：担孢子椭圆形，无色，薄壁，光滑，IKI–，CB–，大小为 5.5~7(~8.6) × 2.5~3.9 μm，平均长为 6.19 μm，平均宽为 3.02 μm，长宽比为 2.05（n=30/1）。

标本研究：云南省香格里拉县，HKAS 48225；西藏自治区米林县，IFP 10499。该种在吉林、福建、湖南、广东和广西也有报道（Dai *et al.* 2004）。

生境：针叶树无皮腐烂木上。

世界分布：芬兰，瑞典，中国。

讨论：大伏革菌（*Phlebia gigantea*）与该属其他种类的主要区别在于生殖菌丝具简单分隔，而无锁状联合，并且具有大量结晶囊状体。白射脉革菌（*P. albida*）也具有光滑的子实层体，且生长在针叶树倒木上，但该种的菌丝具有锁状联合，子实层无囊状体。

异囊射脉革菌　图 92

Phlebia heterocystidia Sheng H. Wu, Acta Bot. Fenn. 142: 29, 1990.

子实体：担子果一年生，平伏，贴生，较薄，不到 1 mm；子实层体表面浅咖啡色或浅黄褐色，齿状；菌齿圆柱状或锥形，稠密，每毫米 6~9 个；边缘不明显。

菌丝结构：菌丝系统一体系；生殖菌丝具锁状联合，IKI–，CB–；菌丝组织在 KOH 试剂中无变化。

菌肉：有 2 层，下层菌丝无色，稍厚壁，紧密排列；上层菌丝无色，薄壁到稍厚壁，略弯曲，分枝较多，紧密交织排列，直径为 1.7~3.5 μm。

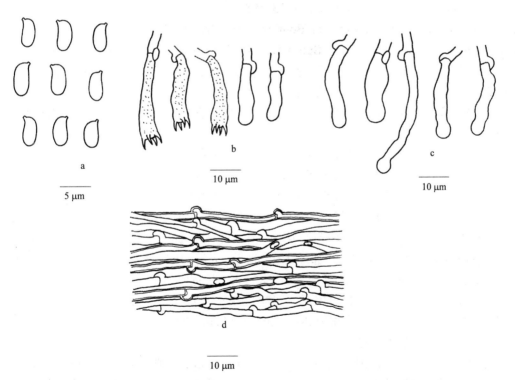

图 92　异囊射脉革菌 *Phlebia heterocystidia* Sheng H. Wu 的解剖结构图
a. 担孢子；b. 担子和拟担子；c. 囊状体；d. 上层菌肉菌丝

子实层体：菌髓菌丝无色，薄壁，光滑，偶尔分枝，有时黏结在一起，近平行于菌齿紧密排列，直径为 2~4 μm；子实层中具有 2 种囊状体，一种头状囊体，无色，薄壁，光滑，顶端膨大呈球状，基部有一锁状联合，大小为 20~45×3~4 μm；另一种囊状体棍棒状或圆柱形，无色，薄壁，光滑，基部有一锁状联合，大小为 15~30×3~5 μm；担子棍棒状，顶部有 4 个担孢子梗，基部有一锁状联合，大小为 17~26×4.5~5.2 μm；拟担子形状与担子相似，但略小；子实层排列成紧密的栅栏状。

担孢子：担孢子窄椭圆形，无色，薄壁，光滑，IKI–、CB–，大小为 4~5 × 2~2.8 μm，平均长为 4.36 μm，平均宽为 2.34 μm，长宽比为 1.86（n=30/1）。

标本研究：四川省攀枝花市，HKAS 48045；台湾南投县，TNM 14945，TNM 21822，台湾台东县，TNM 22184，TNM 21006，台湾台北市，TNM 485。

生境：阔叶树腐烂小枝。

世界分布：日本，中国。

讨论：异囊射脉革菌（*Phlebia heterocystidia*）与同属其他种类的区别是子实层体表面齿状，有 2 种囊状体。该种与红缘油伏革菌（*Resinicium pinicola* J. Erikss.）相似，但是后者无薄壁囊状体（Eriksson *et al.* 1981）。

紫色射脉革菌　图 93

Phlebia lilascens (Bourdot) J. Erikss. & Hjortstam, in Eriksson, Hjortstam & Ryvarden, The Corticiaceae of North Europe 6, p. 1123, 1981.

Corticium lilascens Bourdot, Rev. Sci. Bourbon. Cent. France 23: 13, 1910.

Lilaceophlebia lilascens (Bourdot) Spirin & Zmitr., Nov. Sist. Niz. Rast. 37: 179, 2004.

子实体：担子果一年生，平伏，贴生，子实体薄，不到 1 mm，干后较脆，韧革质；子实层体表面肉色至锈褐色，瘤状；边缘不明显。

菌丝结构：菌丝系统一体系；生殖菌丝具锁状联合，IKI–、CB–；菌丝组织在 KOH 试剂中无变化。

菌肉：菌肉菌丝无色，薄壁，光滑，弯曲，偶尔分枝，分枝通常由锁状联合处生出，有时黏结，紧密近规则排列或疏松交织排列，直径为 3~4.9 μm。

子实层体：近子实层菌丝无色，薄壁，光滑，紧密交织排列，直径为 2~3 μm；子实层中无囊状体和拟囊状体；担子长棍棒状，顶部有 4 个担孢子梗，基部有一锁状联合，大小为 16~24×4.5~5.1 μm；拟担子形状与担子相似，但略小；子实层排列成紧密的栅栏状。

担孢子：担孢子椭圆形至卵圆形，无色，薄壁，光滑，IKI–、CB–，大小为 4~5 (~5.1)× 2.5~3 μm，平均长为 4.73 μm，平均宽为 2.82 μm，长宽比为 1.68（n=30/1）。

标本研究：四川省西昌市，HKAS 47980，HKAS 47981，HKAS 47946；台湾台中县，TNM 22395。该种在云南也有报道（Maekawa and Zang 1995）。

生境：阔叶树腐烂小枝上。

世界分布：丹麦，德国，法国，芬兰，美国，挪威，瑞典，日本，西班牙，中国。

讨论：紫色射脉革菌（*Phlebia lilascens*）的显著特征是子实层体表面锈褐色，瘤状，且子实层中无囊状体。紫色射脉革菌与蓝色射脉革菌（*P. livida*）都具有褐色、光滑或瘤状子实层体，以及相似的菌丝结构和担孢子，但后者具有锥状囊状体。

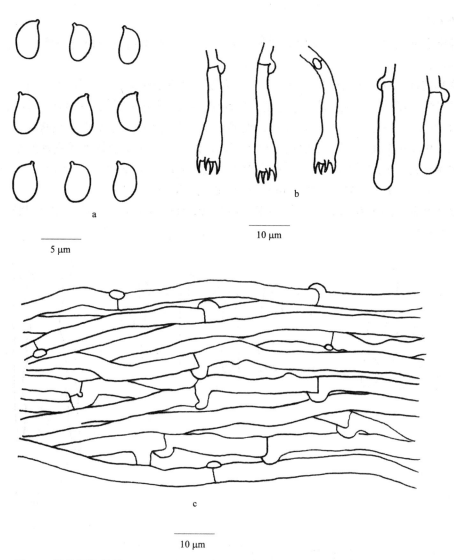

图 93　紫色射脉革菌 *Phlebia lilascens*（Bourdot）J. Erikss. & Hjortstam 的解剖结构图
a. 担孢子；b. 担子和拟担子；c. 菌肉菌丝

蓝色射脉革菌　图 94

Phlebia livida（Pers.）Bres., Atti Accad. Roveret. Sci. 3: 105, 1897.

Corticium lividum Pers., Observ. Mycol.（Lipsiae）1: 38, 1796.

Merulius lividus（Pers.）Park.-Rhodes, Ann. Bot., Lond., N.S. 20（78）: 258, 1956.

Terana livida（Pers.）Kuntze, Revis. Gen. Pl.（Leipzig）2: 872, 1891.

Thelephora livida（Pers.）Fr., Observ. Mycol.（Havniae）2: 276, 1818.

　　子实体：担子果一年生，平伏，贴生，近圆形，数个连生，较薄，不到 1 mm；子实层体表面灰褐色，光滑或瘤状；边缘不明显。

　　菌丝结构：菌丝系统一体系；生殖菌丝具锁状联合，IKI–，CB–；菌丝组织在 KOH

试剂中无变化。

　　菌肉：菌肉菌丝无色，薄壁，光滑，弯曲，近规则排列或疏松交织排列，直径为 3~4.9 μm。

　　子实层体：近子实层菌丝薄壁，无色，光滑，紧密交织排列，直径为 2~3 μm；子实层中具锥形囊状体，无色，薄壁，光滑，顶端尖，有的地方稍膨大，基部有一锁状联合，大小为 46~50×4.9~6 μm；担子棍棒状，顶部有 4 个担孢子梗，基部有一锁状联合，大小为 16~24.9×3.8~5 μm；拟担子形状与担子相似，但略小；子实层排列成紧密的栅栏状。

　　担孢子：担孢子椭圆形，无色，薄壁，光滑，IKI−，CB−，大小为 4.1~5(~5.6)×2.3~3 μm，平均长为 4.81 μm，平均宽为 2.73 μm，长宽比为 1.76（n=30/1）。

　　标本研究：四川省凉山西昌市，HKAS 47979，HKAS 47978；四川省阿坝州松潘县，HKAS 47859。

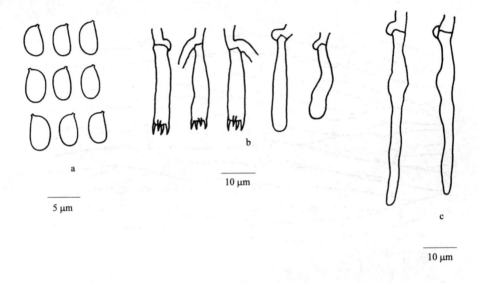

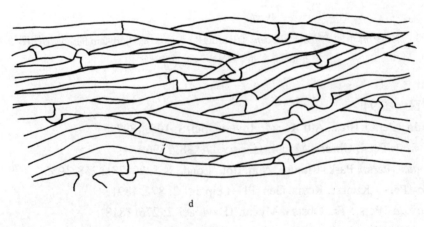

图 94　蓝色射脉革菌 *Phlebia livida* (Pers.) Bres. 的解剖结构图
a. 担孢子；b. 担子和拟担子；c. 囊状体；d. 菌肉菌丝

生境： 阔叶树腐烂小枝上。

世界分布： 澳大利亚，丹麦，芬兰，加拿大，美国，尼泊尔，挪威，瑞典，日本，泰国，伊朗，印度，中国。

讨论： 蓝色射脉革菌(*Phlebia livida*)在欧洲的担孢子比较窄(2~2.5 μm)(Eriksson *et al.* 1981)，中国的材料比较宽，但其他特征与欧洲的几乎一致。该种与枫生射脉革菌(*P. acerina*)的担孢子有些相似，但后者的子实层体为网纹状，黄褐色至橘红色。

射脉革菌 图95

Phlebia radiata Fr., Sys. Mycol. 1: 427, 1821.

Phlebia radiata f. *contorta* (Fr.) Parmasto, Eesti NSV Tead. Akad. Toim., Biol. Seer 16: 393, 1967.

Phlebia radiata f. *merismoides* (Fr.) Parmasto, Eesti NSV Tead. Akad. Toim., Biol. seer 16: 393, 1967.

Phlebia radiata var. *contorta* (Fr.) Quél., Enchir. Fung. (Paris): 208, 1886.

担子果： 担子果一年生，平伏，贴生，近圆形，数个连生，新鲜时无色无味，肉质，干后胶质，中度厚；子实层体表面肉桂色至紫褐色，辐射皱褶状；边缘不明显。

菌丝结构： 菌丝系统一体系；生殖菌丝具锁状联合，IKI–，CB–；菌丝组织在KOH试剂中无变化。

菌肉： 菌肉菌丝无色，薄壁到稍厚壁，平滑，平直，偶尔分枝，近规则排列，直径为2~4 μm。

子实层体： 近子实层菌丝无色，薄壁，光滑，频繁分枝，紧密交织排列，直径为2~3 μm；子实层中具有棍棒状囊状体，囊状体无色，薄壁，光滑，由近子实层菌丝中生出，突出子实层，基部有一锁状联合，大小为 44~76 × 6~11 μm，个别长可达 100 μm；担子细长棍棒状，顶部有 4 个担孢子梗，基部有一锁状联合，大小为 30~43 × 3.5~4 μm；拟担子形状与担子相似，但略小；子实层排列成紧密的栅栏状。

担孢子： 担孢子近腊肠形，无色，薄壁，光滑，IKI–，CB–，大小为 (4~)4.2~5.1 × 1.5~2 μm，平均长为 4.84 μm，平均宽为 1.82 μm，长宽比为 2.66 (*n*=30/1)。

标本研究： 黑龙江省伊春市带岭，HMAS 27292，黑龙江省宁安市镜泊湖，IFP 10433；台湾南投县，TNM 4207，台湾屏东县，TNM 2965。该种在吉林、广西、四川和西藏也有报道(Dai *et al.* 2004)。

生境： 阔叶树倒木或落枝。

世界分布： 冰岛，丹麦，芬兰，加拿大，美国，尼泊尔，挪威，瑞典，日本，中国。

讨论： 射脉革菌(*Phlebia radiata*)的显微结构与红褐射脉革菌(*P. rufa*)很相似，主要区别在于它们的宏观特征，射脉革菌的子实层体表面呈放射褶状，而红褐射脉革菌的子实层体表面网纹状至浅孔状(Eriksson *et al.* 1981)。另外，射脉革菌是一个比较常见的种类，即使在人为干扰较多的林分中也能生长。

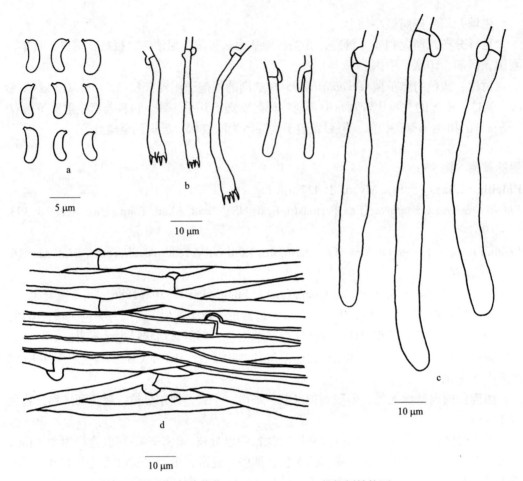

图 95　射脉革菌 *Phlebia radiata* Fr. 的解剖结构图

a. 担孢子；b. 担子和拟担子；c. 囊状体；d. 菌肉菌丝

红褐射脉革菌　图 96

Phlebia rufa（Pers.）M.P. Christ., Dansk Bot. Ark. 19: 164, 1960.

Merulius rufus Pers., Syn. Meth. Fung.（Göttingen）2: 498, 1801.

Serpula rufa（Pers.）P. Karst., Hedwigia 35: 45, 1896.

Sesia rufa（Pers.）Kuntze, Revis. Gen. Pl.（Leipzig）2: 870, 1891.

　　担子果：担子果一年生，平伏，紧贴生于基物上，通常近圆形，数个连生，中部较厚，达 3 mm，边缘薄，不到 1 mm，干后硬革质；子实层体表面红褐色，皱孔状；边缘干后稍卷起；菌肉白色到奶油色。

　　菌丝结构：菌丝系统一体系；生殖菌丝具锁状联合，IKI–，CB–；菌丝组织在 KOH 试剂中无变化。

　　菌肉：菌肉菌丝无色，薄壁到厚壁，光滑，弯曲，频繁分枝，分枝通常由锁状联合处长出，近规则排列或疏松交织排列，直径为 2~4 μm。

　　子实层体：近子实层菌丝无色，薄壁，光滑，频繁分枝，紧密交织排列，直径为 2~3 μm；

子实层中具有囊状体，囊状体棍棒状，顶部膨大，薄壁，平滑，由近子实层菌丝中生出，通常不超过子实层，基部有一锁状联合，大小为 42~73×6~10 μm；担子细长棍棒状，顶部有 4 个担孢子梗，基部有一锁状联合，大小为 27~38×3.5~4 μm；拟担子形状与担子相似，但略小，排列成紧密的栅栏状。

担孢子：担孢子近腊肠形，无色，薄壁，光滑，IKI–，CB–，大小为 4~5(~5.5)×(1.1~)1.3~1.9(~2) μm，平均长为 4.38 μm，平均宽为 1.69 μm，长宽比为 2.59 (*n*=30/1)。

标本研究：辽宁省沈阳市，TNM 16939；吉林省安图县长白山自然保护区，HMAS 88519, IFP 10386, IFP 10387; IFP 10428, IFP 10429, IFP 10430, IFP 10431, TNM 15310; 河南省内乡县宝天曼国家自然保护区，IFP 10379；湖北省神农架自然保护区，IFP 10380, IFP 10381, IFP 10382, IFP 10383, IFP 10384, IFP 10385, 湖北省武汉市，TNM 20481, TNM 20914, TNM 20933, 湖北省礼山县，TNM 20879, TNM 20871；台湾新竹县，TNM 2910，台湾毕禄，TNM 1041，台湾南投县，TNM 1259。

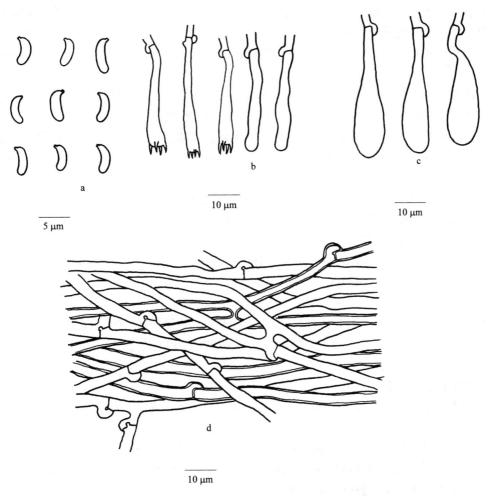

图 96　红褐射脉革菌 *Phlebia rufa*（Pers.）M.P. Christ. 的解剖结构图
a. 担孢子；b. 担子和拟担子；c. 囊状体；d. 菌肉菌丝

生境：针阔叶树倒木或腐烂落枝。

　　世界分布：阿根廷，丹麦，德国，俄罗斯，法国，芬兰，加拿大，马来西亚，美国，挪威，日本，瑞典，瑞士，西班牙，伊朗，印度尼西亚，中国。

　　讨论：红褐射脉革菌(*Phlebia rufa*)与射脉革菌(*P. radiata*)相似，两者的区别见后一种的讨论部分。另外，红褐射脉革菌比射脉革菌少见，通常生长在未被干扰的林分中。

胶质射脉革菌　　图97

Phlebia tremellosa (Schrad.) Nakasone & Burds., Mycotaxon 21: 245, 1984.

Merulius tremellosus Schrad., Spicil. Fl. Germ., p. 139, 1794.

Sesia tremellosa (Schrad.) Kuntze, Revis. gen. pl. (Leipzig) 2: 870, 1891.

Xylomyzon tremellosum (Schrad.) Pers., Mycol. Eur. (Erlanga) 2: 30, 1825.

　　子实体：担子果一年生，平伏或反卷至盖形，菌盖表面灰白色，具有小绒毛，幼时圆形，直径可达5 cm，厚约2.5 mm，通常覆瓦状叠生，新鲜时易与基质分离；子实层体表面浅肉桂色、橘黄色、锈橘色，具有放射状脊，干后似浅孔状；新鲜时子实体多水，肉质，干后子实层面硬，边缘颜色稍浅，流苏状，宽约3 mm；菌肉灰白色，软木质。

　　菌丝结构：菌丝系统一体系；生殖菌丝具锁状联合，IKI−，CB−；菌丝组织在KOH试剂中无变化。

　　菌肉：菌肉菌丝无色，薄壁，光滑，弯曲，偶尔分枝，疏松交织排列，直径为4~5 μm。

　　子实层体：近子实层菌丝无色，薄壁，光滑，频繁分枝，交织排列，直径为1~4 μm；子实层中无囊状体和拟囊状体；担子细长棍棒状，顶部有4个担孢子梗，基部有一锁状联合，大小为16~25.2×4~4.5 μm；拟担子形状与担子相似，但略小；担子与拟担子排列成紧密的栅栏状。

　　担孢子：担孢子腊肠形，无色，薄壁，光滑，IKI−，CB−，大小为4~4.5 × 1~1.5(~1.6) μm，平均长为4.11 μm，平均宽为1.3 μm，长宽比为3.16 (*n*=30/1)。

　　标本研究：辽宁省沈阳市，IFP 10502；吉林省安图县长白山自然保护区，IFP 10114，IFP 10575；黑龙江省呼玛县，IFP 10487；IFP 10500；黑龙江省宁安市镜泊湖，IFP 10432；浙江省临安天目山自然保护区，IFP 10573；安徽省黄山市黄山风景区，IFP 10572；河南省鲁山县石人山风景区，IFP 10066；河南省信阳市鸡公山风景区，IFP 10070；河南省内乡县宝天曼自然保护区，IFP 10414；湖北省神农架自然保护区，IFP 10067；云南省楚雄市，IFP10574；西藏自治区林芝，IFP 10503；西藏自治区林芝县八一镇，IFP 10504；青海省互助县，IFP 10501。

　　生境：阔叶树腐烂木上。

　　世界分布：巴基斯坦，丹麦，芬兰，加拿大，美国，挪威，日本，瑞典，伊朗，印度，中国。

　　讨论：胶质射脉革菌(*Phlebia tremellosa*)的主要特征是具有平伏或反卷至盖形的子实体，子实层体表面淡橘黄色至深橘红色，干后假孔状。该种是个常见种，能够生长在多种树木倒木、腐朽木、桥梁等建筑木上。

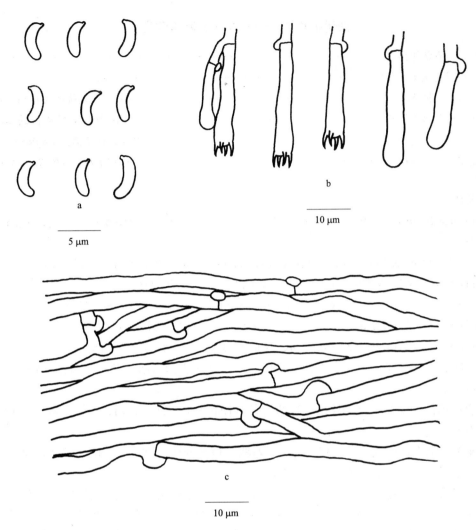

图 97　胶质射脉革菌 *Phlebia tremellosa*（Schrad.）Nakasone & Burds. 的解剖结构图

a. 担孢子；b. 担子和拟担子；c. 菌肉菌丝

油伏革菌属 *Resinicium* Parmasto

Conspectus Systematis Corticiacearum, p. 97, 1968.

担子果平伏，紧密贴生；子实层体表面灰白色至奶油色，光滑，颗粒状或齿状；菌丝系统一体系，生殖菌丝具锁状联合；囊状体头状，带晕圈；担子棍棒状，顶部有 4 个担孢子梗，基部有一锁状联合；担孢子椭圆形、圆柱形至腊肠形，无色，薄壁，光滑，在梅试剂和棉蓝试剂中无变色反应。

模式种：*Resinicium bicolor*（Alb. & Schwein.）Parmasto。

讨论：该属与射脉革菌属（*Phlebia*）比较接近，区别在于该属具有带晕圈的头状囊状体。

油伏革菌属 *Resinicium* 分种检索表

油伏革菌　图 98

Resinicium bicolor（Alb. & Schwein.）Parmasto, Conspectus Systematis Corticiacearum, p. 98, 1968.

Acia bicolor（Alb. & Schwein.）P. Karst., Meddn Soc. Fauna Flora Fenn. 5: 42, 1880.

Hydnum bicolor Alb. & Schwein., Consp. Fung. Lusat., p. 270, 1805.

Mycoacia bicolor（Alb. & Schwein.）Spirin & Zmitr., Nov. Sist. Niz. Rast. 37: 182, 2004.

Odontia bicolor（Alb. & Schwein.）Fr., Annls Mycol. 1 (1/2): 87, 1903.

Odontia bicolor（Alb. & Schwein.）Quél., Enchir. Fung.（Paris）p. 195, 1886.

　　子实体：担子果一年生，平伏，贴生；子实层体表面齿状，菌齿灰白色至奶油色；边缘不明显。

　　菌丝结构：菌丝系统一体系；生殖菌丝具锁状联合，IKI–，CB–；菌丝组织在 KOH 试剂中无变化。

　　菌肉：菌肉菌丝无色，薄壁，光滑，弯曲，频繁分枝，疏松交织排列或近规则排列，有时塌陷或黏结在一起，直径为 2~3.5 μm。

　　子实层体：菌髓菌丝无色，薄壁，光滑，频繁分枝，沿菌齿紧密近平行排列，直径为 2~3 μm；囊状体有 2 种，一种带晕圈的头状囊状体，无色，薄壁，基部有一锁状联合，CB+，大小为 18~35×4~10 μm；另外一种是星状结晶囊状体，锥形，无色，薄壁，顶端被有星状结晶，大小为 14~20×2~4 μm；担子棍棒状至圆柱形，中部稍缢缩，顶部有 4 个担孢子梗，基部有一锁状联合，大小为 13~25×4~5.5 μm；拟担子形状与担子相似，但略小。

　　担孢子：担孢子椭圆形，无色，薄壁，光滑，IKI–，CB–，大小为 (4.2~)4.5~6 × 2.5~3.5 μm，平均长为 5.06 μm，平均宽为 3.01 μm，长宽比为 1.68（*n*=30/1）。

　　研究标本：河南省内乡县宝天曼自然保护区，IFP 10052；台湾台北市阳明山公园，TNM 12782，台湾兰屿，TNM 15129，台湾桃园县，TNM 21685。该种吉林、广东、广西、海南、四川和云南也有报道（Dai *et al.* 2004）。

　　生境：阔叶树腐烂木上。

　　世界分布：丹麦，芬兰，加拿大，美国，尼泊尔，挪威，日本，瑞典，印度，中国。

　　讨论：油伏革菌（*Resinicium bicolor*）与该属中其他种类最明显的区别在于子实层体为齿状，并且同时具有晕圈囊状体和星状结晶囊状体。红缘油伏革菌（*R. pinicola*）的子实层体也为齿状，但该种无星状结晶囊状体，且担孢子圆形（3.9~4.6 × 2~2.5 μm）。

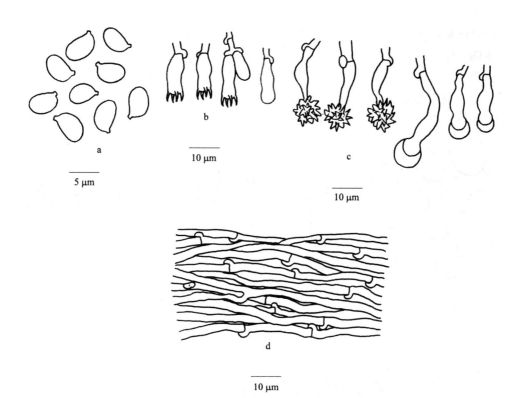

图 98　油伏革菌 *Resinicium bicolor*（Alb. & Schwein.）Parmasto 的解剖结构图

a. 担孢子；b. 担子和拟担子；c. 囊状体；d. 菌肉菌丝

鳞片油伏革菌　图 99

Resinicium furfuraceum（Bres.）Parmasto, Conspectus Systematis Corticiacearum, p. 98, 1968.

Corticium furfuraceum Bres., Iconogr. Mycol. 3: 69, 1925.

Mycoacia furfuracea（Bres.）Spirin & Zmitr., Nov. Sist. Niz. Rast. 37: 183, 2004.

　　子实体：担子果一年生，平伏，贴生，与基质不易分离；子实层面灰白色，光滑；边缘不明显。

　　菌丝结构：菌丝系统一体系；生殖菌丝具锁状联合，IKI–，CB–；菌丝组织在 KOH 试剂中无变化。

　　菌肉：菌肉菌丝无色，薄壁，光滑，弯曲，频繁分枝，分枝通常呈直角，且从锁状联合处分出，强烈交织排列，直径为 2~3.5 μm。

　　子实层体：近子实层菌丝无色，薄壁，光滑，频繁分枝，强烈交织排列，直径为 2~3 μm；子实层中具带晕圈的头状囊状体，薄壁，基部有一锁状联合，大小为 18~30×2.5~4 μm；担子棍棒状，中部稍微缢缩，稍弯曲，顶部有 4 个担孢子梗，基部有一锁状联合，大小为 8~18×4~5 μm；拟担子形状与担子相似，但略小。

　　担孢子：担孢子椭圆形，无色，薄壁，光滑，IKI–，CB–，大小为 3.8~5（~5.3）×2~3.5（~3.6）μm，平均长为 4.22 μm，平均宽为 2.74 μm，长宽比为 1.54（*n*=30/1）。

研究标本：吉林省安图县长白山自然保护区，IFP 10053。

生境：松树腐烂木上。

世界分布：芬兰，加拿大，美国，挪威，日本，瑞典，中国。

讨论：鳞片油伏革菌（*Resinicium furfuraceum*）与油伏革菌（*R. bicolor*）区别在于后者的子实层体为齿状，且具有星状结晶囊状体。

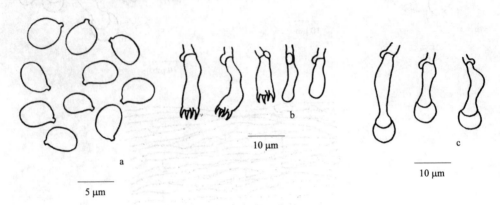

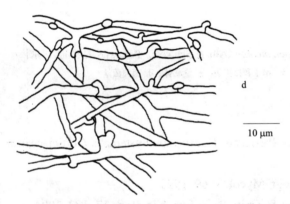

图 99 鳞片油伏革菌 *Resinicium furfuraceum* (Bres.) Parmasto 的解剖结构图

a. 担孢子；b. 担子和拟担子；c. 囊状体；d. 菌肉菌丝

颗粒油伏革菌 图 100

Resinicium granulare (Burt) S.H.Wu, Acta Bot. Fenn. 142: 35, 1990.

Corticium granulare Burt, Ann. Mo. Bot. Gdn. 10: 187, 1923.

子实体：担子果一年生，平伏，与基质易分离，非常薄，厚 20~50 μm（菌齿除外）；子实层体表面白色，小齿状或颗粒状，被有粉粒，干后不开裂；菌齿一般单生，钻形，每毫米约 10 个，菌齿顶端由于伸出的菌髓菌丝而呈流苏状；边缘与子实层体表面同色，渐薄。

菌丝结构：菌丝系统一体系；生殖菌丝具简单分隔，IKI–，CB–；菌丝组织在 KOH 试剂中无变化。

菌肉：菌肉菌丝无色，薄壁，光滑，频繁分枝，强烈交织排列，直径为 1.5~3 μm。

子实层体：菌髓菌丝无色，薄壁，有分枝，沿菌齿疏松交织排列，菌丝顶端有时被有结晶，有的菌丝侧边有不规则突起，直径为 2~3 μm；子实层中有 2 种囊状体，一种囊状体头状，带有晕圈，无色，稍厚壁，基部有一简单分隔，CB+，直径为 8~18 μm；另一种为被有星状结晶的囊状，钻形，薄壁，顶端被有星状的结晶，基部有一简单分隔，大小为 15~20×2~4 μm；担子棍棒状，中下部稍缢缩，顶部有 4 个担孢子梗，基部有一简单分隔，大小为 12~20×4.2~5.2 μm；拟担子形状与担子相似，但略小。

担孢子：担孢子椭圆形，无色，薄壁，光滑，IKI–，CB–，有明显的担孢子梗，大小为(4.5~)4.9~6(~6.1) × 3~4 μm，平均长为 5.21 μm，平均宽为 3.38 μm，长宽比为 1.55 (*n*=30/1)。

研究标本：台湾台北县，TNM 21687。

生境：禾本科植物茎上。

世界分布：美国，中国。

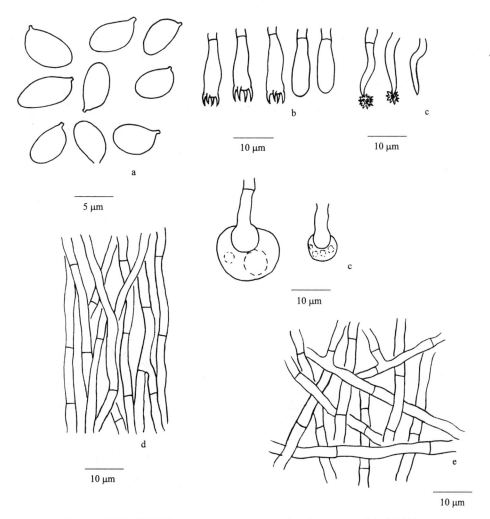

图 100　颗粒油伏革菌 *Resinicium granulare*（Burt）S.H.Wu 的解剖结构图

a. 担孢子；b. 担子和拟担子；c. 囊状体；d. 菌髓菌丝；e. 菌肉菌丝

讨论：颗粒油伏革菌(*Resinicium granulare*)曾被认为与油伏革菌(*R. bicolor*)同物异名，但是后者的菌丝具有锁状联合，菌髓菌丝的顶端无结晶。另外，颗粒油伏革菌只生长在禾本科植物上，而同属其他种生长在木材上。

红缘油伏革菌　图 101

Resinicium pinicola (J. Erikss.) J. Erikss. & Hjortstam, in Eriksson, Hjortstam & Ryvarden, The Corticiaceae of North Europe 6, p. 1271, 1981.

Mycoacia pinicola J. Erikss., Svensk Bot. Tidskr. 43: 59, 1949.

　　子实体：担子果一年生，平伏，不易与基物剥离，胶质，新鲜时污黄色，干后污黄褐色；子实层体表面齿状，菌齿排列比较稠密，长可达 0.5 mm，每毫米 2~5 个；边缘不明显；菌肉层革质，极薄，厚约 0.1 mm。

　　菌丝结构：菌丝系统一体系；生殖菌丝具锁状联合，IKI–，CB–；菌丝组织在 KOH 试剂中无变化。

　　菌肉：菌肉菌丝无色，薄壁至稍厚壁，多数薄壁，光滑，弯曲，频繁分枝，强烈交织排列，直径为 2~3.5 μm。

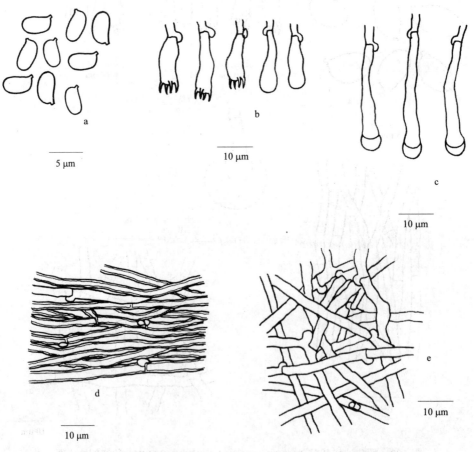

图 101　红缘油伏革菌 *Resinicium pinicola* J. Erikss. 的解剖结构图

a. 担孢子；b. 担子和拟担子；c. 囊状体；d. 菌髓菌丝；e. 菌肉菌丝

子实层体：菌髓菌丝无色，薄壁至稍厚壁，多数稍厚壁，光滑，频繁分枝，沿菌齿紧密近平行至交织排列或疏松交织排列，直径为 2~3 μm；子实层中有囊状体，头状，带有晕圈，无色，薄壁，基部有一锁状联合，大小为 21~35×4~5 μm；担子棍棒状，中下部稍缢缩，顶部有 4 个担孢子梗，基部有一锁状联合，大小为 18~25×4~5.5 μm；拟担子形状与担子相似，但略小。

担孢子：担孢子窄椭圆形或圆柱形，无色，薄壁，光滑，IKI−，CB−，大小为 3.9~4.6(~4.7)×2~2.5 μm，平均长为 4.09 μm，平均宽为 2.16 μm，长宽比为 1.89（n=30/1）。

研究标本：吉林省安图县长白山自然保护区，IFP 10306，IFP 10307；湖南省宜章县莽山国家森林公园，IFP 10054。该种在四川也有报道（Maekawa *et al.* 2002）。

生境：阔叶树倒木。

世界分布：波兰，德国，芬兰，荷兰，挪威，瑞典，中国。

讨论：红缘油伏革菌（*Resinicium pinicola*）与异囊射脉革菌（*Phlebia heterocystidia*）比较接近，但是红缘油伏革菌具有头状、带有晕圈的囊状体，而异囊射脉革菌具有棍棒状囊状体。

齿耳菌属 *Steccherinum* Gray

Nat. Arrang. Br. Pl. I: 651, 1821.

担子果多数一年生，极少数多年生，平伏、平伏反卷或盖形，质地脆、松软或韧，新鲜时多数革质，干后软木质至革质；子实层体表面呈颗粒状突起至明显齿状或刺状，奶油色、淡黄色、红褐色、棕褐色至黑色；菌丝系统多数为二系，少数菌肉中为单系，有些种类还存在骨架缠绕菌丝；多数种类生殖菌丝具锁状联合，少数为简单分隔；骨架菌丝无色，厚壁至近实心，在棉蓝试剂中有不同程度的嗜蓝反应；多数种类具骨架囊状体，并被块状结晶；担孢子无色、薄壁、光滑，IKI−，CB−，长度通常小于 5 μm。大部分种类生长在死树或倒木上，造成木材白腐。本属为世界广布属。

模式种：*Steccherinum ochraceum* (Pers. ex J.F. Gmelin) Gray。

讨论：齿耳菌属（*Steccherinum*）与耙齿菌属（*Irpex*）在显微结构上都极为接近，都具有齿状的子实层体结构，显微结构中都具有包被结晶的骨架囊状体。最主要的区别在于前者生殖菌丝具有锁状联合而后者具有简单分隔。

齿耳属 *Steccherinum* 分种检索表

1. 子实体通常平伏，极少平伏反卷 ·· 2
1. 子实体通常平伏至反卷或有盖 ·· 7
2. 菌肉中菌丝系统单系 ·· 3
2. 菌肉中菌丝系统二系 ·· 4
3. 菌齿长 0.5 mm；担孢子长度>4.7 μm ···························· 凯莱齿耳菌 *S. queletii*
3. 菌齿长 1.5 mm；担孢子长度<4.5 μm ···························· 集刺齿耳菌 *S. aggregatum*
4. 子实体边缘有毛状菌丝，常生成很粗的扫帚状菌索 ·············· 毛缘齿耳菌 *S. fimbriatum*

4. 子实体或呈毛状边缘，不生成扫帚状菌索 ··· 5

5. 骨架囊状体多数呈锥状，前端尖锐 ················· **尖囊齿耳菌 *S. subulatum***

5. 骨架囊状体呈棒状，前端钝 ·· 6

6. 生长在阔叶树倒木上；子实体暗肉红色至砖红色，菌齿长 3 mm，每毫米 3~5 个 ··········

··· **砖红齿耳菌 *S. laeticolor***

6. 生长在针叶树倒木上；子实体奶油色，菌齿长 1.5 mm，每毫米 4~6 个 ··················

··· **穆欣齿耳菌 *S. mukhinii***

7. 担孢子近球形至球形 ··· 8

7. 担孢子短圆柱形至宽椭圆形 ··· 9

8. 菌肉同质，子实层中无菌钉，只有子实层囊状体 1 种 ······· **圆孢齿耳菌 *S. hydneum***

8. 菌肉分层，子实层中有菌丝钉，有骨架囊状体和子实层囊状体 2 种 ····················

··· **亚圆孢齿耳菌 *S. subglobosum***

9. 子实层中无骨架囊状体；子实体通常具中生或侧生柄 ······· **黑刺齿耳菌 *S. adustum***

9. 子实层中有骨架囊状体；子实体通常无柄 ··· 10

10. 菌肉分层，革质，菌盖表面通常有较长绒毛；菌髓菌丝疏松交织排列 ················

··· **齿耳菌 *S. ochraceum***

10. 菌肉单层，软木质，菌盖表面较光滑或有细绒毛；菌髓菌丝严格沿菌齿平行排列 ······· 11

11. 菌齿长 2~3 mm，灰褐色，菌盖边缘钝；有些骨架囊状体光滑 ········· **扁刺齿耳菌 *S. rawakense***

11. 菌齿长 3~4 mm，深棕褐色，菌盖边缘锐；所有骨架囊状体均被结晶 ··················

··· **穆氏齿耳菌 *S. murashkinskyi***

黑刺齿耳菌　图 102

Steccherinum adustum (Schwein.) Banker, Mem. Torrey Bot. Club 12: 132, 1906.

Hydnum adustum Schwein., Schriften Naturf. Ges. Leipzig 1: 103, 1822.

Mycoleptodonoides adusta (Schwein.) Nikol., Botanicheskie Materialy 8: 120, 1952.

Mycorrhaphium adustum (Schwein.) Maas Geest., Persoonia 2: 394, 1962.

子实体：担子果一年生，盖状，通常有中生或侧生柄，有时无柄，新鲜时革质，干后木栓质，菌盖长可达 5 cm，宽可达 3 cm，基部厚可达 5 mm；菌盖表面淡灰黄色至土黄色，具不明显的环纹和环沟，被微绒毛；边缘锐，波浪状，干后常变色为深褐色；菌柄长可达 2 cm，直径可达 3 mm；子实层体表面大部分刺状，菌齿呈棕褐色，触摸后变黑褐色至黑色，脆革质，稠密，排列均匀，锥形，尖端光滑，单生或连生，菌齿长 2 mm，每毫米 4~8 个；子实层边缘菌齿较短，菌齿连接形成孔状结构，具明显的不育边缘，达 1 mm；菌肉层白色，无环纹，木栓质，厚 3 mm。

菌丝结构：菌肉中菌丝系统一体系，菌髓中菌丝系统二体系；生殖菌丝具锁状联合，薄壁至厚壁；骨架菌丝厚壁具明显的内腔，IKI–，CB+；菌丝组织在 KOH 试剂中变为褐色。

菌肉：生殖菌丝无色，厚壁具宽内腔，锁状联合常见，光滑，弯曲，频繁分枝，疏松交织排列，直径为 2~5.5 μm。

菌齿：菌髓中生殖菌丝无色，薄壁，偶尔分枝，直径为 2~4 μm；骨架菌丝厚壁具明显的内腔，不分枝，沿菌齿呈近平行排列，直径为 2.5~5.5 μm；子实层中无骨架囊状体等不孕结构；担子棒形，顶部着生 4 个担孢子梗，基部具一锁状联合，大小为 12~15 × 3~4.5 μm；拟担子形状与担子类似，但略小；菌髓中常散布正方形颗粒状结晶体。

孢子：担孢子圆柱形，无色，薄壁，光滑，IKI–、CB–，大小为（2.8~）3~3.6（~3.8）× 1.2~1.7（~1.8）μm，平均长为 3.18 μm，平均宽为 1.39 μm，长宽比为 2.29（n=30/1）。

生境：阔叶树林下或倒木上。

研究标本：吉林省辉县，IFP 10120，吉林省抚松县，IFP 10121，吉林省汪清县，IFP 10122，吉林省安图县长白山自然保护区，IFP 10123，IFP 10124，IFP 10125，IFP 10126；黑龙江省虎林市，IFP 10176，黑龙江省牡丹江市宁安市镜泊湖，IFP 10176。

世界分布：美国，中国。

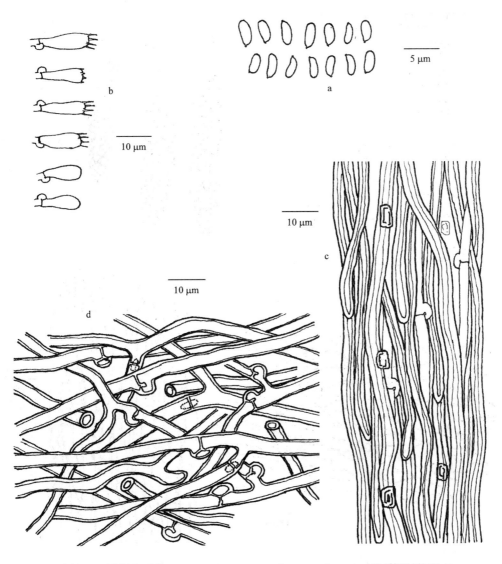

图 102　黑刺齿耳菌 *Steccherinum adustum*（Schwein.）Banker 的解剖结构图

a. 担孢子；b. 担子和拟担子；c. 菌髓菌丝；d. 菌肉菌丝

讨论：黑刺齿耳菌（*Steccherinum adustum*）与同属其他种的区别是具有菌柄，但无囊状体。

集刺齿耳菌 图 103

Steccherinum aggregatum Hjortstam & Spooner, Kew Bulletin 45: 311, 1990.

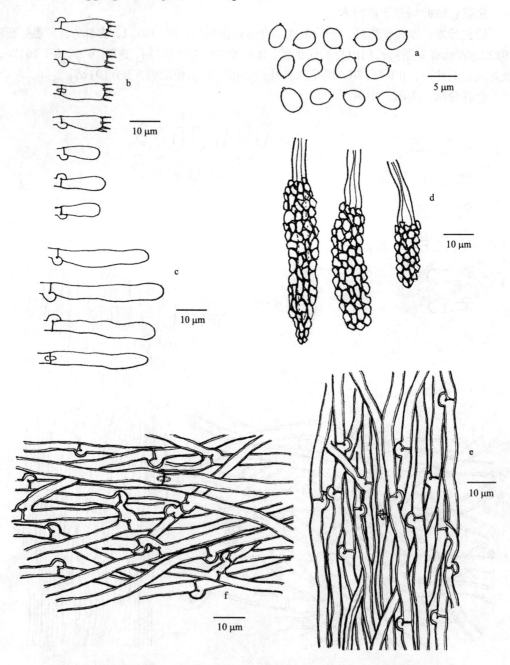

图 103 集刺齿耳菌 *Steccherinum aggregatum* Hjortstam & Spooner 的解剖结构图
a. 担孢子；b. 担子和拟担子；c. 薄壁囊状体；d. 被结晶囊状体；e. 菌髓菌丝；f. 菌肉菌丝

子实体：担子果一年生，通常平伏，紧贴基物，新鲜时革质，灰紫色，干后硬革质，平伏的担子果长可达 3 cm，宽可达 2 cm；子实层体表面齿状，齿间子实层体光滑，颜色比齿略深；菌齿疏散至稠密，排列不均匀，浅黄褐色，锥形、圆筒形或稍扁平，单个着生或连生，干后硬且脆，长可达 1.5 mm，每毫米 3~5 个；不育边缘较薄，浅黄色至浅灰色，具辐射状绒毛菌丝，边缘与基物不可分离；菌肉层较薄，白色至奶油色，革质，干后脆革质。

菌丝结构：菌肉中菌丝系统一体系，菌髓中二体系；骨架菌丝少见，生殖菌丝具锁状联合，厚壁，IKI−，CB+；菌丝组织在 KOH 试剂中无变化。

菌肉：生殖菌丝无色，稍厚壁至厚壁，光滑，弯曲，偶尔分枝，通常近规则排列或疏松交织排列，直径为 2.1~3.2 µm。

菌齿：菌髓菌丝与菌肉菌丝类似，生殖菌丝无色，厚壁，偶尔分枝，直径为 2.5~4 µm，菌齿中下部菌丝近平行排列，上部交织排列；骨架菌丝少见；骨架囊状体较多，棍棒状，较粗壮，厚壁，自菌髓中伸出，被厚结晶体，结晶包被部分大小为 18~60 × 6~10 µm，顶端钝或锐；子实层囊状体棍棒状至圆柱状，自亚子实层中伸出，薄壁，大小为 22~30 × 4.5~5.5 µm；担子棒形，顶部着生 4 个担孢子梗，基部具一锁状联合，大小为 12~17 × 4.0~5.0 µm；拟担子多数呈棍棒状，比担子略小。

孢子：担孢子宽椭圆形，无色，薄壁，光滑，IKI−，CB−，大小为 （3.4~）3.7~4.3（~4.5）× （2.6~）2.7~3.1（~3.3）µm，平均长为 3.88 µm，平均宽为 2.89 µm，长宽比为 1.34 （n=31/1）。

生境：桦属树木倒木。

研究标本：湖北省神农架自然保护区，IFP 10178。

世界分布：马来群岛，中国。

讨论：集刺齿耳菌(Steccherinum aggregatum)的特征是菌肉菌丝一体系，菌髓菌丝二体系，但骨架菌丝少见，子实层有 2 种囊状体，而齿耳属(Steccherinum)的其他种类骨架菌丝占多数，通常只有骨架囊状体。因此在显微镜下很容易与其他种相区别。

毛缘齿耳菌 图 104

Steccherinum fimbriatum (Pers.) J. Eriksson, Symb. Bot. Upsal. 16: 134, 1958.

Gloiodon fimbriatus (Pers.) Donk, Medded. Nedl. Mycol. Ver. 18-20: 190, 1931.

Hydnum fimbriatum (Pers.) DC., in de Candolle & Lamarck, Fl. Franç., Edn 3 (Paris) 6: 6, 37, 1815.

Hydnum fimbriatum (Pers.) Fr., Syst. Mycol. (Lundae) 1: 421, 1821.

Irpex fimbriatus (Pers.) Kotir. & Saaren., Polish Botanical Journal 47: 105, 2002.

Mycoleptodon fimbriatus (Pers.) Bourdot & Galzin [as 'fimbriatum'], Bull. Soc. Mycol. Fr. 30: 276, 1914.

Odontia fimbriata Pers., Observationes Mycologicae 1: 88, 1796.

Sistotrema fimbriatum (Pers.) Pers., Syn. Meth. Fung. (Göttingen) 2: 553, 1801.

Xylodon fimbriatus (Pers.) Chevall., Fl. Gén. Env. Paris (Paris) 1: 273, 1826.

子实体：担子果一年生，通常平伏，新鲜时淡紫褐色，干后呈灰黄褐色，长可达 20 cm，宽可达 4 cm，边缘常有粗壮的菌索，并贯穿于整个担子果；子实层体表面短齿状，菌齿排列稀疏，不均匀，锥形、圆筒形或稍扁平，被奶油色粉状物，通常单个着生，菌齿长不超过 0.5 mm，每毫米 5~7 个；菌齿间子实层体光滑至粗糙，颜色与齿相同；不育边缘呈绒毛状，并具帚状菌索，颜色同菌齿间子实层体或略浅；菌肉层白色至奶油色，革质，厚可达 0.5 mm。

菌丝结构：菌丝系统二体系；生殖菌丝具锁状联合，薄壁至稍厚壁；骨架菌丝厚壁至几乎实心，IKI–，CB+；菌丝组织在 KOH 试剂中变褐色。

菌肉：生殖菌丝无色，薄壁，常被大小不等的结晶颗粒，中度分枝，直径为 1.8~5 μm；骨架菌丝厚壁至几乎实心，极少分枝或不分枝，直径为 2.0~4 μm，所有菌丝呈疏松交织排列。

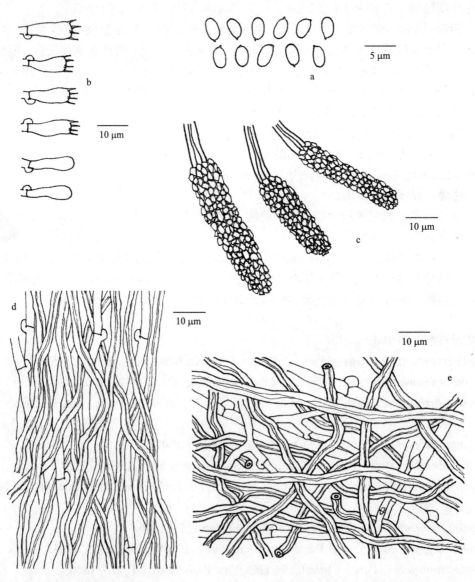

图 104　毛缘齿耳菌 Steccherinum fimbriatum（Pers.）J. Eriksson 的解剖结构图
a. 担孢子；b. 担子和拟担子；c. 囊状体；d. 菌髓菌丝；e. 菌肉菌丝

菌齿：菌髓中骨架菌丝占多数；生殖菌丝无色，薄壁至稍厚壁，极少分枝或无分枝，直径为 2~3.5 μm；骨架菌丝厚壁至几乎实心，极少分枝或不分枝，直径为 2.5~3.5 μm，沿菌齿呈紧密交织或近平行排列；骨架囊状体较多，棍棒状，较粗壮，稍厚壁至厚壁，自菌髓中伸出，被大小不一的块状结晶体，结晶包被部分大小为 22~60×5~9 μm，顶端钝；无子实层囊状体；担子棒形，顶部着生 4 个担孢子梗，基部具一锁状联合，大小为 11~15×4~5 μm；拟担子形状与担子类似，但略小。

孢子：担孢子椭圆形，无色，薄壁，光滑，IKI–，CB–，大小为 (3~)3.1~3.7(~4) × (2~)2.1~2.4(~2.5) μm，平均长为 3.34 μm，平均宽为 2.22 μm，长宽比为 1.5 (n=30/1)。

生境：阔叶树倒木。

研究标本：吉林省安图县，IFP 10127；黑龙江省虎林市，IFP 10180；安徽省黄山市黄山风景区，IFP 10128；河南省内乡县宝天曼自然保护区，IFP 10415；湖北省神农架自然保护区，IFP 10416；四川省乐山县峨眉山风景区，IFP 10181，四川省阿坝州汶川县，TNM 12085；台湾高雄县，TNM 2738，台湾玉山公园，TNM 1524，台湾雾灵山，TNM 15229。

世界分布：丹麦，法国，芬兰，加拿大，美国，挪威，瑞典，中国。

讨论：毛缘齿耳菌(*Steccherinum fimbriatum*)的主要特征为子实体上具有辐射状菌索，子实层体表面新鲜时通常略带淡紫色，菌齿排列稀疏，较短；该种比较常见，能够生长在多种阔叶树倒木和腐朽木上。

圆孢齿耳菌　图 105

Steccherinum hydneum (Rick) Maas Geest., Persoonia 7: 506, 1974.

Irpex hydneum Rick, Iheringia Bot. 5: 190, 1959.

子实体：担子果一年生，平伏至反卷，革质，易与基物分离，平伏的担子果长可达 5 cm，宽可达 2 cm；子实层体表面齿状，菌齿间子实层体亚绒毛状，颜色比刺略浅；菌齿排列稠密，均匀，淡橙黄褐色，锥形、圆筒形或稍扁平，直立或稍弯曲，单个着生或连生，有的菌齿尖端分叉，菌齿长达 2~3 mm，每毫米 3~6 个；不育边缘奶油色至浅黄色；菌肉层奶油色至浅黄色，革质，厚 0.5~1 mm。

菌丝结构：菌丝系统二体系；生殖菌丝具锁状联合，薄壁至稍厚壁；骨架菌丝厚壁至几乎实心，IKI–，CB+；菌丝组织在 KOH 试剂中无变化。

菌肉：生殖菌丝无色，稍厚壁，偶尔分枝，直径为 2.5~3.5 μm；骨架菌丝厚壁至几乎实心，光滑，弯曲，偶尔分枝，直径为 2~5 μm；所有菌丝呈疏松交织排列。

菌齿：菌髓中骨架菌丝占多数；生殖菌丝无色，薄壁，具锁状联合，很少分枝，直径为 2~3 μm；骨架菌丝厚壁至几乎实心，极少分枝或不分枝，沿菌齿呈疏松近平行排列，直径为 2~4 μm；骨架囊状体较多，棍棒状，较粗壮，厚壁，自菌髓中伸出，嵌入或突出子实层，被厚结晶体，结晶包被部分大小为 8~80 × 4~8 μm，顶端钝；无子实层囊状体；担子棒形，顶部着生 4 个担孢子梗，基部具一锁状联合，大小为 15~21 × 4.5~6 μm；拟担子形状与担子类似，但略小。

孢子：担孢子近球形，近轴向稍扁，无色，薄壁，光滑，通常内含一个大液泡，IKI–，CB–，大小为 4.2~5(~5.3) × (3.5~)3.6~4.1(~4.4) μm，平均长为 4.54 μm，平均宽为

3.84 μm，长宽比为 1.18（*n*=30/1）。

　　生境：阔叶树腐木。

　　研究标本：黑龙江省牡丹江宁安市镜泊湖，IFP 10182；湖北省五峰县，IFP 10183。

　　世界分布：中国。

　　讨论：圆孢齿耳菌（*Steccherinum hydneum*）在宏观形态上极易与齿耳菌（*S. ochraceum*）相似，特别是子实层体表面（包括菌肉和菌齿）的颜色及形态，但是圆孢齿耳菌的孢子呈近球形，较大，且含有一个大液泡，其菌肉层也较薄且同质，而齿耳菌的孢子为椭圆形至短圆柱形，菌肉层通常较厚且分层（Maas Geesteranus 1974）。

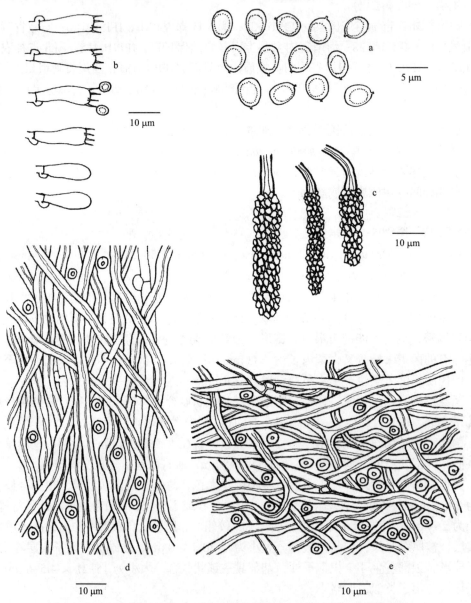

图 105　圆孢齿耳菌 *Steccherinum hydneum*（Rick）Maas Geest. 的解剖结构图

a. 担孢子；b. 担子和拟担子；c. 囊状体；d. 菌髓菌丝；e. 菌肉菌丝

砖红齿耳菌 图 106

Steccherinum laeticolor (Berk. & M.A. Curtis) Banker, Mycologia 4: 316, 1912.

Hydnum laeticolor Berk. & M.A. Curtis, Grevillea 1: 99, 1873.

Irpex laeticolor (Berk. & M.A. Curtis) Kotir. & Saaren., Polish Botanical Journal 47: 105, 2002.

Mycoleptodon laeticolor (Berk. & M.A. Curtis) Pat., in Essai Tax. Hym., p. 117, 1900.

子实体：担子果一年生，平伏至反卷，干后暗黄褐色至砖红色，反卷部分菌盖淡灰黄色，具不明显的环纹和环沟，被微绒毛，边缘锐，平伏大的子实体长可达 10 cm，宽可达 4 cm，盖形子实体长可达 0.5 cm，宽可达 10 cm，基部厚可达 2.5 mm；子实层体表面齿状，呈红褐色至砖红色；菌齿排列稀疏至稠密，不均匀，锥形，尖端光滑，单生或连生，菌齿长可达 2 mm，每毫米 3~5 个；菌齿间子实层体光滑，颜色与齿相同或稍浅；不育边缘呈细绒毛状，淡黄色至淡红棕色，达 2 mm；菌肉层奶油色至淡红棕色，革质，厚可达 0.5 mm。

菌丝结构：菌丝系统二体系；生殖菌丝具锁状联合，薄壁；骨架菌丝厚壁至几乎实心，IKI–，CB+；菌丝组织在 KOH 试剂中无变化。

菌肉：生殖菌丝无色，薄壁，中度分枝，直径为 2~3 μm；骨架菌丝厚壁至几乎实心，光滑，弯曲，极少分枝或不分枝，直径为 2.5~5 μm，所有菌丝呈疏松交织排列。

菌齿：菌髓中生殖菌丝无色，薄壁，极少分枝或无分枝，常被颗粒状结晶体，直径为 2.5~3 μm；骨架菌丝厚壁至几乎实心，不分枝，沿菌齿呈近平行排列，直径为 2.5~5 μm；骨架囊状体较多，棍棒状或锥形，较粗壮，稍厚壁至厚壁，自菌髓中伸出，埋生或突出子实层，被大小不一的块状结晶体，结晶包被部分大小为 10~28 × 8~18 μm，顶端锐；无子实层囊状体；担子棒形，顶部着生 4 个担孢子梗，基部具一锁状联合，大小为 10~15×4~5 μm；拟担子形状与担子类似，但略小。

孢子：担孢子椭圆形，无色，薄壁，光滑，IKI–，CB–，大小为 (3.6~)3.8~4.2(~4.8)×(2.6~)2.7~3 μm，平均长为 4.11 μm，平均宽为 2.84 μm，长宽比为 1.45 (*n*=30/1)。

生境：阔叶树倒木或腐朽木上。

研究标本：山西省沁水县，IFP 10184，IFP 10185；内蒙古通辽市，IFP 10130，IFP 10131，IFP 10132；吉林省汪清县，IFP 10129，吉林省安图县长白山自然保护区，IFP 10451；黑龙江省呼玛县，IFP 10133；湖北省丹江口市武当山风景区，IFP 10134。

世界分布：美国，中国。

讨论：砖红齿耳菌(*Steccherinum laeticolor*)最显著的特征为子实层体表面红棕色至砖红色，与其颜色相近的种有亚圆孢齿耳菌(*S. subglobosum*)、齿耳菌(*S. ochraceum*)和圆孢齿耳菌(*S. hydneum*)，但这三个种的颜色通常为橙红色至黄褐色，而砖红齿耳菌为砖红色至红棕色。此外，砖红齿耳菌的骨架囊状体有些呈锥状，顶端锐，而另外三个种则为棍棒状，顶端钝。

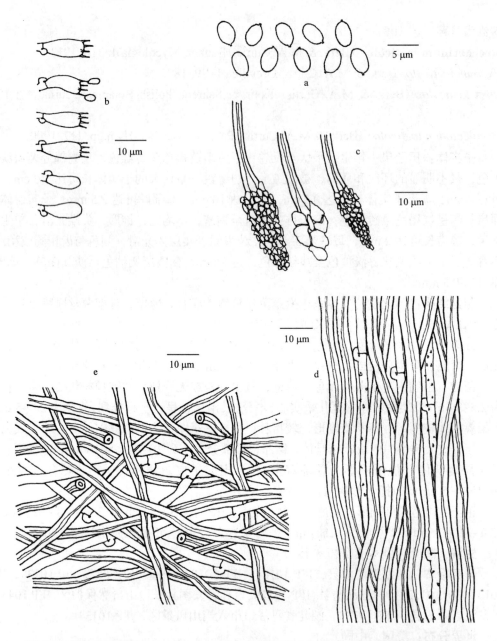

图 106　砖红齿耳菌 *Steccherinum laeticolor*（Berk. & M.A. Curtis）Banker 的解剖结构图

a. 担孢子；b. 担子和拟担子；c. 囊状体；d. 菌髓菌丝；e. 菌肉菌丝

穆欣齿耳菌　图 107

Steccherinum mukhinii Kotiranta & Y.C. Dai, Karstenia 38: 74, 1998.

Irpex mukhinii（Kotir. & Y.C. Dai）Kotir. & Saaren., Polish Botanical Journal 47: 105, 2002.

　　子实体：担子果一年生，平伏，较松软，新鲜时奶油色，无特殊气味，革质；干后淡灰黄褐色，长可达 3 cm，宽可达 2 cm；子实层体表面齿状；菌齿排列稠密，均匀，柔软，锥形，通常单生，尖端分叉或不分叉，单生或连生，菌齿长可达 2 mm，每毫米 4~6

个；菌齿间子实层体粗糙，颜色与刺相同或稍浅；不育边缘呈细绒毛状，易与基物分离，宽可达 1 mm；菌肉层奶油色，革质，厚约 0.5 mm。

菌丝结构：菌丝系统二体系；生殖菌丝具锁状联合，薄壁；骨架菌丝厚壁至几乎实心，IKI–，CB+；菌组织在 KOH 中无变化。

菌肉：生殖菌丝无色，薄壁，不分枝，直径为 2.5~4 μm；骨架菌丝厚壁至几乎实心，弯曲，中度分枝，直径为 2.5~6 μm；所有菌丝呈疏松交织排列。

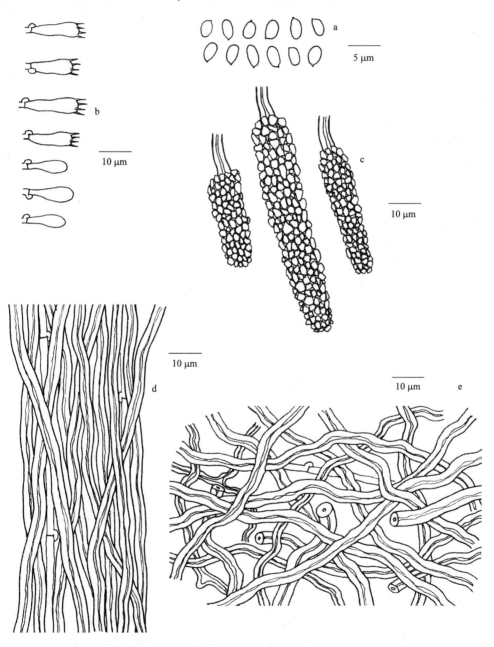

图 107　穆欣齿耳菌 *Steccherinum mukhinii* Kotiranta & Y.C. Dai 的解剖结构图

a. 担孢子；b. 担子和拟担子；c. 囊状体；d. 菌髓菌丝；e. 菌肉菌丝

菌齿：菌髓中生殖菌丝少见，无色，薄壁，无分枝，直径为 2~3 μm；骨架菌丝无色，厚壁至几乎实心，平直，不分枝，沿菌齿呈严格平行排列，直径为 2.5~5 μm；骨架囊状体较多，棍棒状，极粗壮，厚壁至几乎实心，自菌髓中伸出，埋生或突出子实层，被大小不一的块状结晶体，结晶包被部分大小为 15~130×12~20 μm，顶端圆钝；无子实层囊状体；担子棒形，顶部着生 4 个担孢子梗，基部具一锁状联合，大小为 12~15×4~5 μm；拟担子形状与担子类似，但略小。

孢子：担孢子椭圆形，无色，薄壁，光滑，IKI–，CB–，大小为 (2.7~)2.8~3.2(~3.3)×1.7~2(~2.1) μm，平均长为 3.03 μm，平均宽为 1.79 μm，长宽比为 1.69 (n=30/1)。

生境：冷杉属(*Abies*)及其他阔叶树倒木上。

研究标本：吉林省安图县长白山自然保护区，IFP 10135；黑龙江省牡丹江市宁安市镜泊湖，IFP 10186。

世界分布：中国。

讨论：穆欣齿耳菌(*Steccherinum mukhinii*)最显著的特征为严格平伏的子实体，菌齿灰黄褐色、锥形，该种与穆氏齿耳菌(*S. murashkinskyi*)的孢子大小较接近，但后者子实体为平伏反卷，菌齿颜色暗褐色。

穆氏齿耳菌　图 108

Steccherinum murashkinskyi(Burt) Maas Geest., Persoonia 2: 405, 1962.

Hydnum murashkinskyi Burt, Ann. Mo. Bot. Gdn. 18: 477, 1931.

Mycoleptodon murashkinskyi (Burt) Pilát, Bull. Trimmest. Soc. Myco. Fr. 49: 300, 1934.

Irpex murashkinskyi (Burt) Kotir. & Saaren., Polish Botanical Journal 47: 105, 2002.

子实体：担子果一年生，平伏至反卷，干后暗赭石色，平伏时长可达 5 cm，宽可达 2 cm；反卷部分菌盖暗黄褐色，具不明显的环纹，被微绒毛，边缘锐，菌盖长可达 1 cm，宽可达 0.5 cm，基部厚可达 4.5 mm；子实层体表面齿状，菌齿下部呈暗褐色至赭石色，上部颜色较淡，呈灰褐色，排列稠密，均匀，单生，较柔软，锥形，尖端光滑，通常不分叉，菌齿长 3~4 mm，每毫米 3~4 个；菌齿间子实层体粗糙，颜色比菌齿稍浅；不育边缘淡黄色，无细绒毛，宽可达 1 mm；菌肉层土黄色，无环纹，木栓质，厚约 0.5 mm。

菌丝结构：菌丝系统二系至三系；生殖菌丝具锁状联合，薄壁；骨架缠绕菌丝厚壁至几乎实心，IKI–，CB+；菌丝组织在 KOH 试剂中无变化。

菌肉：生殖菌丝无色，薄壁，偶尔分枝，直径为 2~3.5 μm；骨架菌丝厚壁至几乎实心，少分枝，直径为 3~6 μm；缠绕菌丝厚壁至几乎实心，扭曲，多分枝，直径为 1.8~3 μm；所有菌丝呈疏松交织排列。

菌齿：菌髓中生殖菌丝少见，无色，薄壁，具锁状联合且多分隔，偶尔分枝，直径为 2.5~3.5 μm；骨架菌丝占多数，厚壁有明显的内腔，不分枝，沿菌齿呈严格平行排列，直径为 2.5~6 μm；无缠绕菌丝；骨架囊状体较多，棍棒状，厚壁，自菌髓中伸出，埋生或突出子实层，被大小不一的块状结晶体，结晶包被部分大小为 18~160×7~18 μm，顶端钝；无子实层囊状体；担子棒形，顶部着生 4 个担孢子梗，基部具一锁状联合，大小为 12~16×4~5 μm；拟担子形状与担子类似，但略小。

孢子：担孢子椭圆形，无色，薄壁，光滑，IKI–，CB–，大小为 (3~)3.1~3.6(~3.8)×

1.7~1.9(~2) μm，平均长为 3.31 μm，平均宽为 1.83 μm，长宽比为 1.81（n=30/1）。

生境：阔叶树倒木。

研究标本：吉林省安图县长白山自然保护区，IFP 10136，IFP 10137；云南省楚雄市，IFP 10187。

世界分布：中国。

讨论：穆氏齿耳菌（*Steccherinum murashkinskyi*）最显著的特征为平伏反卷的子实体及较长的菌齿。扁刺齿耳菌（*S. rawakense*）与穆氏齿耳菌的颜色及质地相近，但前者常为盖形，菌肉层较厚（达 2 mm），且其孢子较短（2.8~3.2 × 1.7~2 μm）。穆欣齿耳菌（*S. mukhinii*）的菌齿也较柔软，担孢子大小及形状与本种类似，但它的子实体颜色较浅且菌齿更细。

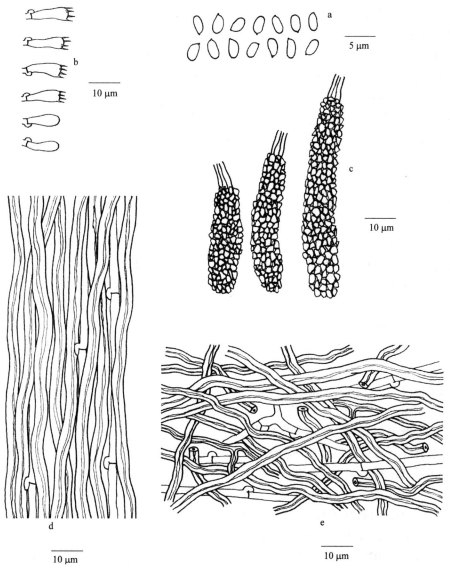

图 108　穆氏齿耳菌 *Steccherinum murashkinskyi* (Burt) Maas Geest. 的解剖结构图

a. 担孢子；b. 担子和拟担子；c. 囊状体；d. 菌髓菌丝；e. 菌肉菌丝

齿耳菌 图 109

Steccherinum ochraceum (Pers. ex J.F. Gmelin) Gray, A natural arrangement of British plants 1: 651, 1821.

Climacodon ochraceus (Pers.) P. Karst., Bidr. Känn. Finl. Nat. Folk 37: 98, 1882.

Hydnum ochraceum Pers. ex J.F. Gmelin, Systema Naturae 2, ed. 13: 1440, 1792.

Irpex ochraceus (Pers.) Kotir. & Saaren., Polish Botanical Journal 47: 105, 2002.

Leptodon ochraceus (Pers.) Quél., Fl. Mycol., p. 441, 1888.

Mycoleptodon ochraceus (Pers.) Bourdot & Galzin [as 'ochraceum'], in Essai Tax. Hym., p. 116, 1900.

子实体：担子果一年生，平伏、平伏反卷或盖状，菌盖单生，侧向融合，或覆瓦状叠生，革质，扇形或半圆形，表面淡灰黄色，具环纹和环沟，被短绒毛，边缘锐，干后常内卷，单个菌盖长可达 3 cm，宽可达 1 cm，厚可达 1 mm，平伏的担子果长可达 4 cm，宽可达 2 cm；子实层体表面齿状，呈肉色至赭石色，菌齿排列稠密，均匀，锥形或侧向连接成桶状，尖端光滑，单生或连生，菌齿长可达 2 mm，每毫米 4~6 个；菌齿间子实层体光滑，颜色与刺相同或稍浅；不育边缘奶油色至淡黄色，达 2 mm；菌肉分层，革质，上层黄褐色至灰褐色，厚可达 0.6 mm，疏松，下层奶油色，紧密，厚可达 0.4 mm。

菌丝结构：菌丝系统二体系；生殖菌丝具锁状联合，薄壁至稍厚壁；骨架菌丝厚壁至几乎实心，IKI–，CB+；菌组织在 KOH 中无变化。

菌肉：生殖菌丝无色，薄壁至稍厚壁，中度分枝，直径为 2~3.5 µm；骨架菌丝厚壁至几乎实心，偶尔分枝，直径为 1.5~4.5 µm；上层菌丝呈疏松近规则排列，下层菌丝紧密交织排列。

菌齿：菌髓中生殖菌丝无色，薄壁，偶尔分枝，直径为 1.5~3 µm；骨架菌丝厚壁至几乎实心，弯曲，极少分枝或不分枝，疏松交织排列，直径为 2~5 µm；骨架囊状体稀少或较多，棍棒状，较粗壮，厚壁，自菌髓中伸出，埋生或突出子实层，被大小不一的块状结晶体，结晶包被部分大小为 16~70 × 4~12 µm，顶端圆钝；菌齿尖端常有被稀疏小块结晶的囊状体，棒状，薄壁至稍厚壁，大小为 20~35 × 5~7 µm；担子棒形，顶部着生 4 个担孢子梗，基部具一锁状联合，大小为 9~15 × 4~5 µm；拟担子形状与担子类似，比担子稍小。

孢子：担孢子椭圆形，无色，薄壁，光滑，IKI–，CB–，大小为 3~3.4(~3.6) × (1.9~)2~2.3(~2.6) µm；平均长为 3.24 µm，平均宽为 2.18 µm，长宽比为 1.48 (n=30/1)。

生境：阔叶树死树、倒木和腐朽木。

研究标本：北京松山自然保护区，IFP 10146；山西省交城县，IFP 10199；辽宁省铁岭市西丰县，IFP 10141, IFP 10142；辽宁省鞍山市，IFP 10143；吉林省安图县长白山自然保护区，IFP 10138, IFP 10139, IFP 10147, IFP 10148, IFP 10149, IFP 10150, IFP 10151, IFP 10203；黑龙江省呼玛县，IFP 10140；IFP 10495, IFP 10496, 黑龙江省虎林市，IFP 10188, IFP 10189, IFP 10190, IFP 10191, IFP 10192, IFP 10193, 黑龙江省牡丹江宁安市镜泊湖，IFP 10194, IFP 10195, IFP 10196, IFP 10197, IFP 10198；江苏省南京中山陵，IFP 10153；安徽省黄山市黄山风景区，IFP 10144, IFP 10145；福建省武夷山自然保护区，IFP 10152；湖北省丹江口市武当山，IFP 10154；湖北省神农架自然保护区，IFP

10202；云南省楚雄市，IFP 10200，IFP 10201；西藏自治区林芝县八一镇，IFP 10497，IFP 10498；台湾南投县，TNM 14447，台湾台中县，TNM 22413。

世界分布：丹麦，芬兰，加拿大，美国，挪威，瑞典，中国。

讨论：齿耳菌（*Steccherinum ochraceum*）以菌盖表面具环沟和灰色绒毛，子实层体肉红色以及菌肉分层为其主要宏观结构。菌髓中囊状体分 2 种，一种是厚壁且覆盖结晶体的骨架囊状体，另一种是多存在于菌齿末端、覆盖少量结晶体的薄壁囊状体。该种在宏观特征上极易和亚圆孢齿耳菌（*S. subglobosum*）混淆，但亚圆孢齿耳菌的担孢子为近球形，较大（3.9~4.6×3.3~3.9 μm）。

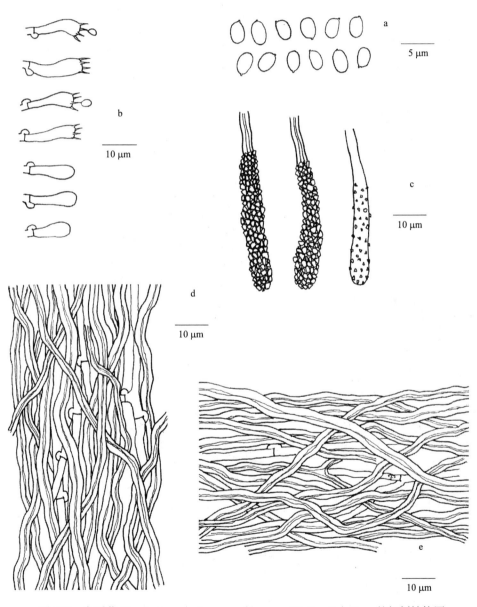

图 109　齿耳菌 *Steccherinum ochraceum*（Pers. ex J.F. Gmelin）Gray 的解剖结构图

a. 担孢子；b. 担子和拟担子；c. 囊状体；d. 菌髓菌丝；e. 菌肉菌丝

凯莱齿耳菌　图 110

Steccherinum queletii（Bourdot & Galzin）Hallenb. & Hjortstam, Mycotaxon 31: 443, 1988.

Cabalodontia queletii（Bourdot & Galzin）Piątek, Polish Botanical Journal 49: 3, 2004.

Odontia queletii Bourdot & Galzin, Bull. Soc. Mycol. Fr. 30: 270, 1914.

Phlebia queletii（Bourdot & Galzin）M.P. Christ., Dansk Bot. Ark. 19: 176, 1960.

Metulodontia queletii（Bourdot & Galzin）Parmasto, Conspectus Systematis Corticiacearum（Tartu）, p. 118, 1968.

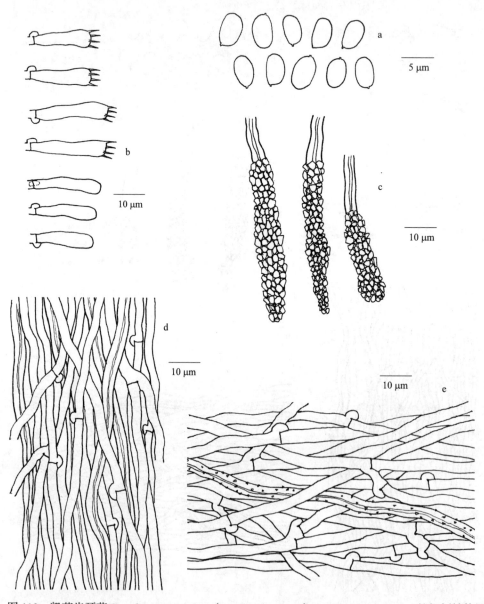

图 110　凯莱齿耳菌 *Steccherinum queletii*（Bourdot & Galzin）Hallenb. & Hjortstam 的解剖结构图

a. 担孢子；b. 担子和拟担子；c. 囊状体；d. 菌髓菌丝；e. 菌肉菌丝

子实体：担子果一年生，平伏，常由片状子实体侧向融合，长可达 3 cm，宽可达 1 cm，革质；子实层体表面齿状，灰黄色至淡土黄色，菌齿排列较稠密，不均匀，尖端绒毛状，常由 2~3 个齿合并成锥形或侧向连接成片状，少数单生，长可达 0.5 mm，每毫米 4~6 个；菌齿间子实层体粗糙，颜色与菌齿相同；不育边缘颜色略浅，呈奶油色至淡黄色；菌肉革质，极薄，厚约 0.2 mm。

菌丝结构：菌肉中菌丝系统为单系，或偶尔有骨架菌丝；菌髓中为二体系；生殖菌丝具锁状联合，薄壁至稍厚壁；骨架菌丝厚壁至几乎实心，IKI−，CB+；菌组织在 KOH 试剂中无变化。

菌肉：生殖菌丝无色，薄壁，中度分枝，常塌陷，直径为 2~4 μm；偶尔有骨架菌丝，厚壁至几乎实心，覆盖颗粒状结晶，直径为 2.5 μm；所有菌丝疏松交织排列。

菌齿：菌髓中生殖菌丝常见，无色，薄壁至稍厚壁，偶尔分枝，直径为 2~3 μm；骨架菌丝厚壁至几乎实心，无分枝，沿菌齿呈近平行至疏松交织排列，直径为 2.5~5 μm；骨架囊状体常见，棍棒状或锥形，较粗壮，厚壁，自菌髓中伸出，埋生或突出子实层，被大小不一的块状结晶体，结晶包被部分大小为 15~60×4~10 μm，顶端圆钝或锐；担子棒形，顶部着生 4 个担孢子梗，基部具一锁状联合，大小为 14~23×4~5.5 μm；拟担子形状与担子类似，比担子稍小。

孢子：担孢子椭圆形，无色，薄壁，光滑，IKI−，CB−，大小为 (4.6~)4.7~5.3(~5.9)×3~3.5(~3.7) μm，平均长为 5.05 μm，平均宽为 3.25 μm，长宽比为 1.55（*n*=30/1）。

生境：阔叶树倒木上。

研究标本：陕西宝鸡市眉县太白山自然保护区，HMAS 35606，HMAS 34835，HMAS 35607。

世界分布：丹麦，加拿大，美国，中国。

讨论：凯莱齿耳菌（*Steccherinum queletii*）与集刺齿耳菌（*S. aggregatum*）同属于凯莱齿耳菌组（Hjortstam 1990），都是具有单系的菌肉菌丝，二系的菌髓菌丝，但集刺齿耳菌的担孢子较小（3.7~4.3 × 2.7~3.1 μm）。

扁刺齿耳菌　图 111

Steccherinum rawakense（Pers.）Banker, Mycologia 4: 312, 1912.

Hydnum rawakense Pers. apud Gaud., Freycin. Bot. Voy. Monde, p. 175, 1827.

Irpex rawakensis（Pers.）Saaren. & Kotir., in Kotiranta & Saarenoksa, Polish Botanical
　　　Journal 47: 106, 2002.

Mycoleptodon rawakensis（Pers. apud Gaud.）Pat., in Essai Tax. Hym., p. 117, 1900.

子实体：担子果一年生，平伏反卷或盖状，单生或覆瓦状叠生，木栓质；菌盖扇形或半圆形，基部收缩成柄状，表面黄褐色，有红褐色环带，具隆起的环纹和环沟，被短绒毛，单个菌盖长可达 4 cm，宽可达 1 cm，基部厚达 3 mm；边缘钝，颜色稍浅；子实层体表面齿状，革质，幼时呈淡黄褐色，老后呈深黄褐色，菌齿排列稠密，均匀，锥形或呈扁刺状，单生相互连接，尖端光滑，分叉或不分叉，菌齿长可达 2 mm，每毫米 4~5 个；菌齿间子实层体只在子实体边缘部分可见，光滑，颜色与菌齿相同或稍浅；不育边缘明显，呈奶油色至淡黄色，宽 1~2 mm；菌肉蜂蜜色，无环带，木栓质，厚 1~2 mm。

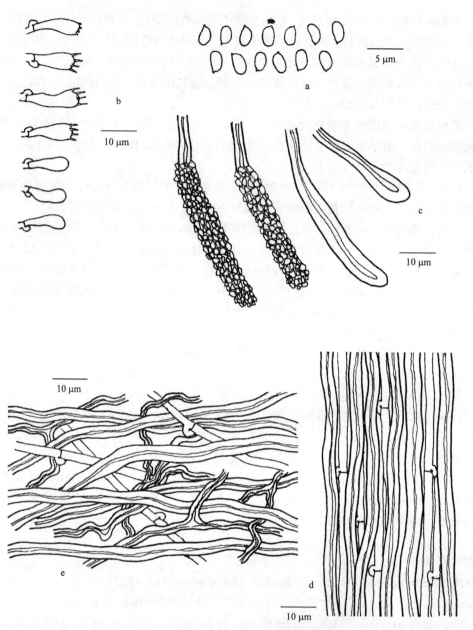

图 111 扁刺齿耳菌 *Steccherinum rawakense* (Pers.) Banker 的解剖结构图
a. 担孢子；b. 担子和拟担子；c. 囊状体；d. 菌髓菌丝；e. 菌肉菌丝

菌丝结构： 菌丝系统二体系；生殖菌丝具锁状联合，薄壁至稍厚壁；骨架菌丝厚壁至几乎实心，IKI–，CB+；菌组织在 KOH 试剂中无变化。

菌肉： 生殖菌丝无色，薄壁，偶尔分枝，直径为 2~3.5 μm；骨架菌丝厚壁至几乎实心，平直，无分枝，交织排列，直径为 3~5.5 μm；分枝骨架菌丝扭曲，厚壁至几乎实心，交织排列，直径为 1.5~2.5 μm。

菌齿： 菌髓中生殖菌丝无色，薄壁，平直，不分枝，直径为 1.5~2.5 μm；骨架菌丝厚壁至几乎实心，平直，无分枝，沿菌齿呈严格平行排列，直径为 2.5~4 μm；骨架囊状体较多，棍棒状，较粗壮，厚壁至几乎实心，自菌髓中伸出，埋生或突出子实层，被大小不一的块状结晶体或完全无结晶，大小为 28~60 × 6~10 μm，顶端圆钝；担子棒形，顶部着生 4 个担孢子梗，基部具一锁状联合，大小为 11~15 × 4~5 μm；拟担子形状与担子类似，比担子稍小。

孢子：担孢子椭圆形，无色，薄壁，光滑，IKI–，CB–，大小为 (2.7~) 2.8~3.2 (~3.3) × 1.7~2 (~2.1) μm，平均长为 2.97 μm，平均宽为 1.84 μm，长宽比为 1.61 (n=30/1)。

生境：阔叶树倒木、腐朽木。

研究标本：山西省沁水县，IFP 10207；内蒙古通辽市，IFP 10159；辽宁省铁岭市，IFP 10162，IFP 10163，IFP 10164；吉林省安图县，IFP 10155，吉林省安图县长白山自然保护区，IFP 10158，IFP 10165，吉林省汪清县，IFP 10156；黑龙江省呼玛县，IFP 10160，黑龙江省伊春市丰林自然保护区，IFP 10157，黑龙江省虎林市，IFP 10204，IFP 10205，黑龙江省牡丹江市宁安市镜泊湖，IFP 10206；四川省乐山县峨眉山风景区，IFP 10161。

世界分布：中国。

讨论：扁刺齿耳菌 (*Steccherinum rawakense*) 多为盖状，或平伏后突起成盖状结构，菌盖表面常见环沟，光滑或具短绒毛，边缘钝；菌肉菌丝中常见类似缠绕菌丝的多分枝骨架菌丝；骨架囊状体也有别于其他种类，部分覆盖较厚的结晶体，而另一部分则表面光滑。穆氏齿耳菌 (*S. murashkinskyi*) 与扁刺齿耳菌较为接近，但前者菌肉层薄，菌齿较长 (3~4 mm)，且其孢子较长 (3.1~3.6×1.7~1.9 μm)。

亚圆孢齿耳菌　图 112

Steccherinum subglobosum H.S. Yuan & Y.C. Dai, Mycotaxon 93: 174, 2005.

子实体：担子果一年生，平伏至反卷或有盖，单生至覆瓦状叠生，或相互连接成较大的片状，平伏的部分长可达 10 cm，宽可达 3 cm，单个菌盖突起长可达 2 cm，宽可达 1 cm，厚可达 1 mm；菌盖表面具绒毛，多数有同心环状沟纹，灰黄色至浅紫灰色，环沟内颜色较暗；菌盖边缘锐，干后通常内卷；子实层体表面齿状，刺间部分光滑至亚绒毛状，奶油色至淡黄色；菌刺分布较密，橙黄色至棕黄色，老后变暗，锥形，单生或连接成圆桶形，长可达 2 mm，每毫米 3~5 个；菌肉分层，下层白色至奶油色，革质，厚约 0.6 mm；上层灰色至暗灰色，软木栓质，厚约 0.4 mm。

菌丝结构：菌丝系统二体系；生殖菌丝具锁状联合；骨架菌丝厚壁至几乎实心，IKI–，CB+；菌组织在 KOH 中无变化。

菌肉：生殖菌丝无色，薄壁，中度分枝，直径为 2.5~4 μm；骨架菌丝厚壁至几乎实心，平直，极少分枝，直径为 2~5 μm；上层菌丝疏松交织排列，生殖菌丝常见；下层菌丝紧密交织排列，生殖菌丝偶见。

菌齿：菌髓中骨架菌丝占多数；生殖菌丝无色，薄壁，偶尔分枝，直径为 1.8~3 μm；骨架菌丝厚壁至几乎实心，无分枝，沿菌齿平行至近平行排列，直径为 2~3.5 μm；菌髓中菌丝钉常见；骨架囊状体较多，棍棒状，厚壁，由菌髓中伸出，埋生或突出于子实层，表面被极厚的结晶体，末端钝，大小为 15~60×6~9 μm；子实层囊状体薄壁，棒状至圆柱状，由亚子实层伸出，大小为 25~32×3.5~6 μm；担子棒状，顶部着生 4 个担孢子梗，基部具一锁状联合，大小为 12~17×5~6 μm；拟担子形状与担子类似，但略小。

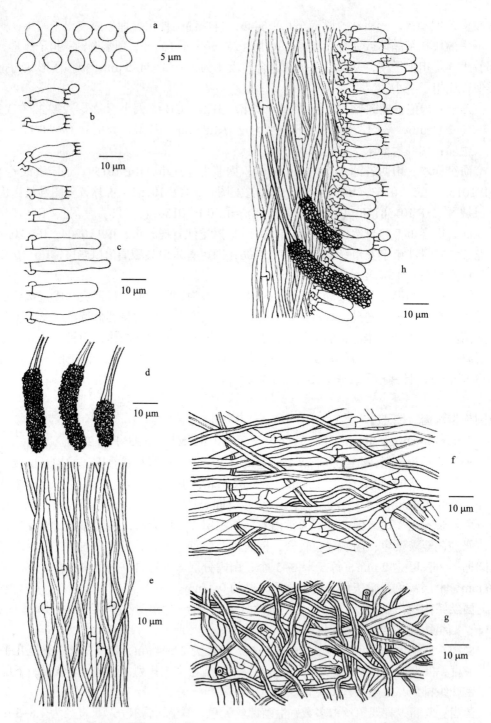

图 112　亚圆孢齿耳菌 *Steccherinum subglobosum* H.S. Yuan & Y.C. Dai 的解剖结构图

a. 担孢子；b. 担子和拟担子；c. 薄壁囊状体；d. 被结晶的骨架囊状体；e. 菌髓菌丝；f. 菌肉上层菌丝；
g. 菌肉下层菌丝；h. 菌髓剖面

孢子：担孢子近球形，无色，薄壁，光滑，IKI–，CB–，大小为 3.9~4.6(~4.7)×
3.3~3.9(~4) μm，平均长为 4.17 μm，平均宽为 3.62 μm，长宽比为 1.14~1.17 (*n*=90/3)。

生境：阔叶树和针叶树倒木上。

研究标本：北京市房山区，IFP 10167；吉林省桦甸县，IFP 10166；浙江省临安县天目山保护区，IFP 10173；安徽省黄山市黄山风景区，IFP 10171，IFP 10172；湖北省神农架自然保护区，IFP 10208；西藏自治区林芝县，IFP 10168，IFP 10170，西藏自治区米林县，IFP 10169。

世界分布：中国。

讨论：亚圆孢齿耳菌(*Steccherinum subglobosum*)的主要特征是具有平伏至反卷的担子果，菌肉为双层，同时具有子实层囊状体和骨架囊状体，菌髓中常见菌丝钉，孢子为近球形。宏观特征上，亚圆孢齿耳与齿耳菌(*S. ochraceum*)和圆孢齿耳菌(*S. hydneum*)有相似的宏观结构。但是，亚圆孢齿耳菌与齿耳菌的孢子形状和大小都不相同，前者具有近球形孢子，大小 3.9~4.6×3.3~3.9 μm，而后者为椭圆形孢子，大小为 3.1~3.4×2~2.3 μm。亚圆孢齿耳菌与圆孢齿耳菌主要区别在于前者具有双层的菌肉结构，担孢子稍小且不含无液泡，菌髓中常见菌丝钉，而圆孢齿耳菌菌肉为单层，担孢子稍大(4.2~5×3.6~4.1 μm)，菌髓中无菌丝钉。

尖囊齿耳菌　图 113

Steccherinum subulatum H.S. Yuan & Y.C. Dai, Mycotaxon 93: 176, 2005.

子实体：担子果一年生，平伏或平伏至反卷，紧密贴生于基物；边缘渐薄，白色至淡灰黄色，生辐射状绒毛；平伏部分长可达 4 cm，宽可达 2 cm，单个菌盖长可达 3 cm，宽可达 1 cm，基部厚达 0.5 mm，菌盖表面灰黄色至浅紫色或灰土色，光滑，无环纹；边缘锐，干后常内卷；成熟的子实层体表面齿状，齿间部分光滑至亚绒毛状，奶油色至略呈紫色；幼时菌齿分布稀疏，老后分布紧密，紫黄色至紫土灰色，老后变暗；菌齿锥形，单生或连接成圆桶形，干后质硬，长可达 1 mm，幼时每毫米 1~3 个，老后每毫米 3~6 个；菌肉奶油色，干后革质，厚约 0.2 mm。

菌丝结构：菌丝系统二体系；生殖菌丝具锁状联合；骨架菌丝厚壁至几乎实心，IKI–，CB+；菌组织在 KOH 中无变化。

菌肉：生殖菌丝无色，薄壁，偶尔分枝，直径为 2~3 μm；骨架菌丝厚壁至几乎实心，平直，极少分枝，直径为 2~5 μm；所有菌丝疏松交织排列。

菌齿：菌髓中菌丝与菌肉菌丝相似，生殖菌丝无色，薄壁，偶尔分枝，直径为 2~3.5 μm；骨架菌丝厚壁至几乎实心，无分枝，沿菌齿近平行排列，直径为 2.5~6 μm；骨架囊状体较多，多数尖锥状，厚壁，自菌髓中伸出，被极厚的结晶体，末端锐，大小为 22~45×6~10 μm；子实层囊状体薄壁，棒状，由亚子实层伸出，多数位于菌齿末端，大小为 30~42×5~6 μm；担子棒状，顶部着生 4 个担孢子梗，基部具一锁状联合，大小为 13~18×4~5 μm；拟担子形状与担子类似，但略小。

孢子：担孢子宽椭圆形，无色，薄壁，光滑，IKI–，CB–，大小为 (3.7~)3.8~5(~5.1)×(2~)2.3~3 μm，平均长为 4.12 μm，平均宽为 2.75 μm，长宽比为 1.46~1.52 (*n*=78/3)。

生境：阔叶树倒木上。

研究标本：浙江省临安县天目山保护区，IFP 10175；湖北省神农架自然保护区，IFP 10174；IFP 10417。

世界分布：中国。

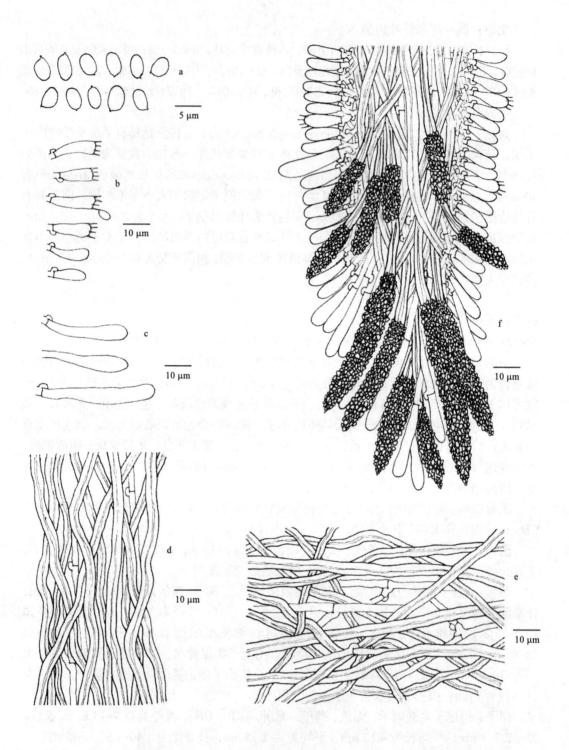

图 113　尖囊齿耳菌 *Steccherinum subulatum* H.S. Yuan & Y.C. Dai 的解剖结构图
a. 担孢子；b. 担子和拟担子；c. 薄壁囊状体；d. 菌髓菌丝；e. 菌肉菌丝；f. 菌齿末端

讨论：尖囊齿耳菌(*Steccherinum subulatum*)的主要特征是担子果平伏或平伏至反

卷，菌齿灰紫色，骨架囊状体尖锥状以及孢子宽椭圆形。该种与集刺齿耳菌(*S. aggregatum*)和砖红齿耳菌(*S. laeticolor*)都具有形状相似的锥状骨架囊状体和担孢子 (Hjortstam *et al.* 1990)，但是集刺齿耳菌的菌肉菌丝为单系结构，其担子果颜色为暗黄色。砖红齿耳菌担子果颜色为较鲜艳的砖红色，且其生殖菌丝上常附有块状结晶体 (Banker 1906)。

参 考 文 献

ALEXOPOULOS CJ, MIMS CW, BLACKWELL M. 1996. Introductory mycology, 4 th ed., New York: John Wiley & Sons

BANKER HJ. 1906. A contribution to a revision of the North American Hydnaceae. Mem Torrey Bot Club 12: 99~194

毕志树, 郑国扬, 李泰辉. 1994. 广东大型真菌志. 广州: 广东科学技术出版社 [BI ZC, ZHENG GY, LI TH. 1994. Macrofungus flora of Guangdong Province. Guangzhou: Guangdong Science and Technology Press]

BERNICCHIA A. 1993. *Hyphoderma etruriae* sp. nov. (Corticiaceae, Basidiomycetes) from the natural reserve of Burano, Italy. Mycotaxon 46: 37~40

BOIDIN J. 1960. Le genre *Stereum* s.l. au Congo Belge. Bull Jard Bot Belg 30: 283~355

BOIDIN J. 1971. Nuclear behavior in the mycelium and evolution of the Basidiomycetes. In: Petersen, R H (ed.), Evolution in higher Basidiomycetes: 129~148. Knoxville: Univ. Tennessee Press. 562 pp

BURDSALL HH Jr. 1985. A contribution to the taxonomy of the genus *Phanerochaete*. Mycologia Memoir 10: 80~81

BURT EA. 1914. The Thelephoraceae of North America 1. Ann. Missouri Bot Gard 10: 185~228

CORNER EJH. 1932a. The fruit body of *Polystictus xanthopus*. Ann Bot 46: 71~111

CORNER EJH. 1932b. A *Fomes* with two system of hyphae. Trans Brit Myc Soc 17: 51~81

CORNER EJH. 1950. A monograph of *Clavaria* and allied genera. London: Oxford University Press.

CORNER EJH. 1953. The constructions of polypores. 1. Introduction: *Polyprus sulphureus*, *P. squamosus*, *P. betulinus* and *Polystictus microcyclus*. Phytomorphology 3: 152~167

CUNNINGHAM GH. 1963. The Thelephoraceae of Australia and New Zealand. New Zealand Dept Sci Ind Res Bull 145: 1~359

戴芳澜. 1979a. 中国真菌总汇. 北京: 科学出版社 [TAI FL. 1979. Sylloge Fungorum Sinicorum. Beijing: Science Press]

戴芳澜. 1979b. 外人在华采集真菌考. 植物病理学报, 9: 5~9 [TAI FL Collections of fungi in China by foreign explores. Acta Phytopath Sinica 9: 5~9]

DAI YC (戴玉成). 1998. Changbai wood-rotting fungi 10. A new species of *Dentipellis* (Basidiomycota, Aphyllophorales, Hericiaceae). Folia Cryptog Estonica 33: 25~28

DAI YC, ZHANG XQ, ZHOU TS (戴玉成, 张小青, 周彤燊). 2000. Changbai wood-rotting fungi 12. Species of *Hymenochaete* (Basidiomycota). Mycotaxon 76: 445~450

DAI YC (戴玉成). 2002. Note on *Lopharia mirabilis* (Berk. & Broome) Pat. in China. Fung Sci 1: 31~38

DAI YC (戴玉成). 2004. *Serpula* (Aphyllophorales, Basidiomycata) in China. Mycosystema 23: 7~10

DAI YC, WEI YL, ZHANG XQ (戴玉成, 魏玉莲, 张小青). 2004. An annotated checklist of non-poroid Aphyllophorales in China. Ann Bot Fennici 41: 233~247

戴玉成. 2005. 中国林木病原腐朽菌图志. 北京: 科学出版社 [DAI YC. 2005. Illustrations of pathogenic wood-decaying fungi in China. Beijing: Science Press]

戴玉成. 2009. 中国储木及建筑木材腐朽菌图志. 北京: 科学出版社 [DAI YC. 2009. Illustrations of wood-decaying fungi on stored wood or structural timber in China. Beijing: Science Press]

戴玉成, 图力古尔. 2007. 中国东北野生食药用真菌图志. 北京:科学出版社 [DAI YC, TOLGOR B. 2007. Illustrations of edible and medicinal fungi in Northeastern China. Beijing: Science Press]

邓叔群. 1963. 中国的真菌. 北京: 科学出版社 [TENG SC. 1963. Fungi of China. Beijing: Science Press]

DONK MA. 1964. A conspectus of the families of Aphyllophorales. Persoonia 3: 199~324

ERIKSSON J. 1958. Studies in the Heterobasidiomycetes and Homobasidiomycetes - Aphyllophorales of Muddus National Park in

North Sweden. Symb Bot Upsal 16(1): 1~172

ERIKSSON J, HJORTATAM K, RYVARDEN L. 1978. The Corticiaceae of North Europe 5. *Mycoaciella - Phanerochaete*. Oslo: Fungiflora

ERIKSSON J, HJORTSTAM K, RYVARDEN L. 1981. The Corticiaceae of North Europe 6. *Phlebia - Sarcodontia*. Oslo: Fungiflora

ERIKSSON J, LARSSON KH, RYVARDEN L. 1987. The Corticiaceae of North Europe 1. Oslo: Fungiflora

ERIKSSON J, RYVARDEN L. 1973. The Corticiaceae of North Europe 2. *Aleurodiscus - Confertobasidium*. Oslo: Fungiflora

ERIKSSON J, RYVARDEN L. 1975. The Corticiaceae of North Europe 3. *Coronicium - Hyphoderma*. Oslo: Fungiflora

ERIKSSON J, RYVARDEN L. 1976. The Corticiaceae of North Europe 4. *Hyphodermella - Mycoacia*. Oslo: Fungiflora

ERIKSSON J, RYVARDEN L. 1984. The Corticiaceae of North Europe 7. *Schizopora - Suillosporium*. Oslo: Fungiflora

GILBERTSON RL. 1974. Fungi that decay Ponderosa pine. Tucdon: The University of Arizona Press

GINNS J. 1991. *Aleurodiscus gigasporus* sp. nov. from China and *A. subglobosporus* sp. nov. from Japan. Mycologia 83: 548~552

GINNS J. 1998. Genera of the North American Corticiaceae *sensu lato*. Mycologia 90: 1~35

GINNS J, LEFEBVRE MNL. 1993. Lignicolous corticioid fungi (Basidiomycota) of North America. Systematics, distribution, and ecology. Mycologia Memoir 83: 1~247

郭正堂. 1986. 中国韧革菌 1. 植物研究 6 (4): 73~92 [GUO ZT. 1986. Stereaceae in China 1. Bull Bot Res 6 (4): 73~92]

郭正堂. 1987a. 中国韧革菌 2. 植物研究 7 (2): 53~79 [GUO ZT. 1987a. Stereaceae in China 2. Bull Bot Res 7 (2): 53~79]

郭正堂. 1987b. 中国韧革菌 3. 植物研究 7 (3): 85~112 [GUO ZT. 1987b. Stereaceae in China 3. Bull Bot Res 7 (3): 85~112]

HALLENBERG N. 1984. Compatibility between species of Corticiaceae *s.l.* (Basidiomycetes) from Europ and North America. Mycotaxon 21: 335~388

HALLENBERG N, HJORTSTAM K. 1988. Studies in Corticiaceae(Basidiomycetes) new species and new combinations. Mycotaxon 31: 439~443

HANSEN L, KNUDSEN H(eds.). 1997. Nordic Macromycetes 3. Heterobasidioid, aphyllophoroid and gastromycetoid Basidiomycetes. Copenhagen: Nordsvamp

HAYASHI Y. 1974. Studies on the genus *Peniophora* Cke. and its allied genera in Japan. Bull Gov Forest Exp Sta 260: 1~98

HJORTSTAM K. 1984. Notes on Corticiaceae (Basidiomycetes) 13. Mycotaxon 19: 503~513

HJORTSTAM K. 1990. Corticioid fungi described by M. J. Berkeley 2. Species from Cuba. Mycotaxon 39: 415~423

HJORTSTAM K. 1997. A checklist to genera and species of corticioid fungi (Basidiomycotina, Aphyllophorales). Windahlia 23: 1~54

HJORTSTAM K, LARSSON KH, RYVARDEN L. 1987. The Corticiaceae of North Europe 1. Introduction and keys. Oslo: Fungiflora

HJORTSTAM K, LARSSON KH, RYVARDEN L. 1988a. The Corticiaceae of North Europe 8. *Thanatephorus–Ypsilonidium*. Oslo: Fungiflora

HJORTSTAM K, MANJÓN JL, MORENO G. 1988b. Notes on select corticiaceous fungi from Spain and North Africa. Mycotaxon 33: 257~263

HJORTSTAM K, RYVARDEN L. 1988. Note on the Corticiaceae of northern China. Acta Mycol Sinica 7: 77~88

HJORTSTAM K, RYVARDEN L. 1990. *Lopharia* and *Porostereum* (Corticiaceae). Synopsis Fungorum 4: 1~68

HJORTSTAM K, SPOONER BM, OLDRIDGE SG. 1990. Some Aphyllophorales and Heterobasidiomycetes from Sabah, Malaysia. Kew Bulletin 45: 303~321

IMAZEKI R. 1943. Notes on the Basidiomycetes from northern China. Acta Phyt Geobot 13: 247~255

JACZEWSKI AA, KOMAROV VL, TRANSHEL V. 1900. Fungi Rossiae exsiccati Fasc. 6–7. Hedwigia 39: 191

JÜLICH W. 1981. Higher taxa of Basidiomycetes. Biblioth Mycol 85: 1~485

JÜLICH W, STALPERS JA. 1980. The resupinate non-poroid Aphyllophorales of the temperate northern hemisphere. Amsterdam:

North-Holland

KARSTEN P. 1892. Mycetes aliquot in Mongolia et China boreali a clarissimo C.N. Potanin lecti. Hedwigia 31: 38~40

KIRK PM, CANNON PF, MINTER DW, STALPERS JA, 2008. Dictionary of the fungi. 10th edition. Oxon: CAB International

KÖLJALG U. 1996. *Tomentella* (Basidiomycota) and related genera in temperate Eurasia. Synopsis Fungorum 9: 1~213

KOTIRANTA H. 2001. The Corticiaceae of Finland. Publ Bot Univ Helsinki 32: 1~29

KOTIRANTA H, MUKHIN VA. 1998. Polyporaceae and Corticiaceae of an isolated forest of *Abies nephrolepis* in Kamchatka, Russain Far East. Karstenia 28: 69~80

KOTIRANTA H, SAARENOKSA R. 1990. Reports of Finnish corticolous Aphyllophorales (Basidiomycetes). Karstenia 30: 43~69

KOTIRANTA H, SAARENOKSA R. 2000a. Three new species of *Hyphodontia* (Corticiaceae). Ann Bot Fennici 37: 255~278

KOTIRANTA H, SAARENOKSA R. 2000b. Corticioid fungi (Aphyllophorales, Basidiomycetes) in Finland. Acta Bot Fennica 168: 1~55

LANGER E. 1994. Die Gattung *Hyphodontia* John Eriksson. Biblioth Mycol 154: 1~298

LANGER E, DAI YC (LANGER E, 戴玉成). 1998. Changbai wood-rotting fungi 8. *Hyphodontia syringae* sp. nov. Mycotaxon 67: 181~190

李建宗, 胡新文, 彭寅斌. 1993. 湖南大型真菌志. 长沙: 湖南师范大学出版社 [LI JZ, HU XW, PENG YB. 1993. Macrofungus flora of Hunan. Changsha: Hunan Normal University Press]

李茹光. 1991. 吉林省真菌志. 长春: 东北师范大学出版社 [LI RG. 1991. Fungiflora of Jilin Province. Changchun: Northeast Normal University Press]

LINDSEY JP, GILBERTSON RL. 1978. Basidiomycetes that decay aspen in North America. Vaduz: Cramer

MAEKAWA N. 1993. Taxonomic study of Japanese Corticiaceae (Aphyllophorales) 1. Rept Tottori Mycol Inst 31: 1~149

MAEKAWA N. 1994. Taxonomic study of Japanese Corticiaceae (Aphyllophorales) 2. Rept Tottori Mycol Inst 32: 1~123

MAEKAWA N. 1997. Taxonomic study of Japanese Corticiaceae (Aphyllophorales) 3. Rept Tottori Mycol Inst 35: 29~38

MAEKAWA N. 1998. Taxonomic study of Japanese Corticiaceae (Aphyllophorales) 4. Rept Tottori Mycol Inst 36: 1~12

MAEKAWA N. 1999. Taxonomic study of Japanese Corticiaceae (Aphyllophorales) 5. Rept Tottori Mycol Inst 37: 7~20

MAEKAWA N. 2000. Taxonomic study of Japanese Corticiaceae (Aphyllophorales) 6. Rept Tottori Mycol Inst 38: 14~22

MAEKAWA N, ZANG M. 1995. Corticiaceous fungi (Aphyllophorales, Basidiomycotina) collected in Yunnan, China. Bull Nat Sci Mus, Tokyo, Ser B 21: 87~94

MAEKAWA N, YANG ZL, ZANG M. 2002. Corticioid fungi (Basidiomycetes) collected in Sichuan Province, China. Mycotaxon 83: 81~95

MAAS GEESTERANUS RA. 1971. Hydnaceous fungi of the eastern old world. Tweede Reeks Deel 60: 1~175

MAAS GEESTERANUS RA. 1974. Studies in the genera *Irpex* and *Steccherinum*. Persoonia 7: 443~581

NAKASONE KK. 1990. Cultural studies and identification of wood-inhabiting Corticiaceae and selected Hymenomycetes from North America. Mycologia Memoir 15: 1~412

NOBLES MK. 1967. Conspecificity of *Basidioradulum* (*Radulum*) *radula* and *Corticium hydnans*. Mycologia 59: 192~211

PARMASTO E. 1968a. Conspectus systematis Corticiacearum. Tartu: Inst Zool Bot Acad Sci Estonicae

PARMASTO E. 1968b. Kortichievye griby Sovetskogo Soyuza 5. Eesti NSV Tead Akad Toim 17: 41~43

PARMASTO E. 1986. On the origin of the Hymenomycetes (What are corticioid fungi?). Windahlia 16: 3~19

PATOUILLARD N. 1890. Quelques champignons de la Chine réolté par M. labbé Delavay. Rev Mycol 12: 133~136

PATOUILLARD N. 1893. Quelques champignons du Thibet. Journ de Bot 7: 343~344

PATOUILLARD N. 1895. Enumération des champignons réoltés par les RR.PP. Farges et Soulié, dans le Tibet oriental et le Su-tchuen. Bull Soc Mycol France 11: 196~199

PILÁT A. 1940. Basidiomycetes chinenses. Ann Mycol 38: 63~68

SIUZEV PV. 1910. Enumeratio fungorum in oriente extremo anno 1905 collectorum. Trav Mus Bot Acad Sci St Petersb 7: 102~110

TENG SC (邓叔群). 1939. High fungi of China. Beijing: Nat Inst Zool Bot Acad

WEI YL, DAI YC (魏玉莲，戴玉成). 2004. *Rectipilus*—a genus new to Chinese fungal flora. Mycosystema 23: 437~438

魏玉莲，戴玉成. 2004. 木材腐朽菌在森林生态系统中的功能. 应用生态学报，15：1935~1938 [WEI YL, DAI YC. 2004. Ecological function of wood-inhabiting in forest ecosystem. Chinese Journal of Applied Ecology 15: 1935~1938]

WEI YL, YU CJ, DAI YC (魏玉莲，余长军，戴玉成). 2005. *Dentipellis* (Hericiaceae, Basidiomycota) in China. J Fung Res 3: 14~18

WEI YL, YUAN HS, DAI YC (魏玉莲，袁海生，余长军). 2007. First report of *Henningsomyces* (Basidiomycetes) in China. J Fung Res 5: 187~189

WELDEN AL. 1975. *Lopharia*. Mycologia 67: 530~551

WU SH (吴声华). 1990. The Corticiaceae (Basidiomycetes) subfamilies Phlebioideae, Phanerochaetoideae and Hyphodermoideae in Taiwan. Acta Bot Fennica 142: 1~123

WU SH (吴声华). 1995. Twelve species of the Aphyllophorales new to Taiwan. Fung Sci 10: 9~22

WU SH (吴声华). 1997. New species of *Hyphoderma* from Taiwan. Mycologia 89: 132~140

WU SH (吴声华). 2000a. Survey of the Corticiaceae in Taiwan, to 2000. Fung Sci 15: 69~80

WU SH (吴声华). 2000b. Studies on *Schizopora flavipora s. l.*, with special emphasis on specimens from Taiwan. Mycotaxon 76: 51~66

WU SH (吴声华). 2002. New records of the Corticiaceae from mainland China. Mycotaxon 82: 289~294

WU SH (吴声华). 2007. Three new species of corticioid fungi from Taiwan. Bot Studies 48: 325~330

WU SH, CHEN ZH (吴声华，陈瑞青). 1992. Notes on the genus *Jacksonomyces* Jül. (Corticiaceae, Basidiomycotina), with special emphasis on the species collected from Taiwan. Bull Natl Mus Nat Sci (Taiwan) 3: 259~266

XIONG HX, DAI YC (熊红霞，戴玉成). 2007. *Ceraceomyces* (Basidiomycota, Aphyllophorales) in China. J Fung Res 5: 69~71

XIONG HX, Dai YC, MIETTINEN O (熊红霞，戴玉成，MIETTINEN O). 2007a. Notes on the genus *Hyphodontia* (Basidiomycota, Aphyllophorales) in China. Mycosystema 26: 165~170

XIONG HX, Dai YC, MIETTINEN O (熊红霞，戴玉成，MIETTINEN O). 2007b. Two corticiaceous fungi (Aphyllophorales) new to China. Mycosystema 26: 594~597

熊红霞，戴玉成. 2008. 中国担子菌纲木生真菌两新记录种. 云南植物研究 30: 17~18 [XIONG HX, DAI YC. 2008. Two wood-inhabiting fungi (Basidiomycetes) new to China. Acta Bot Yunnanica 30: 17~18]

应建浙. 1980. 中国多孔菌目平伏类型的初步研究. 云南植物研究 2: 241~274 [YING JZ. 1980. A preliminary study on the resupinate Aphyllophorales from China. Acta Bot Yunnanica 2: 241~274]

YUAN HS, DAI YC (袁海生，戴玉成). 2005a. Two new species of *Steccherinum* (Basidiomycota) from China. Mycotaxon 93: 173~178

YUAN HS, DAI YC (袁海生，戴玉成). 2005b. Two species of *Steccherinum* (Basidiomycota, Aphyllophorales) new to China. Fung Sci 20: 35~39

YUAN HS, DAI YC (袁海生，戴玉成). 2008. Hydnaceous fungi in China 1. *Stecchericium* (Aphyllophorales), a genus new to China. Mycosystema 27: 57~61

ZANG M (臧穆). 1980. The phytogeographical distribution of higher fungi and their evaluation of natural resources, Yunnan and Xizang (Tibet). Acta Bot Yunnanica 2: 152~187

ZHANG XQ (张小青). 1989. Taxonomic studies on Aphyllophorales from Shengnongjia, Hubei Province, China. Fungi and lichens of Shengnongjia. Beijing: World Book Press Ltd

ZHANG XQ (张小青). 1997. Fungal floral of Daba Mountains: Aphyllophorales and some Basidiomycota. Mycotaxon 61: 41~45

赵继鼎，张小青. 1994. 中国多孔菌类型真菌生态、分布与资源. 生态学报 14:437~443 [ZHAO JD, ZHANG XQ. 1994. Ecology, distribution and resources of polypores in China. Acta Ecol Sinica 14: 437~443]

周绪申,姜俊清,刘桂芹,戴玉成. 2007. 中国粉孢革菌科一新记录属—白缘皱孔菌属. 林业科学研究 20: 876~878 [ZHOU XS, JIANG JQ, LIU GQ, DAI YC. 2007. A new record genus (*Leucogyrophana*, Coniophoraceae, Basidiomycetes) and a new record species (*L. pseudomollusa*) in China. Forest Research 20: 876~878]

索　引

真菌汉名索引

真菌学名索引

Q-2796. 0101

ISBN 978-7-03-032625-6